육아휴직하고 딸과 세계여행 갑니다

육아휴직하고
딸과 세계여행
갑니다

초판 1쇄 인쇄 2019년 7월 26일
초판 1쇄 발행 2019년 8월 2일

지은이 | 이재용·이서윤
펴낸이 | 金滇珉
펴낸곳 | 북로그컴퍼니
편집부 | 김옥자·김현영·김나정
디자인 | 김승은·송지애
마케팅 | 이예지
경영기획 | 김형곤
주소 | 서울시 마포구 월드컵북로1길 60(서교동), 5층
전화 | 02-738-0214
팩스 | 02-738-1030
등록 | 제2010-000174호

ISBN 979-11-89166-98-4 03810

아빠와 딸의 좌충우돌 성장기

육아휴직하고 딸과 세계여행 갑니다

아빠 이재용·딸 이서윤 지음

북로그컴퍼니

나는 내 아이의 성장을
놓치고 살았다

아이가 태어나고 아빠가 되는 건 지금껏 경험한 일들과 비교했을 때 엄청나게 새로운 일이면서 무척이나 차원이 다른 일이었습니다. 그동안 제가 겪은 대부분의 일은 '이건 진짜 아니다' 싶으면 그만둘 수 있었지만 아빠가 되고 아이를 키우는 것은 지금까지와는 다른 세계의 일이었죠. 지극히 개인주의적 시각을 갖고 있던 '나'라는 세상에, 나약하기만 한 서윤이가 들어왔습니다. 서윤이가 태어나면서부터 세상은 '내가 사는 곳'이 아닌, '내 딸이 살아갈 세상'으로 달리 보이기 시작했습니다.

세상 모든 부모가 그러하겠지만, 저 역시 아이를 위해 무엇을 해줄 수 있을지 고민이 많았습니다. 돈을 물려줄 능력은 지금도, 앞으로도 안 될 것 같고, 남들 이상으로 공부 시킬 능력도 안 되고, 그리고 싶지노 않았습니다. 그렇다면 나와 아내가 서윤이에게 줄 수 있는 것과 주고 싶은 건 무엇일까 고민해보니, 그것은 다양한 경험과 체험이라는 결론에 닿았습니다. 가진 돈은 많지 않지만, 내 마음 먹기에 따라 시간 부자는 될 수 있으니, 그 시간 동안 아이와 많은 걸 함께해야겠다고 생각했습니다.

하지만 이 다짐은 한 해, 두 해 시간이 가며 무뎌지고 흐릿해졌습니다. 아등바등 대한민국 맞벌이 부부의 현실이, 그런 아빠의 꿈같은 건 잊어버리라고 강요하는 것 같았습니다. 아내가 3개월의 출산 휴가만 쓴 뒤 회사로 복귀했고 서윤이는 생후 100일부터 어린이집에 맡겨졌습니다. 서윤이는 엄마, 아빠가 회사에서 일하는 시간보다 더 오래 그곳에 머물렀습니다.

그렇게 몇 해가 지나고, 여섯 살이 된 서윤이는 어린이집이 끝난 후 주변 친구들을 따라 발레, 수영, 미술 학원에 다니기 시작했습니다. 그러다 보니 저녁 8시나 되어야 가족 모두가 한자리에 모일 수 있었고, 많아야 하루 2~3시간 얼굴을 마주할 수 있었습니다. 야근이라도 하는 날이면 서윤이 잠든 얼굴 한 번 보는 것으로 만족해야 했고요. 주말이라도 잘 놀아줘야겠다고 다짐했지만 몸이 피곤해서, 미세먼지가 많아서… 다양한 핑계로 그 횟수가 점점 줄었습니다.

어느 날 현실을 직시해보니 아이는 어린이집과 학원이 키우고 있었습니다. 이 정도면 누가 아이를 키우는 건지 주객이 전도되었다는 생각마저 들었습니다. 돈 좀 주고 부모의 역할을 떠넘긴 게 아닌가 하는 자책과 미안함이 제 마음속에 자리 잡았습니다.

서윤이가 여섯 살이던 2017년 여름, 우리 가족은 큰맘 먹고 괌으로 일주일 여름휴가를 떠났습니다.

오랫동안 수영을 배우기도 했고 계곡이나 바다에서 하는 물놀이도 좋아했던 터라, 괌에서도 즐거운 시간을 보낼 수 있을 거라 생각했는데 제 생각이 틀렸습니다. 서윤이는 물이 가슴팍까지만 닿아도 절대 들어가지 않으려 했고, 구명조끼를 입어도 마찬가지였습니다. 조금만 더 가면 멋진 산호초와 화려한 물고기를 볼 수 있는데 해변을 떠나지 못하니 안타깝기만 했습니다.

다음 날, 아이를 업고 바다 이곳저곳을 떠다니며 바닷속을 보여주었습니다. 아이는 그제야 바다의 황홀함에 빠져들기 시작했습니다. 다음 날은 스노클링 장비와 오리발을 사주었고, 아이는 조금씩 깊은 바다까지 들어갈 수 있게 되었습니다. 일주일이 지날 즈음에는 구명조끼도, 아빠가 잡아주는 손도 필요하지 않았습니다. 서윤이는 바닷속 인어처럼 자유롭게 수영했습니다. 혼자 힘으로 4킬로미터를 수영해서 옆에서 지켜보던 저를 놀라게 만들었습니다.

그때 저는 깨달았습니다. 아이의 성장 과정을 지켜보는 건 부모가 누릴 수 있는 가장 큰 행복이라는 것을요. 그리고 이 소중한 시간을 다 놓치고 있었다는 사실도….

아이와 떨어지지 않고 24시간 꼭 붙어 지낸 괌에서의 일주일이 그동안 잊고 지낸 질문을 다시 끄집어내 주었습니다.

'나는 아이에게 아빠로서 무엇을 해주어야 하는가?'

경험이 많은 아이로 키우고 싶다는 제 처음의 바람을 다시 수면 위로 끌어올렸습니다. 그리고 그 방법을 고민하기 시작했습니다.

딸이 초등학교 고학년만 돼도 "아빠가 뭘 알아!"를 달고 산다는 친구의 말을 들었습니다. 저와 서윤이에게도 시간이 그리 많지 않다는 생각에 초조해졌습니다.

'어떻게 하면 서윤이와 더 많은 시간을 보낼 수 있을까?'

10년간 열심히 다닌 애증의 직장을 그만둘 수도 없고… 방법을 고민하다가 우리나라에 아빠 육아휴직 제도가 있다는 것을 알게 되었습니다. 법적으로 복직과 경력을 보장해주고 육아휴직 수당도 주어지기에 저에게는 최고의 기회로 보였습니다. 의지만 있다면 길은 있었습니다.

'그래, 육아휴직을 하고 서윤이와 붙어 있어보자. 이왕 큰맘 먹고 시간 내는 거 세계여행을 하며 많은 경험을 시켜주자! 지구가 정말 둥근지 나와 서윤이가 직접 돌아보자!'

부푼 꿈에 신났지만 서윤이와 아내의 동의가 필요했습니다. 아내에게 물었습니다. 아내는 결혼 전 호주에서 워킹홀리데이를 했고, 저 역시 미국에서 비슷한 프로그램을 한 적이 있었습니다. 그때의 경험이 우리 삶에 아주 큰 영향을 끼쳤다는 걸 서로가 잘 알고 있기에 아내의 반응은 긍정적이었습니다.

아쉽지만 아내와 저, 둘 다 휴직을 하기는 힘들었습니다. 법적으로 부부가 동시에 육아휴직 수당을 수령할 수 없어 누군가는 돈을 벌며 생계를 이어가야 했으니까요. 제가 휴직을 하고 아내가 한국에 남아 뒷바라지 해주기로 했습니다.

다행히 서윤이 반응 역시 긍정적이었습니다. 세계여행을 주제로 한 동화책을 사서 아이에게 읽어주며 나라마다 재미있는 게 많다는 걸 알려주었습니다. 물론 엄마와 떨어져본 적이 없던 터라, 엄마 없이 지내야 한다는 게 무엇인지는 잘 이해하지 못했습니다.

여행을 떠나기 1년 전, 회사에 육아휴직 계획을 알리고 팀 내 업무를 조정했습니다. 그렇게 1년을 준비했는데 막상 휴직계를 내려니 두 손이 떨리기도 했습니다.

'아내 없이 나 혼자 아이를 잘 케어하며 여행할 수 있을까?'

확신이 부족했기 때문입니다. 이렇다 보니 여행 계획을 제대로 세울 수 없었습니다. 일주일 만에 돌아와도 이상할 게 없는 부족한 아빠와 일곱 살 딸, 둘만의 여행이었기 때문이죠. 그래서 저는 아주 단순하게 생각하기로 했습니다.

'서쪽으로 지구 한 바퀴를 돌자!'

'서윤이 초등학교 입학 전까지 약 7개월을 여행하자!'

'아이가 힘들거나 아프면 바로 한국으로 돌아오자!'

세계여행치고는 너무나 단순한 계획을 세웠습니다.

다녀오라며 쿨하게 말한 아내도, 막상 제 휴직 날짜가 다가오자 걱정을 내비쳤습니다. 어디를, 어떻게, 얼마나 갈 건지, 돈은 얼마나 들지, 서윤이가 아빠와의 여행에 잘 적응할 수 있을지… 불확실한 모든 게 아내의 근심으로 남았습니다. 아내에게 한없이 미안했습니다. 이 모든 걱정을 안고, 우리 가족의 생계를 뒷바라지해야 하는 아내는 정작 우리 여행에 함께하지 못하니까요.

"우리 선택이 맞겠지? 서윤이 삶에 긍정적으로 작용하겠지? 자기 정말 서윤이 잘 보살피며 여행할 수 있지?"

아내는 서에게 다짐에, 또 다짐을 받았습니다.

'서윤이가 잘 자라준다면…, 아이에게 좋은 추억이 된다면…, 되는 방향으로 한번 가보자!'

어차피 아내와 저의 인생 목표는 동일합니다. 우리 아이, 우리 서윤이를 잘 키우는 겁니다.

"여보 잘 다녀와. 내가 열심히 서포트 해볼게."

출국 전, 서윤이 어린이집을 찾아 상담을 받았습니다. 여행하다가 생각보다 일찍 돌아올 수도 있으니 휴원과 퇴원 중 무엇을 해야 할지 판단이 서지 않았기 때문이죠. 선생님은 이런 경우는 처음이라며 우리보다 더 들떠서는 우리 부녀에게 응원을 가득 보내주었습니다. 혹시 돌아오게 되면 다시 입소할 수 있게끔 도와줄 테니 퇴원하고 가라는 명쾌한 답도 들었습니다.

'태양을 따라 서쪽으로 지구 한 바퀴를 돌자!'

이 심플한 계획으로 세계여행을 출발합니다. 일곱 살 딸과 마흔한 살 아빠의 좌충우돌 192일간의 세계여행, 그 무엇과도 바꿀 수 없는 삶의 보석 같은 시간을 향해 이제, 출항합니다.

차례

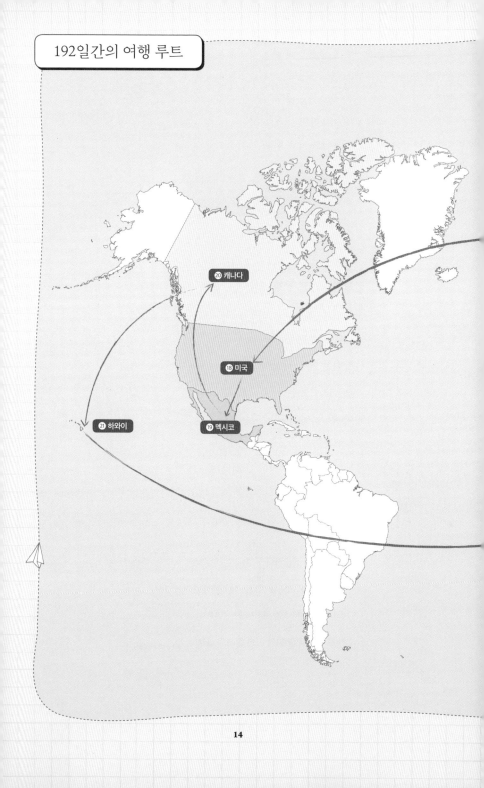

⑳ 캐나다

⑱ 미국

⑲ 멕시코

㉑ 하와이

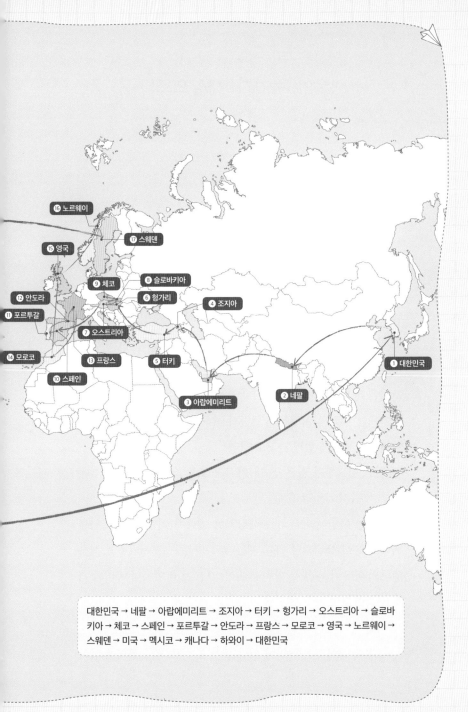

대한민국 → 네팔 → 아랍에미리트 → 조지아 → 터키 → 헝가리 → 오스트리아 → 슬로바
키아 → 체코 → 스페인 → 포르투갈 → 안도라 → 프랑스 → 모로코 → 영국 → 노르웨이 →
스웨덴 → 미국 → 멕시코 → 캐나다 → 하와이 → 대한민국

딸아, 나가자! 세상으로!

Korea

여행의 기분을 이보다 잘 표현한 노래가 또 있을까. 서윤이는 볼빨간사춘기의 〈여행〉을 흥얼거리며 그저 신났다. '저 오늘 떠나요 공항으로~ 가볍게 손을 흔들며 bye bye~' 여행자로 가득한 공항, 창밖으로 보이는 커다란 비행기, 손에 든 캐리어. 무엇보다 여름휴가를 내고 따라나선 엄마가 옆에 있으니 서윤이는 세상 무서울 게 없다는 듯 평소보다 흥분해 있었다.

아내는 우리의 여행을 응원하기 위해 일주일 휴가를 내고, 첫 여행지인 네팔에 함께 가기로 했다.

"일단 필요하다 싶은 건 다 가져가 보고, 없어도 되겠다 싶은 건 내가 다시 가지고 올게."

아내는 이민이라도 가는 사람처럼 집에서 가장 큰 캐리어를 꺼내 서윤이 물건으로 가득 채웠다. 하나라도 더 챙겨주고 싶은 엄마의 마음이 넘칠 듯 담긴 캐리어, 그걸 보고 있자니 아내의 걱정 꾸러미를 보는 듯했다.

'어린 것이 아빠 따라다니면서 얼마나 고생하려나….'

나 혼자 육아휴직을 받아 떠나는 것도, 아내 혼자 한국에 남아

16

직장에 다니는 것도 다 미안할 뿐이다. 부디 무탈하게 여행하고 와야 할 텐데….

잘 다녀올 수 있다고 호언장담하던 나도, 막상 공항에 도착하니 긴장이 됐다. 딸과 세계여행을 한다는 꿈에 잔뜩 젖어 있었는데 막상 현실이 되니 빵빵한 과자 봉지를 뜯은 느낌이다.

'펑! 퓨~'

나는 걱정만 남은 현실 앞에 서 있다.

7월 말 한여름. 숨 막히는 태양과 무거운 배낭이 내 몸과 마음을 압박했고, 사람 많은 공항을 놀이터처럼 뛰어다니는 서윤이는 내 앞날을 보여주는 거울 같다.

'내일 숙소는 어디로 예약하지?'

'뭐 빼먹은 건 없나?'

'…'

'잘할 수 있다. 잘할 수 있다.'

스스로에게 주문을 걸며 심란한 마음을 애써 누른다. 내가 흔들리면 모두가 흔들린다.

공항에는 장모님이 와 계셨다. 장모님은 아내 없이 일곱 살 서윤이를 데리고 세계여행을 떠난다는 나를 걱정하셨다. 친구들과 재잘거릴 나이에 말도 안 통하는 사람들 사이에서 서윤이가 얼마나 외로울까, 걱정하시는 마음을 나도 익히 알고 있다. 그래서 더 힘주어 말씀드렸다.

"장모님, 너무 걱정 마세요. 아주 멋지게 여행하고 올게요."

"한창 클 때 잘 먹여야 해. 서윤이 맛있는 거나 사줘."

장모님이 건넨 봉투 안에는 달러로 환전한 돈이 빼곡히 들어 있었다.

"아이구, 우리 엄마 뭐가 이리 걱정이야. 이 서방이 나보다 서윤이 더 잘 보잖아. 걱정 붙들어 매고 엄마 딸이나 신경 써줘요. 남편 없으면 이제 나는 누가 해주는 밥 먹고살아~"

근심 가득한 어머니를 아내가 재빨리 위로한다.

"서윤아, 아빠 잃어버리면 큰일나니까 아빠 잘 따라다니고, 좋은 거 많이 보고서 할머니한테 다 이야기해줘야 해."

"웅, 할머니. 다녀오겠습니다."

서윤이는 할머니를 안아드리고 씩씩하게 출발한다.

사실 장모님의 걱정이 영 터무니없지도 않은 게 우리의 첫 여행지는 시작부터 히말라야 안나푸르나다.

"일곱 살짜리를 데리고 안나푸르나에 가겠다고? 그게 가능해? 너무 무모한 거 아니야?"

어른도 힘들다는 안나푸르나 트레킹을 애가 하는 게 말이 되냐며 주변에서 걱정 어린 시선을 보냈지만 언제나 내 답변은 명쾌했다.

"안 될 건 뭐야?"

언젠가 꼭 가보고 싶던 동경의 대상 안나푸르나! 경외심이 드는 고봉과 강렬한 색을 뿜내며 펄럭이는 깃발들. 사진만 보고 무작정 꿈꿨던 그곳. 그곳에 서윤이와 함께 가는 거다.

지금이 아니면 안나푸르나 트레킹을 나와 아내, 그리고 서윤이가 언제 또 해볼 수 있을까? 지금, 지금 이 순간만이 가능하다.

안나푸르나를 오르는 사람 모두 저마다의 목표가 있겠지만, 우리 가족에게 이곳이 갖는 의미는 조금 더 특별하다. 딸과 함께하는 세계여행, 이 여행을 시작할 수 있을지 '세계의 지붕' 안나푸르나 트레킹을 통해 테스트해보기로 했기 때문이다. 이 테스트에서 육체적으로나 정신적으로 서윤이가 잘 버텨만 준다면 기나긴 세계여행도 가능하지 않을까 희망을 품어보기로 했다. 혹여나 서윤이가 조금이라도 힘들어하면 주저 않고 한국으로 돌아올 각오다.

안나푸르나, 그 이후의 티켓은 없다. 우리에게는 안나푸르나가 세계여행의 출발점이자, 어쩌면 종착점이다.

◇◇◇◇

세계여행, 데뷔 무대에 오르다

Pokhara, Nepal

뿌아아아아아앙!

팔락팔락팔락!

초소형 프로펠러 비행기는 처음이다. 카트만두를 이륙해 안나푸르나 트레킹의 성지, 포카라로 우리를 옮겨줄 이 작은 비행기는 날개와 엔진 여기저기가 할머니 양말처럼 기워져 있었다. 이 낡은 비행기가 거친 히말라야 위를 무사히 날 수 있을까? 이륙을 하기 전부터 공포감에 사로잡힌다.

두려운 마음을 간신히 잡고 있는 엄마 아빠와 달리, 서윤이는 훤히 보이는 조종사의 계기판이 신기하다며 천진난만하다. 시끄러운 엔진 소리에 승무원이 나눠준 귀마개조차 서윤이에게는 그저 장난감. 구겨도 보고 굴려도 보는 사이, 종이비행기처럼 가볍게 날아오른 비행기가 금세 포카라에 도착한다.

포카라는 한적한 시골 마을이다. 8000미터를 넘나드는 눈 덮인 고봉만이 세계의 지붕, 히말라야에 왔음을 증명해줄 뿐이다.

우리는 여행 정보도 얻을 겸 곧장 한인 게스트하우스로 가 짐

21

을 풀고 사장님에게 트레킹 상담을 받았다. 서윤이의 체력, 아내의 일정, 내가 원하는 풍경을 고려해 사오일이 소요된다는 3000미터 높이의 푼힐 전망대로 낙점하고 우리의 트레킹에 도움을 줄 포터 겸 가이드도 고용했다. 포터는 트레킹 도중 짐을 들어주는 사람으로 이곳에서는 여행자의 컨디션을 체크해 전체 일정을 조율해주는 역할도 겸한다.

다음 날 새벽 5시, 서윤이가 가장 먼저 눈을 떴다. 이 여행의 설렘을 서윤이도 느끼고 있는 걸까. 서윤이는 자고 있던 나를 흔들어 깨우더니 함께 산책을 사자고 조른다. 조금 더 잔다는 아내를 두고 숙소 근처 페와호 공원으로 향했다. 이른 시간이지만 운동을 하는 사람과 일터로 향하는 사람이 우리 곁을 스쳐 지나간다.

그런데 이게 웬 횡재! 히말라야의 환영 인사였을까? 우기에는 좀처럼 보기 힘들다던 히말라야가 새벽을 틈타 빼꼼 고개를 내밀었다. 아, 심장 떨려라…. 밑도 끝도 없이 동경해 마지않던 바로 그 산이다! 아침 일찍 나를 깨워준 서윤이 덕분에 꿈에 그리던 히말라야를 본다.

'그래, 이제 저 산으로 가보는 거다!'

4박 5일 트레킹을 위해 한식으로 배를 든든히 채우고 트레킹의 시작점 '나야폴'로 이동하는 택시를 탔다. 울퉁불퉁 비포장길은 시속 30킬로미터로 달려도 속이 울렁거려 힘들었다. 이 와중에 유실된 도로와 낙석도 많아 아슬아슬 곡예 운전이 이어졌다. 나와 비슷한 나이, 그러니까 마흔 살은 됐을 법한 낡고 작은 택시에 셋이 끼어 가려니 이동하는 한 시간 반이 아주 죽을 맛이다. 게다가 퀴퀴한 냄새까지! 서윤이도 속이 좋지 않은지 창밖 풍경을 구경하다 곧 잠들어버렸다.

고생 끝에 우리 가족은 '풍요의 여신' 안나푸르나의 품에 안겼다. 하늘은 맑았고 가끔 불어오는 산바람은 기분 좋게 시원했다. 영화 세트장에 놀러 온 기분이다. 구름마저 넘지 못하고 걸려버린 히말라야의 고봉과 바람 소리, 계곡 소리는 한국으로부터 홀가분하게 떠나왔음을 온몸으로 느끼게 해주었다. 길가에 늘어선 바나나 나무, 산길을 걷는 말과 당나귀, 길을 막고 선 물소 등 낯선 풍경을 마주한 서윤이는 궁금증이 폭발했다.

"바나나가 왜 파란색이야?"

"아빠, 아빠, 길에 왜 이렇게 똥이 많아?"

"이 소 주인은 어디 갔어?"

"이 벌레는 뭐야?"

한국이었다면 슬슬 짜증났을 아이의 질문이 이곳에서는 다르게 느껴졌다.

'그래, 난 아이에게 새로운 세상을 보여주기 위해 떠나온 거야. 서윤이의 질문에 성심성의껏 답해주는 게 이제부터 내 임무다. 난 육아휴직을 한 아빠니까!'

아이의 재잘거림에 답해주며 여행 오기를 참 잘했다는 생각을 했다.

우리의 포터 겸 가이드 묵띠는 길을 걷는 내내 친절하고 따뜻하게 서윤이를 대해주었다. 어쩜 이렇게 잘 놀아주나 했더니 서윤이와 동갑내기 아들이 있단다. 아빠들은 띠동갑, 아이들은 진짜 동갑. 우리는 부모라는 공감대로 이야깃거리가 많았다.

묵띠는 무거운 가방을 몸에 지고 걸으면서도 서윤이에게 간단한 네팔어를 가르쳐주었다. 한인 게스트하우스에서 7년을 일했다는 그는 간단한 한국어를 할 수 있었다. 처음에는 내 뒤로만 숨던 서윤이도, 묵띠와 가까워지면서는 산골 마을을 지날 때마다 "나마스테(안녕하세요)!" "던네밧(감사합니다)!" 인사를 건네며 즐거워했다. 여행의 재미를 알아가는 서윤이의 모습을 보는 것만으로도 흐뭇했다.

오후 2시, 드레킹을 마치고 오늘의 숙소에 도착했다.

'매일 이렇게 네다섯 시간만 걸으면 된다니… 생각보다 별 거 아니잖아? 할 만하겠는데? 걸으면서 그다지 힘든 일도 없었잖아!'

우리는 오늘 상승고도 800미터쯤 올랐다.

"묵띠, 오늘 너무 조금 오른 거 아니야? 다음 마을까지 좀 더 올라갈까?"

"안 돼. 하루에 상승고도 1000미터 이상 오르면 고산병이 올 수도 있어. 오늘은 여기까지가 좋겠어!"

"아, 그렇구나. 오케이, 알았어."

세계여행도 거뜬하겠다는 자신감이 생겼다. 서윤이도 내 이런 자신감을 증명해주듯 숙소 주변을 방방 뛰어다녔다. '아빠, 나 아직 체력 넘쳐!' 온몸으로 말해주고 있는 것 같았다.

서윤이도, 나도, 아내도 트레킹 첫날은 모든 게 다 행복했다. 히말라야 대자연의 품에신 전기 없는 숙소의 촛불 하나에도 운치가 느껴질 정도였다. 여행 왔다는 사실보다, 가족 모두가 안나푸르나에서 함께 걷고 함께 이야기하며 시간을 보냈다는 게 더할 나위 없이 소중하다고, 숙소 침대에 누워 생각했다.

대한민국 최연소 트레커가 되다

Pokhara, Nepal

기대했던 푼힐 전망대는 아쉽게도 우리에게 풍경을 허락하지 않았다. 멋들어진 병풍 같다던 히말라야산맥은 구름에 가려 보이지 않고 한 치 앞도 안 보이는 회색 풍경만 두 눈 가득 담겼다. 정상에 섰다는 기쁨도 잠시, 아쉬움만 남았다. 그런데 마침 좋은 소식이 있다며 묵띠가 이야기를 꺼낸다.

"내가 아는 한 서윤이 나이의 한국 아이가 이 코스에 올라온 건 처음이야."

"우와, 서윤이가 대한민국 최초란 말이야?"

"유럽 사람들은 아이와 함께 오는 경우가 종종 있지만 한국인 중에서는 처음인 것 같아. 한국인 대부분을 우리 게스트하우스에서 안내하니까 아마 최초가 맞을 거야."

2018년 7월 31일. 만 5세, 한국 나이로 일곱 살 서윤이는 묵띠가 인정한 대한민국 최연소 안나푸르나 트레커가 되었다. 묵띠의 말이 사실이 아닐 수도 있지만 이 이야기는 서윤이에게 자신감을 선사해주었다. 아내도, 나도, 씩씩하게 이곳을 오른 서윤이가 자랑스러웠다.

　서윤이를 기특하게 생각한 건 우리뿐만이 아니다. 우리의 트레킹에 3일 내내 함께했던 안나푸르나의 주인 없는 개도 속으로 서윤이를 칭찬했을 거다. 트레킹 첫날, 산 속을 어슬렁거리던 개에게 과자를 하나 던져줬는데 녀석은 이후로 앞서거나 뒤서거니 하며 트레킹을 하는 동안 서윤이의 훌륭한 친구가 되어주었다. 어디론가 사라졌다가도 간식을 먹을 때면 용케 알고 나타나 우리를 놀라게 했다. 기념사진을 찍을 때도 자연스레 함께해준 이 녀석 덕분에 우리의 트레킹은 좀 더 즐겁고 북적거렸다.

　드디어 하산. 내리막이 시작된다는 말에 우리 모두는 환호성을 내질렀다. 하지만 만만하게 볼 수만은 없었다. 비가 내려 길이 미끄러웠고, 등산로 곳곳이 폭우로 인해 끊기거나 침수되어 있었다. 계속 넘어지는 서윤이의 손을 잡고, 위험한 곳에서는 안아주기도 하며 조심스럽게 산을 내려갔다.

　안나푸르나에서 보내는 마지막 밤. 저녁으로는 달밧을 먹었다.

동그란 쟁반에 밥과 함께 수프, 닭고기 카레, 채소절임 등이 나오는 네팔의 전통음식이다. 트레킹을 하는 동안 선생님이자 친구의 역할을 톡톡히 해준 묵띠는 음식을 먹을 때도 먹는 방법을 친절히 설명해준다. 서윤이는 손으로 먹어야 하는 게 부담스러운지 샌드위치를 사달라고 하더니 계란만 쏙 빼먹고 만다.

아내와 묵띠는 그간 참아왔던 맥주도 한 잔 곁들인다. 트레커와 식사하지 않는 게 포터의 원칙이지만, 묵띠를 조르고 졸라 겨우 맥주 한 잔 함께할 기회를 얻었다. 술기운으로 양 볼이 빨갛게 달아오른 묵띠는 세계여행 길에 오른 나와 서윤이를 향해 부러움의 시선을 보낸다.

"묵띠도 나중에 아들 데리고 여행 가면 되지!"

"네팔 여권으로는 갈 수 있는 나라가 많지 않아. 그래서 아마 나는 못 갈 거야."

묵띠에게 미안한 마음도 들고 자유롭게 여행할 수 있는 나라에 태어난 걸 감사해야겠다는 생각도 들었다.

트레킹 마지막 날은 모든 게 다 좋았다. 나이를 가늠할 수 없는 아름드리 고목과 우기의 축축함이 만들어낸 송이버섯 같은 자연의 향이 산 전체에 은은하게 퍼졌다.

"숲속을 걸어요~ 산새들이 속삭이는 길~ 숲속을 걸어요~ 꽃향기가 그윽한 길~"

산에서 보내는 마지막 날이라며 서윤이는 노래를 흥얼흥얼 신나서 우리를 앞질러 나아갔다. 시간이 지날수록 지쳐가는 나나 아내와는 달리, 서윤이는 숲속에서 나날이 생기가 넘쳤다. 하루

가 다르게 성장하고 있는 것 같았다.

길에서 똥을 발견하면, '이건 당나귀 똥' '이건 염소 똥' 하며 묵띠가 알려준 대로 구별해내기도 했다. 앞장서 길을 가다가도 '이건 밟아도 되는 돌이야!' '이 돌은 밟으면 위험한 돌이야!' 엄마 아빠에게 알려주며 껑충껑충 뛰어가기도 했다.

"여보, 우리 서윤이 더 큰 세상으로 나가도 되겠지?"

"응. 많이 자랐네. 혼자서도 저리 씩씩한 걸 보니. 나는 걱정 다 내려놓고 한국으로 돌아갈 수 있겠어."

서윤이의 뒷모습을 보다가 아내와 나는 함께 흐뭇해졌다.

소중한 여름휴가를 내고 딱 일주일, 우리의 세계여행을 응원해주기 위해 여기까지 따라온 아내. 그런 아내가 고생만 하고 가는 건 아닌가, 마음에 걸렸다. 트레킹을 하는 동안 한계에 부딪히며 힘들어하던 아내였다. 좋아하지도 않는 등산을 내 꿈이라는 말에 함께해준 아내, 지친 몸으로도 나와 서윤이를 끔찍이 돌봐주던 사람. 그런 아내와 헤어질 시간이 가까워져오고 있었다.

2018년 7월	☀ ☁ 💧 ❄

1번은 나, 2번은 아빠, 3번은 엄마. 엄마가 늦게 와서 우리가 기다려야 했어요. 한참 기다리다가 계속 "빨리 와~"라고 외쳤어요. 네팔에서 안나푸르나 산 트레킹을 마쳤습니다.

안녕, 엄마!

Kathmandu, Nepal

안나푸르나 트레킹으로 세계여행 데뷔전을 치른 우리 가족은 카트만두에서 5일을 머물며 휴식을 취했다. 휴식이라고는 하지만 사실 너무 정신이 없었다. 안나푸르나라는 평화롭고 고요한 대자연에 있다가 복작거리는 시내로 나와서일까, 여유 넘치는 시골 마을 포카라와 달리 카트만두는 바쁘고 정신없었다. 즐비한 상점과 환전소는 사람들로 붐볐고 비포장도로는 자주 내리는 비로 자전거와 자동차, 오토바이가 진흙탕에 엉켜 아수라장이었다. 오래된 차에서 나오는 매연과 흙먼지가 만들어낸 공기는 숨 쉴 때마다 폐에 먼지를 가득 얹는 듯했다.

도시의 무질서를 잠시라도 벗어나고 싶은 마음에 우리는 서윤이가 좋아할 만한 곳을 찾아다녔다. 하루는 몽키 템플에 들렀다. 언덕 위에 자리 잡은 금빛 사원에 오르자 시야 가득 카트만두 풍경이 눈에 들어왔다. 원숭이를 보며 서윤이가 재미있어 하는 모습을 상상했는데 엄마와 보내는 마지막 날이라는 생각에 서윤이는 그리 즐거워하지 않았다. 서윤이와 단둘이 여행해야 한다는 걱정을 잠시 잊고 지냈는데 점점 현실로 다가오고 있었다.

저녁에는 복잡한 시장 틈에서 여행에 필요한 준비물을 샀다. 아내의 진두지휘 아래 필요한 물건을 하나둘 채워 넣었다. 비가 내려 추적추적 진흙탕이 된 비포장길을 아내는 쉬지 않고 걸었다. 트레킹 할 때는 걷는 걸 매우 힘들어하더니 모성애의 힘인지, 쇼핑할 땐 지치지 않는 능력의 소유자라 그런지 이 순간만큼은 서윤이에게 필요한 것을 생각하며 상점 여기저기를 바쁘게 옮겨 다녔다. 머리끈, 영어 동화책, 신발 등은 샀는데 서윤이가 갖고 싶어 한 네팔 스타일의 옷은 마땅한 걸 고르지 못해 아내는 계속 마음에 걸려 했다.

다음 날, 한국으로 떠나는 아침까지도 아내는 서윤이의 옷을 사기 위해 시장으로 향했다. 어제 못 산 게 밤새 마음에 걸렸나보다. 떠나는 날까지 서윤이 생각으로 가득한 아내…. 그런 마음이 통했는지 아내는 서윤이 마음에 쏙 드는 파랗고 화려한 네팔 드레스를 결국 손에 넣었다. 그 옷을 입고 네팔 여인들의 장식인 '빈디'까지 이마에 찍은 서윤이는 영락없는 현지 소녀로 보였다.

새 옷을 입은 서윤이는 환하고 예뻤지만 내 마음은 무겁기만 했다. 딸과 아내가 겪을 서로의 빈자리를 생각하니 마음이 편치 않았다. 이별의 시간은 다가오고 있었고, 나는 그 시간 이후 우리 가족 모두가 얼마나 힘든 시간을 보내야 할지 알고 있었다.

"여보, 서윤이 절대 혼자 두면 안 돼. 서윤이가 화장실 가면 밖에서 꼭 지켜봐주고."

"응, 그렇게."

"목욕하고나서 로션 꼭 발라주고 선크림도 항상 챙겨서 나가

고. 배낭 제일 윗주머니에 넣어두었으니까 까먹지 마."

"응, 그럴게."

"밥도 잘 챙겨주고, 먹는 데 돈 아끼려고 하지 마."

"…."

이제는 그냥 고개만 끄덕인다.

"여행 욕심 너무 부리지 말고 애가 힘들어하면 고생시키지 말고 빨리 돌아와."

"…."

입을 여는 순간 내 거친 호흡이 터져 나올까 그냥 고개만 끄덕인다. 아내는 발이 떨어지지 않는지 당부할 것을 담담하게 이어간다.

"서윤아, 아빠랑 여행하다 보면 서윤이가 아빠를 도와줘야 할일이 많이 생길 거야. 아빠 말씀 잘 듣고, 아빠 잘 도와줘야 해."

"…."

서윤이도 나처럼 얼어붙어서는 눈만 멀뚱멀뚱 엄마를 바라본다. 헤어짐의 시간이다.

"어디 가더라도 아빠 손 꼭 붙잡고, 절대 어디 혼자 가면 안돼."

"음…, 알겠어."

서윤이는 그렇게 말하며 내 손을 꼭 잡는다. 엄마를 붙잡고 싶지만 그럴 수 없는 마음에 내 손을 더 꼭 쥐는 듯하다.

아내는 더 하고 싶은 말이 있지만 아이가 심란해할까 꾹 참는다.

안나푸르나를 오를 때처럼 비탈길이 펼쳐져 있지도 않고 무거운 배낭이 몸을 짓누르고 있지도 않지만, 탑승 게이트로 향하는 발걸음이 그 어느 때보다 무겁다.

"전화할게, 여보."

이 한마디 하는데 바보처럼 목이 메더니 왈칵 눈물이 난다. 아… 역시 입을 벌리지 말았어야 했다. 서윤이가 보기 전에 수습하고 싶은데 쉽지가 않다.

엄마 없이 지내야 하는 서윤이의 상실감과 한국에서 오랜 시간 혼자 있어야 하는 아내를 생각하니 가슴이 저렸다. 내가 없으면 잠도 잘 못 자는 겁쟁이 아내인데…. 걱정도 되고 미안하기도 하고 고맙기도 하고… 아내를 향한 복잡한 마음이 가슴에 스친다.

눈물 흘리는 모습을 서윤이에게 보여주고 싶지 않아 재빨리 먼 하늘로 고개를 돌렸다.

서윤이는 엄마를 꼭 안아주며 담담하게 인사한다.

"안녕, 엄마."

아내에게 눈빛으로 간신히 인사하고 서윤이 손을 잡은 채 공항 출구로 향했다. 아내는 우리의 뒷모습을 눈으로 쫓으며 손을 흔들고 있다.

나와 서윤이는 서둘러 택시에 올랐다. 하늘은 파랗고 내 마음은 묵직한 무언가에 짓눌려 있다.

"아빠 울어?"

"아니, 하품했어."

방심한 순간 내 불안정한 호흡을 서윤이가 눈치챘다.

"으이그, 우리 울보 아빠. 내가 보살펴줘야겠네!"

서윤이가 내 손을 잡는다. 딸의 능청스러움에 미소가 번지는 동시에 눈물 한 줄기가 볼을 타고 흘러내렸다. 엄마가 떠나는 순간 벌써 딸은 훌쩍 자란 느낌이다.

열흘 만에 세계여행 포기 선언

Kathmandu, Nepal

아내를 배웅하고 호텔로 돌아가는 택시 안. 내 마음을 진정시킨 후에야 아이를 향해 고개를 돌릴 수 있었다. 서윤이는 차창 너머로 해 지는 하늘만 바라보고 있다.

"서윤아, 이제 오랫동안 엄마 못 보는데 괜찮아? 슬프지 않아?"

"아빠, 엄마가 그랬는데 내가 속상해하면 아빠가 더 속상해한다고 했어. 그래서 나 슬퍼하지 않을 거야. 아빠 힘들면 안 되니까."

"정말 고마워, 우리 딸."

기특한 내 딸, 서윤이 볼에 입맞춤한다.

아내가 남기고 간 말의 힘이 컸던 걸까. 서윤이는 엄마 없는 카트만두에서 평소보다 더 어른스럽게 행동했다. 혼자 양치질도 하고 목욕까지 한 뒤 침대에 누워 잘 준비를 한다. 평소의 서윤이라면 엄마가 씻겨준다고 해도 싫다며 도망 다녔을 텐데…, 엄마가 떠나기 전 남긴 당부 때문인지 할 수 있는 건 혼자 하려고 노력하고 있다.

한국에서도 엄마 목걸이를 만지작거리며 잠에 들던 서윤이는, 이곳에서도 엄마 목걸이를 손에 품었다. 아내가 한국으로 가기 전 서윤이 목에 자신의 목걸이를 걸어 주었다.

"서윤아. 엄마 목걸이 서윤이 줄게. 잘 때 이거 만지고 자면 엄마랑 같이 자는 기분이 들 거야."

서윤이는 엄마 목걸이를 손에 쥔 채 엄마 없는 첫밤을 무사히 보냈다.

하지만 다음 날, 엄마 보고 싶은 마음까지 참아가며 나를 위해 애써주던 서윤이가 무너졌다. 복통과 설사 때문이었다. 카트만두에 도착한 날부터 매일 설사를 하고 있었는데, 날이 갈수록 그 증세가 심각해졌다. 음식 문제인가 싶어 가급적 끓여 먹는 음식을 찾아다니며 조심했지만, 별 소용이 없었다. 카트만두의 끔직한 대기오염이 문제인가? 별의별 생각이 다 들었다.

엄마와 떨어져 씩씩하게 지내는 서윤이를 위해 놀이동산과 동물원에 다녀왔고 호텔로 돌아오는 길, 서윤이는 배가 아프다며 당장 화장실에 가고 싶다고 얼굴을 찌푸렸다. 대기오염이 심각한 카트만두에서 지낸 게 잘못된 걸까? 배가 아프다고 했을 때 이곳을 바로 떠났어야 했나? 그냥 숙소에만 있을 걸 그랬나… 아이가 아픈 게 내 탓인 것만 같아 머리가 복잡해졌다.

의젓하기만 하던 서윤이도 몸이 아프니 눈물을 펑펑 쏟는다.

"아빠, 우리 엄마한테 가자. 그냥 한국 가자."

한국에서 챙겨온 약을 먹이고 아이를 호텔 침대에 눕혔다.

"아빠는 서윤이랑 여행하면서 함께 보고 싶은 게 정말 많아. 그런데 아직은 아주 조금밖에 보여주지 못한 것 같아. 지구가 엄청 큰 거 알지? 지금 돌아가면 아빠가 서윤이한테 보여줄 수 있는 게 아무것도 없는데…. 서윤아, 우리 서윤이 큰 산도 씩씩하게 잘 다녀왔잖아~ 정말 멋졌어! 힘들었을 텐데도 한국에 있는 산보다 훨씬 높은 산을 서윤이가 잘 올라주어서 아빠는 무척 좋았어. 이제 사막에 가서 낙타도 탈 거고 멋진 바다에 가서 수영도 할 거야! 서윤이가 진짜 해보고 싶어 했잖아."

내 말을 듣던 서윤이는 이불에 얼굴을 묻고 한참을 훌쩍이더니 엄마와 통화하고 싶다고 했다.

"우리 서윤이, 엄마랑 영상 통화할까?"

엄마의 목소리에 서윤이의 서러운 감정은 조금 진정되었다. 그래도 배탈은 나아지지 않아 지사제 한 알을 더 챙겨 먹였다. 서윤이가 편히 잠들 수 있도록 책을 읽어주는 동안, 엄마 목걸이를 손에 쥔 서윤이는 어느새 스르르 잠이 들었다.

서윤이가 잠든 걸 확인하고 침대에서 조심스럽게 몸을 빼 노트북을 켰다. 한국에 있는 가족들이 서윤이 모습을 볼 수 있도록 여행을 하며 찍은 사진과 영상을 그때그때 블로그와 유튜브에 올리고 있었다.

몇 시간이나 흘렀을까. 작업을 마치고 귀에 꽂은 이어폰을 뺐는데 아뿔싸, 그제야 서윤이의 끙끙 앓는 소리가 들렸다. 시계를 보니 새벽 2시. 아이의 이마가 불덩이다. 한국이었다면 당장 응급실로 뛰어갔을 만큼 뜨겁다.

"서윤아, 잠깐 일어나 봐. 서윤아, 정신 차려 봐."

"으, 으응."

"서윤이 몸이 아파? 어디가 아파?"

"아빠 추워…."

"일단 해열제 하나 먹자…."

아이는 식은땀을 흘리며 춥다고 했다. 축 늘어져 정신을 못 차렸다. 내가 할 수 있는 게 아무것도 없다.

해열제 하나를 겨우 먹이고 서윤이를 다시 침대에 뉘었다. 서윤이는 이불을 덮고 몸을 오들오들 떨었다. 병원을 검색하고 전화도 해봤지만 너무 늦은 시간이라 당장 갈 수 있는 곳이 없다. 아침까지 무작정 기다리는 수밖에 없었다. 타국에서 아이가 아프니 대책이 없다. 할 수 있는 건 아이를 바라보는 것뿐. 아이는 아픈데 아빠가 해줄 게 없다.

카트만두에 있는 내내 밥만 먹으면 설사를 한 서윤이는 살이 훌쩍 빠져 있었다. 볕에 그을려 까맣고 비쩍 마른 아이… 내가 7년을 봐온 내 딸이 맞나 싶을 정도다.

해열제로도 열이 떨어지지 않아 아이의 몸에서 이불을 치웠다. 오들오들 떨고 있는 모습이 안쓰러웠지만, 체온을 낮추기 위해서는 어쩔 수 없었다.

'결국 이건가? 이렇게 애 고생시키자고 그 난리를 피워 여행을 왔나.'

아이 아프지 않게 잘 보살피라던 아내의 얼굴을 볼 면목이 없다. 내 욕심 때문에 가족 모두를 고생시키는 것 같아 모든 게 후회됐다. 세계여행도, 육아휴직도…. 그러다 결론을 내렸다.

'한국으로 돌아가자. 아이 건강보다 중요한 건 없으니 집으로 가자.'

서윤이 이마에 물수건을 얹어주며 자책의 시간을 보냈다. 어느
덧 커튼 사이로 새벽의 푸른빛이 새어 들어왔다. 옅은 희망의 빛
이었을까. 아이의 체온은 내려갔고 한결 편안한 숨소리가 들려
왔다. 깊은 잠에 빠진 듯 보였다. 그제야 나도 눈을 붙였다.

오전 내내 잠만 자던 서윤이가 오후가 되자 깨어났다. 다행히
열은 내렸고 '어젯밤에 나 열났었어?' 묻는 듯한 천진난만한 표정
을 짓는다. 아직 여행을 포기하지는 않아도 될 것 같다.
　노트북에서 구글 지도를 켜 여기저기를 돌려본다.
　"서윤아, 우리 이제 어디 가볼까?"
　"아빠, 우리 바다 가자. 수영해도 되지?"
　"그래, 좋아. 바다로 가자! 실컷 수영하러 가자! 어느 바다로 가
볼까?"
　서윤이가 둥근 지구본을 이리저리 돌리다 찍은 곳은 중동의
바다였다.
　아이를 아프게 했던 이 카트만두를 빨리 떠나고 싶어 우리는
곧장 중동으로 가기로 했다. 서윤이가 이곳에 있는 내내 왜 아팠
는지 그 이유는 정확히 모르겠지만, 카트만두의 대기오염은 가만
있어도 눈이 따끔거릴 정도였다. 숨이라도 편하게 쉴 만한 곳으
로 어서 떠나고 싶었다.
　세계 최고의 산을 가진 네팔을, 우리는 공기가 더럽다는 이유
로 도망치듯 떠났다.

◇

두바이
Dubai

세계 최고층 빌딩, 세계 최대 쇼핑몰, 금괴 자판기, 야자수 모양의 간척지 등 흥미로운 것들이 많은 두바이지만, 여름에 갈 곳은 못 된다. 기온이 40도만 넘으면 지구 재앙을 의심하는 대한민국 사람으로서, 두바이의 50도는 감당할 수가 없다. 점심 식사를 위해 10분 거리를 걷던 중 서윤이는 이렇게 말했다. "아빠, 도대체 언제까지 걸어가는 거야? 죽을 것 같아!" 안나푸르나를 오일 내내 걷던 아이도 두바이 더위 앞에서는 10분 만에 쓰러졌다.

우리는 더위가 한풀 꺾이는 저녁 시간을 이용해 사막 투어를 했다. 사륜차로 모래 언덕을 달리고 낙타 체험과 사막 썰매 타기, 샌드보딩 등 서윤이가 즐거워할 만한 경험을 맘껏 했다. 다만, 놀이 기구처럼 정신을 쏙 빼놓는 사륜차 때문에 서윤이는 멀미를 하기도 했다. 비위가 약하면 멀미약은 필수, 모래가 눈에 들어가지 않도록 선글라스도 잊지말아야 한다.

아쿠아벤처 워터파크는 서윤이도 나도 두바이에서 최고로 즐거운 시간을 보낸 곳이다. 빨대 같은 통로를 떠내려가며 상어가 사는 수족관을 구경할 수 있었는데, 이 순간이 가장 기억에 남는다.

위 서윤이는 여행 시작 후 처음 보는 바다에 매우 신났다.

아래 한복 입은 서윤이는 여행자 사이에서 인기 최고!

위 이슬람 복장이 낯설었던 서윤이는 '저 옷은 뭐야?' '왜 저렇게 입고 있어?' 등등의 질문
을 쏟아냈다.

아래 사막 투어에 포함되어 있던 전통 공연. 서윤이도 집중해서 볼 만큼 화려하고 즐거웠다.

위　긴 유수풀을 래프팅 타듯 시간 가는 줄 모르고 즐겼다.

아래　사진은 못 찍었지만 수족관마다 그 앞에 아랍식 좌식 소파가 놓여 있었다. 그곳에 앉
　　아 묘하게 빠져든 시간!

특가가 가져다준 행운

Batumi, Georgia

우리는 지금 두바이에서 조지아 바투미로 향하는 비행기 안에 있다. 어디를 가볼까 항공권 구매 사이트를 둘러보다가 바투미 항공권이 18만 원에 올라와 있는 걸 발견했다. 평소 40~50만 원 수준이니 이건 기적과도 같은 특가다. 게다가 흑해 관광객을 위한 여름 시즌 한정 티켓이라니… '한정', '특가' 이 두 단어가 더해지니 묘하게 사야 할 것 같은 생각이 든다. 가지 않을 이유도 없고 이건 무조건 사야 했다! 3일 정도 둘러보고 떠나야지… 가벼운 마음으로 티켓을 끊었다.

두바이를 떠나기 위해 체크인 카운터에 줄 서 있는데 사람들이 수속을 밟고 가도 줄이 줄지 않는다. 누군가 새치기를 하고 있는 게 분명했다. 따지고 싶었지만 주변 모두 니캅을 입고 있어서, 그러니까 머리부터 발끝까지 검은 옷으로 감싸고 눈만 내놓고 있어서 누가 새치기를 한 건지 알 길이 없다. 이런 일도 있구나, 어이 없는 웃음이 난다.

비행기가 두바이 공항을 뜨자 또 한편의 코미디가 시작됐다.

기내에 있는 모든 사람이 안전벨트 등이 꺼지기만을 기다린 것처럼 여기저기 술판을 벌이고 급기야 누구는 노래까지 부른다. 지금 여기는 노래방 기계가 쉬지 않고 돌아가는 관광버스다. '이 사람들 서로 다 아는 사람들인가?' 싶을 정도다. 음주가 금지된 나라 두바이에서 술에 굶주려 있던 여행자들이 면세점에서 산 술을 마시며 알코올이 주는 자유에 푹 빠져 있다. 과음은 기본이오, 심지어 토하는 사람도 있다.

"아빠 우리도 밥이나 먹자."

서윤이가 가방에 넣어둔 샌드위치를 꺼낸다. 저가항공이라 기내식을 별도로 주문해야 해서 돈도 아낄 겸 공항에서 미리 샌드위치를 사뒀다. 사람들의 소음을 피해 이어폰을 귀에 꽂고 노트북에 다운 받아둔 영화를 서윤이와 함께 본다. 유럽 여행을 앞두고 서윤이의 호기심을 자극하기 위해 〈그리스 로마 신화〉와 예수 관련 만화 영화를 준비했다. 서윤이는 집중해서 보지만 난 지루할 뿐이다.

금방 끝날 줄 알았던 기내 술 파티는 바투미가 내려다보일 때까지 계속되었다.

비행기는 세 시간 반을 날아 바투미 공항에 착륙했다. 우리를 환영해주는 것처럼 아름다운 석양이 활주로에 반사되고 있다. 두바이의 뜨겁고 메마른 공기 속에서 힘들게 숨 쉬다가 바투미에 오니, 이제야 사람 사는 곳에 온 기분이 든다. 방금 전까지 비가 왔는지 공기가 한층 더 상쾌하게 느껴진다.

아담한 바투미 공항은, 마치 작은 신도시 버스 터미널 같다. 여권을 내밀자 입국 심사 담당자가 한국 여권은 처음인지 여기저기 전화를 해 처리 절차를 문의한다. 한국인의 경우 조지아에서 1년 간 무비자 체류가 가능하다는 걸 알고 왔는데, 담당자는 이를 확 인하느라 애를 먹는다. 결국 비행기에서 함께 내린 사람이 다 빠 져나가고 나서야 여권에 입국 도장을 받을 수 있었다.

이제 숙소로 이동해야 하는데 유심 파는 곳도 없고 환전소도 없다. 충동적으로 오게 된 곳이라 조지아에 대해 알고 있는 게 거 의 전무한 상태라 더 난감했다.

에어비앤비도 급하게 예약했기에 호스트와 이렇다 할 얘기가 된 게 없어서 낙동강 오리알 신세가 된 기분이었다. 공항에 몇 시 쯤 도착할 것 같다고만 메시지를 보냈지, 숙소로 어떻게 가면 되 는지, 어디서 어떻게 만나 체크인을 할지도 전혀 얘기가 되지 않 았다. 숙소 가는 길이라도 얼른 찾아봐야 할 것 같아 와이파이 동 냥을 위해 카페로 발을 딛는데, 빨간 숏컷의 아주머니가 우리를 향해 달려온다.

"유니, 여행은 재밌었어?"

맙소사, 에어비앤비 앱에서 사진으로 봤던 집주인 아주머니다. 우리의 바투미 호스트, 마오! 공항까지 픽업을 와주다니! 어떻게 찾아 가야 할지 머리가 아파오던 참인데 구세주가 따로 없다.

숙소 예약을 위해 호스트에게 메시지를 보내며 우리 여행을 짧게 소개했었다. 육아휴직하고 딸과 세계여행을 하고 있다고, 내 딸의 영어 이름은 Yooni라고⋯. 대충 지나칠 수 있는 걸 기억 하고 이렇게 반갑게 맞아주다니, 세심하고 따뜻한 호스트다.

마오는 서윤이 가방을 손에 들더니 다른 손으로 서윤이를 잡

고 차가 있는 곳으로 우리를 안내한다.

"You are awesome, Yooni. I have a daughter and she is 7 years old girl. I like traveling with my girl. Where is your favorite place?"

이 아주머니를 따라가도 되는지 서윤이는 나를 힐끔 보며 눈짓으로 물어본다. 괜찮다고 고개를 끄덕였더니 그제야 발을 맞춰 나간다.

"아빠, 근데 이 아줌마가 나한테 뭐 물어본 거 아니야?"

"아줌마도 딸이 있대. 그리고 어디가 제일 좋았냐고 물어보는데?"

"아~ 코리아!"

"우와, 한국이 그렇게 멋진 곳이야? 아줌마는 아직 못 가봤는데…. 아줌마도 딸이랑 같이 한국 가고 싶다."

마오는 가던 길을 멈추고 쪼그려 앉아 서윤이와 눈을 맞추고 따뜻하게 호응해준다. 역시 아이들과 친해지는 건 이 세상 아줌마들을 따라갈 수 없다.

우리는 마오의 차로 숙소까지 이동했다. 이미 많은 손님을 맞은 슈퍼호스트답게, 마오는 차로 이동하는 동안 바투미에서 할 만한 것들을 친절하게 설명해주었다. 집 근처에 다다르자 편의시설과 마트에 일부러 들러가며 동네 이곳저곳을 소개해주었다.

바투미에서 뭘 해야 할지, 숙소까지는 어떻게 이동하고 키는 어디서 받아야 할지, 방금까지는 머릿속이 깜깜했는데 마오라는 한 사람 덕분에 모든 게 해결되었다.

조지아는 조지아어를 쓴다기에 말이 안 통할까 봐 걱정했는데 마오의 영어 실력은 매우 유창했다. 심지어 러시아어, 프랑스어도 가능했다. 마오는 사진가로 활동하고 있으며 흑해 근처에서 와인바도 운영한다고 했다. 해변에서 사진과 와인이라니…. 내 관심 분야인 사진 이야기를 듣는 것도 재미있을 것 같고, 유럽 여행도 많이 다녔다고 하니 유용한 정보도 풍부하게 얻을 수 있을 것 같아서 마오와 함께할 시간이 기대됐다.

마오의 집은 좀 낡긴 했지만 깔끔했으며 각종 편의시설도 잘 갖추어져 있었다. 무엇보다 와이파이가 정말 빨랐다. 딸이 쓰던 방에는 장난감 등 서윤이가 좋아할 만한 게 많이 있어서 서윤이도 나도 만족스러웠다.

서윤이는 이곳에서 일곱 살 생일을 맞았다. 서윤이가 먹고 싶다는 맥도날드 빅맥을 사놓고 둘이서 조촐한 생일 파티를 했다. 서윤이 친구들을 초대할 수 없어 아쉬웠지만 노트북 영상 통화로 아내만큼은 잊지 않고 초대했다. 이렇게라도 가족 셋이 얼굴을 마주하니 기분이 좋았다. 함께 생일 축하 노래를 부르고, 아내는 서윤이에게 생일 축하 인사도 전했다.

"우리 서윤이, 생일 축하해! 아빠가 유튜브에 서윤이 여행 영상 올려줘서 엄마가 재미있게 잘 보고 있어. 우리 딸 이렇게 얼굴 보니까 TV에서만 볼 수 있는 배우 같다. 엄마도 거기로 바로 달려가고 싶네. 아빠랑 맛있는 거 먹으면서 생일 재미있게 보내고, 서윤이 생일에 엄마가 함께 해주지 못해서 미안해. 다음 생일은 엄마랑 아빠랑 다 같이 신나게 파티하자. 약속~!"

"응! 엄마, 여기 엄청 좋아. 나도 엄마 오면 진짜 좋겠다. 다음에는 엄마랑 같이 여행하고 싶다.”

엄마와 통화를 끝낸 서윤이에게 나도 축하 인사를 전했다.

“서윤아, 생일 축하해. 아빠랑 씩씩하게 여행 함께 해줘서 정말 고마워. 서윤이 뭐 갖고 싶어? 생일 선물 사줄 테니까 뭐든 말해 봐!”

잠시 고민하던 서윤이가 뜻밖의 말을 꺼낸다.

“엄마 옷 사주고 싶어!”

“서윤이 생일인데 엄마 옷을 사주고 싶다고?”

“응! 엄마 옷을 가지고 여행하면, 엄마랑 같이 있다는 생각이 들 것 같아. 그리고 엄마는 우리랑 여행 못하잖아~ 그래서 우리랑 함께 다닌 옷을 선물해주면 같이 여행한 것처럼 엄마가 좋아하지 않을까?”

일 년에 한 번밖에 없는 자신의 생일 선물로 엄마 옷을 사고 싶다는 기특한 딸 서윤이. 일곱 살이면 손가락 꼽으며 자기 생일만

기다릴 나이인데 이런 생각도 하다니, 사랑스럽고 예뻤다. 나랑 둘이 지내다 보니 애늙은이가 된 건가…?

다음 날, 서윤이와 약속을 지키기 위해 쇼핑몰을 찾았다. 휴양 도시 흑해답게 화려한 여름 컬렉션이 눈길을 끌었다. 서윤이와 나는 한국에서부터 쇼핑만큼은 죽이 잘 맞는 환상의 콤비다. 어디를 가든 십분이면 끝난다. 망설임이 없다. 서윤이는 매장을 휙 둘러보더니 빨간색 원피스를 손에 잡는다. 나는 옆에서 사이즈만 체크해주었다.

아무리 그래도 서윤이 생일인데 그냥 넘어갈 수는 없어서 서윤이에게 입고 싶은 옷을 골라보라고 했더니 등이 훤히 파인 미키마우스 원피스를 골라 든다. 엄마 옷과 똑같은 빨간색이다.

서윤이는 쇼핑몰에서 옷을 바로 갈아입고 한껏 업된 기분으로 바투미 관광에 나섰는데, 거리 곳곳 놀라움의 연속이다. 건물과 거리 풍경은 고풍스러운 유럽 분위기인데 물가는 동남아 수준이라면 믿겠는가? 세상 어디를 가도 한국 여행자 없는 곳이 없다던데, 도대체 왜 이곳이 한국인에게 알려지지 않은 건지 의아할 정도였다. 한편으로는 앞으로도 쭈욱~ 알려지지 않았으면 좋겠다는, 나만 알고 싶다는 생각도 들었다. 그러고 보니 이곳에 온 뒤로 한국 사람도, 일본 사람도, 중국 사람도 보지 못했다. 우리를 본 어느 상점 주인은 한국 사람은 처음이라며 신기해하기도 했다.

식당에서 둘이서 푸짐한 한 끼를 먹어도 만 원을 넘지 않는 놀라운 물가! 슈퍼마켓에서 양손 가득 과일을 사도 몇천 원이면 완벽 해결! 오백 원밖에 안 하는 수박은 어찌나 크고 무거운지 들고 오기가 힘들 정도였다.

바투미의 잘 꾸며진 광장에는 쓰레기 하나 없었으며, 아름다운 공원은 아이들을 위한 시설로 가득했다. 밤늦게까지 공원에서 뛰어 노는 아이들도 많았다. 범죄가 없다는 방증이지 않을까 싶어 아이 키우기 참 좋은 동네라는 생각이 들었다.

햇볕은 따갑지만 온도는 높지 않아서 걷기에도 좋고, 수영하기에도 안성맞춤이었다. 게다가 크거나 복잡하지 않은 아기자기한 소도시라 아이와 지내기에도 딱 좋았다. 바투미, 그야말로 특가가 가져다준 행운의 도시가 따로 없다.

사기꾼? 아니, 최고의 호스트

Batumi, Georgia

마오가 운영하는 카페 겸 와인 바에 왔다.

"웰컴, 유니! 오늘 잘 지냈어? 어디 다녀왔어? 아줌마가 알려준 공원에는 가봤어?"

마오는 특유의 익살스러운 표정으로 서윤이에게 말을 건넨다. 자녀가 둘이라더니, 아이 기분을 즐겁게 해주는 탁월한 능력을 지녔다. 우리에게 노천 테이블을 안내해준 마오는 서윤이를 위해 먹음직스러운 초콜릿 쿠키 하나를 내온다.

"조지아 와인이 세계 최고인 거 알아요?"

마오가 내어준 와인 메뉴판을 건네받았는데 와인에 대한 지식이 없어 어떤 와인이 좋은지 도통 알 수가 없다. 메뉴판을 한참 보다가 결국 마오에게 추천을 부탁했다.

가게 안으로 들어간 마오는 화이트와인과 레드와인을 두 잔씩 가지고 와서 각각을 설명해준 뒤 향을 맡고 맛보기를 시켜준다. 순간 '맛보기치고는 양이 너무 많은데? 나중에 비용 청구하는 거 아니야?' 의심이 들었지만, '공항까지 픽업도 와 주었으니 이 정도 바가지는 써 줄게' 하는 생각에 기분 좋게 와인을 마신다. 드라

육아 휴직하고 떠난 세계여행 갑디다

이하지만 깔끔한 맛의 와인부터 청량감 있는 스파클링 와인까지,
마오가 추천해준 와인 모두 나름의 매력이 있다. 나는 마오가 추
천해준 것 중 믹스커피 느낌의 달달한 와인으로 한 잔 주문했다.
서윤이는 바나나 밀크셰이크를 시켰다.

　여름이면 휴양하러 온 러시아 사람들로 가득하다는 이곳. 해
변에서 그리 멀지 않은 마오의 카페에 앉아 있으니 수영복 차림
의 사람들이 내 시선을 잡아끈다. 와인 때문인지, 수영복 차림의
러시아 미녀들 때문인지, 그것도 아니면 뜨거운 햇볕 때문인지…
열기가 후끈 달아오른다. 카페 스피커에서 흐르는 음악도 이 좋
은 분위기에 한몫한다.

　"딸, 내일은 꼭 수영하러 가자!"

　"좋아, 아빠! 그런데 여기 내 또래 친구들 되게 많다!"

　그러고 보니 전날부터 궁금했다. 길거리에 뛰어 노는 아이들이

어쩐지 다른 나라보다 훨씬 많아 보인다. 음료를 가져오는 마오에게 물었다.

"이 동네에는 왜 이렇게 아이들이 많아요? 놀이터에서 아이들이 밤늦게까지 뛰어 놀더라고요. 한국에서는 어린아이 보기가 진짜 힘들어요. 대부분 아이를 하나만 낳거나 아예 낳지 않으려는 사람이 많아요."

"그래요? 여기는 아이들이 많아요. 보통 세 명 정도는 낳는 것 같아요. 여기저기 여행 많이 다녀봤지만, 날씨 좋고 안전하고⋯ 여기만큼 아이 키우기 좋은 곳이 없는 것 같아요."

마오 말대로 바투미는 정말 아이 키우기 좋은 동네 같다. 내가 느꼈던 이곳의 첫인상은 어디에나 있는 놀이터, 그 안에서 뛰어 노는 아이들 모습 그 자체였다. 여름이 한창인 8월이었지만 햇볕도 그리 따갑게 느껴지지 않았다. 한낮 기온이 30도, 겨울마저도 최저 기온이 영상 15도 내외로 그리 춥지 않다고 하니 참 살기 좋은 곳이다.

마오와 사진, 육아, 여행 등 다양한 주제로 대화 나누며 즐거운 시간을 보냈다. 내가 직접 겪은 바투미도 좋지만 현지인과 대화하며 알아가는 바투미는 더욱 매력적이다. 가까운 친구가 된 듯 이 도시가 정겹게 느껴진다. 마오는 서윤이를 위해 크레파스와 컬러링 종이도 꺼내 와 서윤이가 심심하지 않도록 배려해주었다.

한참 수다를 떨다가, 마오에게 계산서를 요청했다. 이 카페에서 우리가 먹은 건 와인 다섯 잔과 밀크셰이크 한 잔 그리고 쿠키였다. 물가가 저렴하다지만 그래도 먹은 게 많으니 어느 정도는 금액이 나올 줄 알았다. 그런데 내 손에 들린 계산서에는 고작 4

천 원 정도가 적혀 있었다. 어떻게 된 거지? 자세히 살펴보니 마오가 추천해준다고 가져왔던 와인 네 잔과 큼지막한 쿠키 금액은 빠져 있었다. 마오의 친절을 장삿속으로 오해한 게 좀 미안하게 느껴졌다. '비쌀 것 같아 한 잔만 주문했는데 이럴 줄 알았으면 병으로 주문할 걸 그랬나?' 후회되기도 했다.

"추천해준 와인 네 잔 다 맛있었어요. 제가 마신 거니 전부 계산할게요."

"아니에요. 제가 초대한 거잖아요. 그냥 선물로 생각해줘요."

뭐지? 내가 집값을 바가지 쓴 건가? 그래서 이 정도는 서비스로 주는 건가? 인근 숙소 값과 비슷한 금액이라 바가지 쓴 것도 아닌 것 같은데…. 낯선 이의 친절에 의심부터 하는 건 내가 그간 너무 찌들었기 때문이겠지? 바로 감사의 말을 전했다.

"고마워요. 잘 마셨어요."

사흘만 머물 예정이었던 바투미에서 여섯 밤을 보냈다. 물가도 저렴하고, 음식도 맛있고, 날씨도 좋고, 바다도 아름답고, 특히 흑해의 석양은 세계 최고였다. 무엇보다 아름다운 사람이 너무 많았다. 관광객에게 바가지 씌우려 하지 않고 다들 순박하고 친절했다. 영영 때타지 않았으면 하는 보물 같은 여행지다.

우리는 수영하러 갔던 날에도, 보태니컬 가든을 구경한 날에도, 케이블카를 타고 산 정상에 올랐던 날에도 마오의 카페에 하루에 한 번씩은 꼭 들렀다. 귀찮을 수도 있는데 마오는 언제나 밝은 미소로 우리를 맞아주었다. 가끔은 새 와인이 들어왔다며 그냥 건네주기도 하고, 며칠 사이에 서윤이 입맛을 파악해 쿠키며,

케이크며 서윤이가 좋아할 만한 디저트도 챙겨주었다.

이제는 그런 바투미를 떠날 때가 된 것 같다. 일주일 정도 머물며 몸과 마음에 충분한 휴식을 취했다. 이제는 나도, 서윤이도 몸이 근질거렸다.

세계여행의 다음 장소는 터키 이스탄불로 정했다. 역사적으로 의미가 깊은 곳이라 도시 곳곳이 다채롭고, 서윤이에게도 큰 공부가 될 수 있는 도시라 기대가 됐다.

이스탄불로 향하는 항공권 예매 사이트를 들여다보던 중 2년째 세계여행을 하고 있는 중학교 동창 민욱이에게 페이스북 메시지가 왔다. 내가 페이스북에 올린 바투미 사진을 보고 연락했다며, 지금 조지아의 수도 트빌리시로 향하는 중이라고 가능하다면 꼭 만나고 싶다고….

와, 대박이다. 일산에서 우연히 마주쳤던 게 마지막이니까 무려 12년 만이다. 만나야지, 당연히 만나야지. 나와 서윤이는 시간 많은 자유여행자니까….

바투미에서 트빌리시는 버스로 여섯 시간 거리. 항공권 예약 사이트를 끄고, 곧바로 트빌리시로 향하는 버스를 예매했다.

다음 날, 바투미를 떠나기 전 마오를 만났다. 키를 전해주며 그간 고마웠다고 인사했다. 서윤이도 고맙다는 말과 함께 마오를 꼭 안아주었다. 마오는 터미널까지 데려다주지 못해 미안하다며 직접 택시를 잡아주었다. 우리를 대신해 기사님에게 목적지를 설명해주고 급기야는 택시비까지 건넸다. 호스트와 게스트로 만난 사이일 뿐이니 이렇게 잘해줄 필요는 없는데…. 이정도면 날 사랑하거나 내가 불쌍해 보이거나 둘 중 하나인 것 같다. 물론 후자일 확률이 99%겠지만. 나와 서윤이는 배낭 여행자라 추울 때 입는 옷, 더울 때 입는 옷, 잘 때 입는 옷 각각 한 벌이 끝이다. 그렇다 보니 바투미에선 더울 때 입는 옷 한 벌로 버텼는데 그게 그렇게 도와주고 싶을 정도였나, 지난 시간을 뒤돌아보게 됐다.

"마오, 우리한테 집값 바가지 씌운 거 아니에요? 와인도 선물하더니 택시비까지 내주는 거 보면…. 우리한테 돈 엄청 많이 받은 거 같아~"

"하하. 아이랑 세계여행하려면 돈이 많이 필요하잖아요. 둘의 여행을 응원하는 사람으로서 택시비 정도는 내가 내주고 싶어서 그래요. 재용, 당신 정말 멋진 아빠예요. 한국으로 돌아갈 때까지 안전한 여행하기를!"

감동의 말을 쏟아낸 마오는 내게 엄지손가락을 치켜 '좋아요' 표시를 해준다.

"유니, 넌 정말 예쁘고 사랑스러워. 아빠랑 같이 여행 즐겁게 해!"

서윤이를 한 번 더 꼭 안아주는 참 따뜻한 사람. 아무런 기대 없이 왔던 이곳에서 가슴 뜨거운 추억을 안고 떠난다.

'당신의 친절이 이 바투미를 지구에서 가장 따뜻한 곳으로 만들어주었어.'

이렇게 마오와 '마지막' 작별 인사를 했다.

뜻밖의 만남이 가득한 이곳

Tbilisi, Georgia

이런, 택시에 휴대폰을 두고 내렸다. 배낭과 크로스백, 서윤이 가방까지 챙기다 보니 정작 손에 쥐고 있던 휴대폰의 존재를 까맣게 잊고 말았다. 곧 버스가 출발할 시간이고, 해외에서 잊어버린 물건을 찾는 건 거의 불가능하다는 생각에 별 수 없이 버스에 올랐다.

낙담한 채 버스에 앉아 있는데 문득 '휴대폰 없는 여행이 가능할까?' '서윤이와 아내가 통화를 못하게 될 텐데 이를 어쩌지?' '앞으로 길은 어떻게 찾지?' '트빌리시 호스트는 어떻게 만나야 하지?' 걱정이 꼬리에 꼬리를 물었다. 아, 복잡하다. 그런데 곧이어 이런 생각도 스멀스멀 솟아올랐다. '그래 아이폰7을 좀 오래 쓰긴 했지?' '아이폰X가 조지아에서는 얼마나 하려나?' '어차피 핸드폰 없는 여행은 말이 안 되니까 사긴 사야겠지' 위기는 뜻밖의 기회가 되기도 한다.

트빌리시에 도착하자마자 카페로 가 노트북을 열었다. 트빌리시 에어비앤비 호스트에게 메시지를 남기면서, 혹시 몰라 마오에게도 메시지를 남겼다.

"마오, 제가 택시에 휴대폰을 두고 내렸어요. 택시 회사에 전화해서 분실물로 들어온 게 있는지 확인해줄 수 있어요?"

물가가 저렴한 조지아에서는 휴대폰, 그것도 아이폰은 값비싼 전자 제품에 속했다. 기대할 수 있는 상황은 아니었지만 새 물건을 사기 전 최소한의 노력은 했다는 걸 아내에게 전해야 했다. 그런데 다음 날, 마오에게서 놀라운 연락을 받았다.

"휴대폰 찾았어요! 택시 회사에 있다니까 내가 챙겨 놓을게요."

"와, 진짜 다행이에요! 트빌리시에서 친구 만나고 오일 정도 있다가 다시 바투미로 갈게요. 정말 고마워요."

이럴 때는 이런 표현이 제격이다. '대~박!!' 기대도 하지 않았는데 찾았단다. 아이폰X의 꿈은 무너졌지만, 마치 백만 원이 세이브된 것처럼 기분이 좋았다. 마오는 우리 부녀에게 정말 은인 같은 사람이다.

졸지에 휴대폰 없이 보내게 된 트빌리시. 어떻게 움직여야 하나 막막했는데 버스 노선과 위치 정보를 꼼꼼히 적어 나오면 나름 할 만했다.

트빌리시에서는 가장 먼저 민욱이네 부부를 만났다. 2년이 넘도록 세계여행을 하고 있는 민욱이네 부부와 이제 막 여행 한 달이 된 우리 부녀가 만나니 네 사람 다 할 얘기가 넘쳤다. 쉴 새 없이 떠드는 순간 우리 사이를 막고 있던 12년의 공백은 흔적도 없이 날아가버렸다. 모처럼 한국 사람을 만난 서윤이는 제수씨와 수다 삼매경이다. 경주에서 제법 이름난 빵집을 꾸려가던 민욱이

는 경주 지진을 겪으며 인생의 방향을 바꾸었다고 했다. '열심히 일하고 나중에 즐기자' 모드에서 인생 언제 어떻게 될지 모르니 '지금 이 순간을 열심히 즐기자'로! 2년 동안 세계를 여행하고 있다는, 여행 내공 만렙의 정말 대단한 부부다. 알람을 언제 맞췄는지 기억도 못하는 부부. 내 친구지만 쫌 멋있다. 인정!

"한국에는 언제 들어가려고?"

"뭐, 돈 떨어지면 들어가야지. 넌 언제 들어가게?"

"우리? 우리도 돈 떨어지면 돌아가야지. 늦어도 서윤이 초등학교 입학 전까지는 돌아가려고. 그나저나 가게 접고 나왔으면 한국 돌아가서 뭐 할 거야? 걱정 안 돼?"

"뭐 빵쟁이가 빵 만들면 되지. 넌 육아휴직이라 돌아갈 곳이 있구나? 부럽다."

나는 아내와 정처 없이 세계여행을 하는 민욱이가 부러웠고, 민욱이는 여행이 끝나면 돌아갈 곳이 있는 나를 부러워했다. 역시 남의 떡이 더 커 보이는 법이다.

"응. 요즘 육아휴직 잘되어 있어서 수당도 있고, 돌아갈 직장도 있고. 감사하지!"

"야, 그나저나 너보다야 네 딸이 더 대단하다야. 엄마도 없이 아빠 따라다니는 거 보면."

40대 한국 아재들은 하늘에 별이 떠오를 때까지 수다를 떨었다. 착한 제수씨가 서윤이와 재밌게 놀아주어서 서윤이도 오랜만에 아빠 아닌 다른 사람과 이야기 나누며 즐거운 시간을 보낼 수 있었다. 여행이 주는 뜻밖의 즐거움 같다. 오랜만에 만난 친구가 어제 본 것처럼 가깝게 느껴진다.

단지 친구를 만나기 위해 온 트빌리시지만 온 김에 며칠 더 머물며 맛집도 찾아다니고 대성당 등 주요 관광지도 둘러봤다.

자연사 박물관을 찾기로 한 날, 가는 날이 장날이라더니 '휴관'이라 적힌 푯말이 우리를 맞았다. 조지아어로 적혀 있어서 지나가는 사람을 붙잡아 물어보고 나서야 알게 됐다. 휴대폰이 있었다면 대안을 찾아봤겠지만 우리 부녀에게는 방법이 없다. 갑자기 텅 비어버린 일정. 갈 데는 없고, 해가 중천이라 숙소로 돌아가고 싶지는 않고…. 딱히 방법이 없어 터벅터벅 걷다가 눈에 보이는 공원으로 들어갔다. 워낙 아이가 많은 나라다 보니, 아이들이 놀 수 있는 공원이 군데군데 많았으며, 공원 안 놀이터도 잘 조성되어 있었다. 여기까지 와서 놀이터라니, 시간이 아깝다는 생각도 들었지만 그냥 오늘은 여기서 마무리해야겠다고 기대를 내려놓았다.

"아빠, 나 저기 놀이터에서 놀아도 돼?"

"그래. 다 놀고 여기 공원 벤치로 와. 아빠 여기 앉아 있을게."

서윤이는 조지아 아이들과 멀리 떨어져 혼자 미끄럼틀을 탔다. 하지만 그것도 곧 시들해졌는지 나에게 다시 돌아왔다.

"아빠, 시소 타자."

"어? 으응….."

시소! 올 게 오고야 말았다. 한국에서 어쩌다 서윤이와 놀이터에 가면 이것저것 즐겁게 놀기는 했지만, 시소만큼은 정말 싫었다. 서윤이와 몸무게 차이가 많이 나다 보니 아이와 시소를 탈 때면 앉아 있을 수도 없고, 일어설 수도 없는 어정쩡한 자세를 계속취해야 했다. 손으로 대충 시소를 눌러줬다가는 재미없다며 항의가 들어오곤 했다. 서윤이의 항의를 받지 않기 위해 스쿼트 자세로 앉았다 섰다를 하며 시소를 타다 보니 허벅지에 열이 오르기 시작한다. 그야말로 죽을 맛이다. 서윤이에게 이제 그만 하자는 말을 꺼내려고 할 때, 누군가 다가와 말을 건넨다.

"Let's play together!"

고개를 돌려보니 흰 얼굴에 반짝이는 푸른 눈의 아이가 방긋웃으며 서 있다. 나를 구원하기 위해 내려온 천사인가? 당황한 서윤이는 부끄러운지 내 뒤로 몸을 숨긴다.

"서윤아, 친구가 같이 놀고 싶대. 얼른 가서 놀고 와!"

이제 그만 고통을 끝내고 싶다는 내 허벅지의 바람까지 담아 서윤이 등을 떠밀었다.

다가온 친구의 손을 잡고 쭈뼛쭈뼛 또래 친구들에게 간 서윤이는 초반과 다르게 잘 어울려 논다. 말이 안 통해서 금세 아빠에게 달려오지는 않을까 생각했는데 시소도 타고, 미끄럼틀도 타

고, 기차도 끌며 한참을 뛰어논다. 아이들에게 언어는 애초에 장벽이 아닌 것 같아 보인다. 환하게 웃는 아이들을 보며 '말이 통해야만 친구가 될 수 있다'는 내 고정관념이 와장창 깨졌다.

흐뭇하게 아이들을 바라보는데 누군가 내게 다가와 말을 건넨다. 서윤이에게 같이 놀자고 했던 그 활발한 아이, 주노의 엄마였다. 남아프리카공화국에서 온 이 가족은 글로벌 기업 구글에서 일하는 아빠를 따라 여러 나라를 옮겨 다니며 살고 있다고 했다. 그래서 주노는 모국어인 영어로 서윤이에게 말을 걸었고, 그 덕에 '같이 놀자'는 주노의 말을 우리가 알아들을 수 있었다. 주노 엄마와 한창 대화를 나누고 있는데, 친구와 놀던 서윤이가 나에게로 뛰어온다.

"아빠, 아빠, '내가 그네 밀어줄게'는 영어로 뭐라고 말해?"

서윤이와 세계여행하며 처음 있는 일이었다. 본인이 표현하고

싶은 말을 영어로 어떻게 해야 하는지를 물어온 것은…. 여행을 하는 한 달 동안 서윤이는, 외국인에게 하고 싶은 말이 있을 때 단 한 번도 빠짐없이 내 다리에 숨어 통역을 부탁했었다. "아빠 이 말 좀 해줘" 하면서. 일주일가량을 머물며 친분을 쌓았던 마오와 있을 때도 마찬가지였는데, 그런 서윤이가 변하는 모습을 우연히 찾은 트빌리시 놀이터에서 목격하는 중이다. 정말 뜻밖이다! 그 이후로 서윤이는, 봇물 터진 듯 친구들과 나 사이를 오가며 다양한 것을 물어왔다.

"아빠, 주노는 아프리카에서 왔고 일곱 살이래. 나랑 친구야."

한껏 흥분해서는 내게 뛰어와 알린다.

"서윤아, 한국과 외국 나이는 조금 달라. 외국에서는 태어나고 일 년이 지나야 한 살이 되거든. 아마 주노는 여덟 살일 거야."

"진짜? 그럼 주노 언니네. 아빠, 나 친구들이랑 쿠키 나눠 먹을

래. '이거 먹어봐'는 영어로 어떻게 말해?"

서윤이는 가방에 있던 쿠키를 꺼내 달라고 하더니 친구들에게 냉큼 달려갔다. 본인이 좋아하는 걸 나눠먹으며 즐거워하는 서윤이를 보니 나까지 덩달아 기분이 좋다.

"아빠가 음료수 사줄 테니까 친구들이랑 같이 먹으러 갈래?"

신나서 친구들에게 달려간 서윤이는 어떻게 말을 전했는지 세 명의 친구를 데려왔다. 가까운 슈퍼로 가 음료수를 사주었더니 벌컥벌컥 마시며 서로 좋아 웃는다. 집으로 가는 버스에서도 서윤이는 짜릿한 기분을 쉬이 가라앉히지 못한다.

"아빠, 나 오늘 진짜 재미있었어. 애들이랑 친구도 되고! 그래서 나 주노 언니랑 내일 또 만나기로 했어. 나 주노 언니가 진짜 좋아~"

"응? 진짜? 몇 시에?"

"몰라. 그냥 만나기로 했어!"

그러고 보니 주노가 "Bye bye. See you tomorrow."라고 말했던 것 같다. 친구들끼리 헤어질 때 하는 인사라고만 생각했는데, 진짜 약속을 하고 온 걸까?

넌 서윤이의 롤모델이야!

Tbilisi, Georgia

수영장에 가려 했는데 아침에 일어나니 날씨가 영 별로다. 뭘 해야 하나 고민하는데 서윤이가 얼른 놀이터에 가자며 성화다. 어제 주노 언니랑 분명히 약속했다면서… 친구가 기다리니 빨리 가야 한다고!

'영어를 잘 못하는 서윤이가 정말 주노와 약속을 한 걸까?'

서윤이가 아는 건 어린이집에서 배운 간단한 영어 단어가 전부다. 아내와 내가 세운 교육 철학은 오로지 큰 욕심 부리지 않기! 그래서 영어는커녕 서윤이에게 한글도 가르치지 않고 있다. 초등학교 입학을 앞두고 서윤이 친구들은 한글 학습지도 많이 하던데 우리 부부는 그저 아이가 잘 뛰어노는 게 중요하다는 생각에 예체능 학원만 보냈을 뿐이다. 그렇기에 서윤이가 외국인 친구와 만나기로 했다는 그 말을 나는 의심의 눈초리로 볼 수밖에 없었다. 헤어질 때 주노 어머니와 인사도 나누었지만 별다른 말이 없었다. 설사 아이들끼리 약속을 했더라도 주노 어머니에게 다른 일정이 있다면 아이는 나오지 못할 것이다.

사실 약속을 했는지, 안 했는지… 서윤이 말이 진짜인지, 아닌

75

지는 그리 중요하지 않다. 아이의 말을 무조건 신뢰하고 함께 놀이터에 가주면 되는 건데, 놀이터에 친구가 없는 걸 보고 서윤이가 속상해할까 봐 걱정됐다. 세계여행을 하며 만난 첫 친구라 그 실망감이 클 것 같다. 외국인 친구에게 이제 막 마음을 연 서윤이가 다시 움츠러들지 않을까 걱정되기도 하고….

"서윤아, 주노가 엄마한테 말도 안 하고 서윤이랑 한 약속이잖아~ 그래서 오늘 못 왔을 수도 있어. 주노 엄마한테 다른 약속이 있으면 친구 혼자 못 오니까…. 그러니까 놀이터에 친구가 없어도 속상해하면 안 돼. 알겠지?"

서윤이가 상처 받지 않도록 충분히 타이른 후 어제 주노를 만났던 시간에 맞춰 놀이터로 향했다. 세상 어디에나 널려 있는 놀이터일 뿐인데 서윤이는 그 어디를 갈 때보다도 더 행복한 미소를 짓고 있다. 얼른 가자며 내 손을 잡아끌기도 하고, 친구랑 뭐하고 놀지 하나부터 열까지 나에게 재잘거리기도 한다. 기대가 크면 실망이 큰 법인데 어쩌나, 어디를 데려가야 서윤이의 속상한 마음을 달래줄 수 있나, 오만가지 생각을 하며 놀이터에 도착했는데, 어…? 놀이터에 주노가 있다! 와, 정말이었구나. 우리를 발견한 주노가 신나서 달려온다. 서윤이도 얼른 주노에게 뛰어가더니 서로 끌어안고 방방 뛴다.

'정말 약속을 했었구나….'

서윤이와 주노는 어제와 다름없이 논다. 미끄럼틀도 타고, 철봉에 매달리기도 하고, 분수대에 들어가 물도 흠뻑 맞는다. 돈을 내고 이용해야 하는 튜브 미끄럼틀을 어쩌나 재미있게 타는지 자꾸만 나에게 와서 '이걸 왜 타야 하는지' 장황하게 설명하며 동전을 얻어가기도 한다. 이렇게 신난 서윤이 모습을 정말 오랜만에 본다. 내가 죽어라 노력해도 채울 수 없는 일곱 살 감성을 주노가 채워주고 있다.

주노 어머니도 나와 상황이 똑같았다. 집에 들어가서야 둘이 약속했다는 걸 알게 됐고, 이곳에서 한 시간 전부터 우리를 기다렸다고 했다. 내가 그랬던 것처럼 서윤이가 못 올 수 있다고 주노를 타이르면서….

"주노가 참 밝아요. 어떻게 아이를 이렇게 밝게 키우셨어요?"

"친구가 없으니 더 밝게 행동하는 것 같아요."

"네? 친구가 많아서가 아니고요?"

"주노 아빠가 나라를 계속 옮겨 다녀야 하는 직업이라 한 곳에 오래 정착을 못 해요. 그러다 보니 빨리 친해지지 않으면 친구를 사귈 수가 없더라고요. 그래서 어디를 가든 친구를 빨리 만들어서 주어진 시간에 실컷 노는 법을 터득한 것 같아요. 다행이죠."

"아, 그럴 수도 있군요. 저는 육아휴직을 내고 아이와 세계여행 중이에요."

"와, 한국은 정말 좋은 나라 같네요. 아빠가 육아휴직도 할 수 있고."

"네. 장기 여행하는 게 평생의 꿈이었는데 이렇게 딸과 함께 좋은 시간도 보내고… 행복해요. 그런데 주노 어머니, 여행 중에는 육아를 어떻게 하는 게 좋을까요?"

"저희는 놀이터에 많이 가요. 아무리 부모라고 해도 자기 아이랑 계속 놀아주기는 힘들잖아요. 주노도 또래 친구랑 노는 걸 더 좋아하고요. 관광지는 돈만 많이 들지, 막상 애가 즐길 건 별로 없더라고요. 애가 놀이터에서 노는 동안 저는 책을 읽거나 휴대폰 하면서 개인 시간을 가질 수도 있어서 좋아요."

주노 어머니는 가방을 열어 육아 꿀팁을 하나 더 방출한다.

"식당에서 남은 음식을 이렇게 빈 용기에 담아 다니면 좋아요. 식당에서는 먹기 싫어하면서 밖에 나오면 또 금방 배고파하잖아요. 그럴 때 유용해요!"

용기 안에는 견과류와 먹다 남은 샌드위치가 들어 있었다.

"좋은 아이디어네요! 저희도 2인분 시키면 음식이 많이 남더라고요. 그거 억지로 먹느라 제가 다 살찌고 있는데…."

"하하. 다음 여행은 어디로 가요?"

"터키에 가보려고요."

"오, 터키에서는 아이랑 다닐 때 꼭 가방을 챙기세요. 하하."

"왜요?"

"그건 직접 경험하셔야 기쁨이 더 클 것 같네요."

주노 어머니와 대화하며 결심했다. 남은 이틀간의 트빌리시 여행 계획을 싹 지워버리기로…. 내일도 여기고, 모레도 여기다. 서윤이의 친구가 있는 바로 이곳!

다음 날은 주노 어머니와 미리 약속을 한 후 같이 식사도 하고 수영장에도 갔다. 서윤이랑 가려다 못 갔던 자연사 박물관에도 함께 갔다.

서윤이는 친구와 함께하는 시간을 통해 여행의 재미를 알아가고 있었다. 나와 둘이 갔다면 별 재미를 못 느꼈을 자연사 박물관에서도 가만히 있지 않고 신나게 구석구석을 돌아다녔다. 이곳에 자주 왔다는 주노는 어린이 큐레이터가 따로 없다.

"유니, 이쪽으로 와봐. 여기에는 동물이 있어!"

"유니, 이 사람은 옛날 사람인데 반은 원숭이고 반은 사람이었 대. 우리 조상은 다 밀림에 사는 원숭이였어."

주노는 서윤이가 'forefather(조상)'를 못 알아듣자 할아버지 의 할아버지라며 손짓 발짓으로 설명을 덧붙인다.

"와우, 마이 그랜드파더 이즈 인천, 앤드 마이 그랜드파더 이즈 낫 몽키."

할아버지는 인천에 살며, 원숭이가 아니라는 말을 하고 싶었나 보다.

주노 할아버지를 밀림에 사는 원숭이라고 생각한 서윤이와 '인 천'이 뭔지 알 리 없는 주노. 이 두 사람이 대화를 이어간다는 것 자체가 신기했지만 그게 뭐가 중요하랴, 둘만 즐거우면 됐지. 둘 은 각자가 이해한 대로 끊임없이 리액션한다. 묻고, 대답하고, 까 르르 웃고. 모두가 만족하는 이 대화에 통역은 굳이 필요 없다.

"유니, 이쪽으로 가면 보석이 가득한 방이 있어! 렛츠 고!"

주노와 서윤이는 함께 손을 잡고 지하로 내려간다. 서윤이 얼 굴은 주노와 함께 있는 내내 싱글벙글이다. 아빠가 해주는 얘기 는 듣지도 않으면서 주노가 해주는 말에는 넋을 잃고 빠져든다.

서윤이는 친구가 그리웠나 보다. 주노는 서윤이에게 최고의 친 구가 되어준 동시에, 나에게는 우리의 여행이 뭔가 잘못되었다는 걸 깨닫게 해주었다.

여행을 시작하고 어느덧 한 달여가 지났고, 그동안 나와 서윤이

는 정말 많은 곳을 돌아다녔다. 그야말로 '아이가 좋아할 만한 곳'
으로. 분수 쇼, 아쿠아리움, 워터파크, 돌고래 쇼 등등…. 육아휴직
을 하고 오른 여행길이다 보니, 서윤이를 만족시켜야 한다는 강
박관념이 내 뿌리 깊은 곳에 자리 잡고 있었다. 그 강박관념에 바
쁘게 돌아다녔지만, 그건 아이를 위한 정답이 아니었다. '난 이 정
도로 노력했어!' 순전히 나를 위한 위안이었다. 그 사실을 트빌리
시에서 알게 되었다. 아이는 그저 마음 맞는 친구 하나면 되었는
데…. 육아휴직까지 써가며 아빠의 자격으로 여행을 와놓고 정작
아이의 마음은 제대로 읽지 못하고 있었다. 서윤이는 주노와 함께
할 때면 나와 단둘이 있을 때보다 더 많은 걸 배우고 더 열정적으
로 세상에 뛰어들었다.

이 깨달음을 계기로 나는 여행을 대폭 수정하기로 했다. 서윤
이가 친구와 어울릴 수 있는 시간을 더 많이 만들어주기로 결심
했다. 이제는 어딜 가더라도 관광 욕심은 접고, 아이가 뛰어놀 수

있는 놀이터부터 찾기로 다짐했다. 그리고 서윤이가 좋아하는 친구를 만나면 내가 먼저 엄마들 무리로 가 인사를 건네고 내일도 같이 놀자는 말을 건넬 것이다.

서윤이와 세계여행을 떠나기로 결심했을 때 내가 상상한 서윤이의 모습이 있다. 여행을 통해 세상을 배우고, 사람들과 자연스럽게 소통하는 모습. 그 모습을 주노를 통해 보았다. 서윤이가 태어나고 처음으로 이런 생각이 들었다.

'우리 서윤이가 저 아이를 닮으면 좋겠다. 서윤이를 주노처럼 키우고 싶다!'

언어, 종교, 인종 그런 거 다 필요 없고 미소로 먼저 다가가 손내밀 줄 아는 멋진 녀석.

중학교 동창을 만난다는 것 말고는 아무런 계획 없이 왔던 트빌리시에서, 우리 여행에 가장 중요한 걸 깨닫고 간다. 이 여행으로 성장할 서윤이가 기대되기 시작했다.

떠날 수 없는 도시

Batumi, Georgia

트빌리시에서 큰 깨달음을 얻고 바투미로 돌아왔다. 휴대폰을 찾기 위해 마오의 카페부터 들렀다. 다시는 못 볼 줄 알고 작별의 인사를 나누었던 사람인지라, 고작 5일 만에 만나는 건데도 너무나 반가웠다. 이번에도 그녀의 숙소에서 지내고 싶었지만 예약이 꽉 차 있다고 해서 다른 숙소를 잡았다.

마오는 멀리서 귀한 친구가 왔다며 우리가 자주 먹던 와인과 밀크셰이크, 쿠키를 내어왔다.

"휴대폰 없이 사니까 즐거웠죠? 충전은 시켜놨어요."

장난을 치며 휴대폰을 건네준다.

"마오, 정말 고마워요. 뭘 좀 팔아줄까요? 여기 있는 술 내가 다 마시면 돼요? 휴대폰 없는 여행은 정말 힘들었어요."

며칠 휴대폰 없이 살았더니 뭐랄까, 바다에서 맨몸으로 허우적거리다 다이빙 장비를 획득한 느낌? 언제 어디서나 지도 앱을 사용할 수 있다니, 이제야 숨이 쉬어지는 것 같다.

마오는 내 휴대폰을 찾기 위해 택시 회사까지 차로 30분을 달려갔다고 한다. 그 마음 씀씀이가 정말 고마웠다. 시간과 유류비도 마음에 걸려 그냥 넘어갈 수 없었다. 백 달러를 꺼내 감사의 마음을 전하자 깜짝 놀란 마오가 손사래를 친다.

"제 호의를 이렇게 생각하면 섭섭하죠. 돈 생각하고 찾아준 게 아니랍니다."

마오는 다시 찾아온 친구에게 대접하는 거라며 음료와 쿠키 값도 받지 않으려 했다. 하지만 이번에도 지난번처럼 대충 넘어 갈 수는 없었다. 돈을 극구 사양하는 마오와 실랑이를 하다가, 이 틀 후 저녁 식사를 대접하는 것으로 우리의 작은 다툼은 마무리 되었다.

"마오가 좋아하는 식당으로 예약해줘요. 우리 맛있고 비싼 거 먹어요!"

"네. 멋진 식당으로 안내할게요."

서윤이가 여행을 통해 새로운 걸 배우는 것도 좋지만, 이렇게 따뜻한 사람을 알아갈 수 있다는 게 무엇보다 큰 행운이다.

다시 찾은 바투미에서는 내내 수영만 하며 보냈다. 관광에 욕 심내지 않고 서윤이가 좋아하는 것들로 시간을 채우니 나도 서윤 이도 마음이 편했다.

이 멋진 도시를 뒤로하고 이제는 터키에 갈 시간. 이것저것 알 아보다가 비행기가 아닌, 버스로 가는 법을 찾았다. 버스를 타고 국경을 넘는다? 한국에서는 상상도 못할 일이라 호기심이 생겼 다. 더군다나 둘이 합쳐 단돈 3만 원, 항공료의 십분의 일이라는 결코 무시할 수 없는 메리트! 24시간 버스라는 게 흠이지만, 한 국에서는 절대 경험할 수 없는 버스 타고 국경 넘기, 상상만으로

홍미진진했다.

"서윤아, 이제 우리 터키에 갈 건데, 버스 타고 갈까?"

"그래, 좋아."

"그런데 오늘 출발하면 내일 도착할 거야. 아주 멀지? 버스에서 잠도 자야 해. 괜찮겠어?"

"가다가 내리면 안 되는 거야?"

"음…, 도중에 힘들면 내리자. 그 마을에서 하루 자고 다음 날 또 가면 되니까."

"그래, 그럼 좋아."

출발 당일 새벽 1시, 거실에 앉아 있는데 방에서 자고 있던 서윤이 울음소리가 들린다. 놀라서 뛰어가 보니, 깜깜한 침대 위에서 서윤이가 훌쩍이고 있다. 악몽이라도 꿨나 싶어 아이를 품에 안고 재우려는데 미처 손쓸 틈도 없이 침대에 토를 한다.

"아빠, 나 속이 안 좋아…."

"창문 열어둘게. 시원한 바람 맞으면 좀 괜찮아질 거야."

더러워진 침대보를 벗겨내서 손빨래한 뒤 세탁기에 쑤셔 넣고 있는데, 서윤이가 구역질을 하며 화장실로 뛰어간다. 사태가 심상치 않다. 갈증이 난다며 마셨던 물도 다 토해내고 있다.

아침 9시까지 네 번이나 토를 하더니 이제는 열까지 난다. 카트만두 때로 돌아간 것 같다. 다시 시작된 반성의 시간. 뭘 잘못 먹인 걸까? 수영장 물이 이상했나? 어젯밤 들른 놀이터에 안 좋은 게 있었나? 원인을 찾고 싶은 마음에 꼬리에 꼬리를 물며 24시간을 되돌아본다. 내가 부족한 아빠라 서윤이가 고생을 하는구나, 한 달 넘게 이어지는 이 여행이 아이를 힘들게 하고 있구나….
이제야 아이가 원하는 여행의 즐거움을 찾았는데 그래서 들뜨고
신났던 게 얼마 안 됐는데, 다시 좌절이다.

밤새 화장실에 드나들던 서윤이는 아침 9시가 넘어 겨우 잠이
들었다. 조금 더 쉬게 해주고 싶은데, 성미 급한 집주인이 체크아
웃 한 시간 전부터 와서 집 상태를 체크한다. 사정을 설명하며 체
크아웃을 늦춰줄 수 없는지 부탁했지만, 영어를 못하는 집주인과
의사소통이 잘 되지 않는다. 곧 손님이 온다고 빨리 나가달라고
만 한다.

하는 수 없이 녹초가 된 아이를 깨워 소아 병원으로 향했다. 주
말이라 응급실에서 진료를 받아야 했다. 병원에는 서윤이와 유사
한 증상의 아이들이 여럿 있었다. 전염병이 의심됐다. 병원 접수
를 해야 하는데 직원 중 영어를 할 수 있는 사람이 아무도 없다.
택시 기사님까지 따라 나와 우리를 도와주려 했으나 기사님도 영
어를 못하는 건 마찬가지였다. 휴대폰 번역기를 이용해 힘들게
접수를 마쳤다. 외국인이라 작성해야 하는 서류도 많아서 시간이
한참이나 걸렸다.

우여곡절 끝에 피 검사와 소변 검사를 받았다. 다크서클이 가
득 내려온 서윤이를 보니 너무 마음 아팠다. 다른 아이가 치료 받
는 모습을 본 서윤이는 잔뜩 겁까지 먹었다. 이 상황에서 아빠라
는 사람이 병원 사람들 말도 제대로 일아듣지 못하고, 문세를 척
척 해결해줄 수도 없다니… 죄책감이 가득했다.

검사를 끝내고 의사를 만났다. 전문 용어라 알아듣기는 어려웠
지만 큰 문제는 아니니 걱정 말라는 것 같아서 긴장했던 마음을

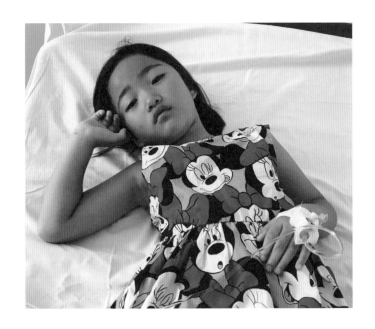

조금이나마 내려놓았다. 주사를 맞은 서윤이는 병원 침대에 누워 포도당 링거를 맞았다. 잠도 못 자고 밥도 못 먹은 채 링거를 꽂고 누워 있는 서윤이를 보니 내 마음이 저려왔다. 이때 서윤이의 한 마디가 내 마음을 더 아프게 했다.

"아빠, 미안해. 나 때문에 또 못 갔어."

버스에 있어야 할 시간에 병원에 누워 있는 게 서윤이 본인도 너무 속상한가 보다. 카트만두에서도, 여기에서도, 아픈 자신 때문에 여행 계획이 틀어졌다고 아빠에게 미안하다는 일곱 살 서윤이, 내가 더 미안할 뿐이다.

"아니야, 아빠가 더 미안해. 우리 딸, 아빠가 진짜 미안해."

어른이 맡아도 낯설고 무서운 병원 공기, 게다가 몸까지 아프니 서윤이는 엄마 생각이 더욱 간절한지 눈물을 뚝뚝 흘린다.

"이제 주사 맞았으니까 조금 지나면 괜찮아질 거야. 아무 걱정 말고 쉬어."

서윤이가 링거를 맞는 동안 택시 기사님을 배웅했다. 검사가 끝날 때까지 기다려준 정말 고마운 분이다. 여태 영업도 접고 우리를 돌봐주신 택시 기사님에게 처음 흥정한 금액보다 택시비를 더 드리며 감사하다는 말을 전했다. 힘든 상황에서 마주한 이 배려와 친절이 내 가슴속 깊이 남았다.

바투미를 떠나는 건 잠시 미루기로 했다. 일단 아이가 컨디션을 회복하는 게 우선이다.

바투미의 흑해가 잘 보이는 곳에 다시 숙소를 잡고, 5일 가량을 푹 쉬었다. 소고기, 닭고기, 쌀을 사다가 매 끼니 서윤이가 좋아하는 한국 음식을 만들어주었다. 다행히 서윤이는 컨디션을 빠르게 회복했다.

국경에서 벌어진 설사 전쟁

Batumi, Georgia → *Istanbul, Turkey*

3박 4일을 계획했던 조지아에서 무려 20일을 지냈다. 중학교 동창을 만나기 위해, 잃어버린 핸드폰을 찾기 위해, 서윤이가 아파서… 총 3번의 출국 실패를 겪었다. 처음 이곳에 도착했을 때 '한 달 살기' 하고 싶을 만큼 좋은 동네라고 생각했는데 여행에 지쳐갈 때쯤 쓰고 싶은 찬스라 일단 패스했었다. 그런데 결과적으로는 한 달 살기와 맞먹는 시간을 보내고 떠난다.

이스탄불까지는 지난번에 예매해놓고 타지 못한 24시간 버스를 타고 간다. 혹시라도 버스 안에서 서윤이가 힘들어하면 중간에 내려 하룻밤 자고 이동하기로 했다. 돈은 없어도 시간은 많으니 크게 걱정할 게 없었다.

'설마 이곳에 다시 올 일은 없겠지?' 남은 조지아 돈을 모두 털어 과자, 빵, 과일, 음료수를 사서 버스에 올랐다. 아주 오랫동안 그리움으로 남을 흑해의 석양을 차창 너머로 감상한다. 조지아를 떠나는 나와 서윤이를 배웅하는 것처럼 오늘따라 석양이 더 멋지다. 아니, 감동적이다.

국경에서 벌어진 설사 진행

서윤이는 버스에 타자마자 바로 잠들어버렸다. 내 다리를 베고 잠든 모습을 보니 이보다 더 사랑스러울 수 없다. 느긋하게 석양을 감상하다가 흑해에 서서히 어둠이 깔리듯 내 눈꺼풀도 스르르 닫혔다.

부스럭부스럭. 갑자기 버스 안이 소란스러워졌다. 눈 감은 지 몇 분 되지도 않았는데 멈춰선 버스에서 사람들이 일제히 짐을 들고 내리고 있다. 이유도 모른 채 내 마음도 급해졌다.

"서윤아, 서윤아! 빨리 일어나. 신발 신어."

서윤이는 토끼 눈이 되어 나를 바라본다.

아주 오래 버스를 타야 하니 푹 자면 된다던 아빠가 언제 그랬냐는 듯 흔들어 깨우니 어린 마음에 놀랐나 보다. 하지만 애를 달랠 틈이 없다. 꺼내뒀던 잡동사니를 얼른 주머니에 정신없이 찔러 넣고 서윤이의 손을 잡고 내린다. 한쪽 어깨에는 커다란 배낭을 짊어졌고, 왼손으로는 아이의 가방과 각종 먹을 게 담긴 비닐봉지를 들었다. 남은 오른손으로는 잠이 덜 깨 부스스한 서윤이의 손을 잡았다. 집히는 아무거나 막 찔러 넣은 양쪽 바지 주머니는 곧 터질 기세다. 꼴이 말이 아니다.

정신을 차리고 주위를 둘러보니 이제야 상황 파악이 된다. 국경에서 벌어지는 출입국 심사였다. 버스를 타고 국경을 넘는 일에 엄청난 로망을 갖고 있었는데, 현실은 끔찍하기만 했다. 어마어마하게 늘어선 줄에 가만히 서 있는 것도 힘든데 손수레를 끌고 가는 상인이 뒤에서 새치기를 하며 밀고 들어온다. 이 사태를 정리해줘야 할 경찰은 앞에서 마구 소리만 지르니 사태만 더 커질 뿐이다. 친절하고 여유 넘치던 조지아 사람들은 다 어디로 가버린 걸까.

바깥이 보이지 않는 어두컴컴한 통로는 성인 두 명만 서도 꽉찰 만큼 비좁고 답답하다. 꽉 막힌 통로에서 사람들의 머리통만 몇십 분째 보고 있으니 여기가 콩나물 공장인가 싶다. 게다가 훅 들어오는 서양 아재들의 겨드랑이 냄새! 속이 울렁거린다. 환기는 되지 않고 사람은 많고, 그래서 너무 덥다. 버스에서 먹으려고 산 오렌지는 어찌나 무거운지 봉지를 든 손가락에 피가 안 통한다. 가방도 무겁고 땀이 줄줄 흐른다!

덩치가 큰 나도 이렇게나 답답한데 꼬맹이 서윤이는 그 틈에

껴 얼마나 답답하고 힘들까. 얼른 나가고 싶다며 울상이다. 반 발자국씩 앞으로 나아가며 지옥의 30분, 드디어 출국 담당자 앞에 섰다.

여권을 받아든 조지아 출국 담당자는 질문 하나 없이 여권만 한 페이지, 한 페이지 쳐다보고 있다. 이건 마치 눈으로 뚫을 기세다. '저걸 외우려고 저러나?' 말도 안 되는 생각이 들 때쯤 도장 하나를 찍어준다. 입국도 아니고 출국인데 왜 이렇게 오래 걸리는지 '빨리빨리' 민족 구성원으로서 이해가 되지 않는다. '야, 사람들 힘들게 줄 서 있는 거 안 보이냐? 빨리빨리 보내줘야 할 거 아니야! 애 있는 사람이라도 먼저 보내주든가! 폐쇄 공포증 생기겠네!' 속으로만 따발총을 쏘며, 입으로는 "땡큐 써~"라고 내뱉는다.

"아빠, 화장실! 나 화장실!"

출국 심사가 끝나자 서윤이는 기다렸다는 듯 설사가 나올 것 같다고 했다. 더워서 안색이 안 좋은 줄 알았는데 아픈 배를 달래고 있었나 보다. 쉬면서 다 나았다고 생각했는데, 또 설사라니⋯. 얼른 화장실로 데려가려고 서윤이 손을 잡아끄는데 이미 땀이 한가득이다. 얼른 화장실로 가야 한다! 급한 마음으로 코너를 도는데 아뿔싸, 터키 입국 심사 줄은 훨씬 길다.

국경 넘었다고 이렇게 달라지나 싶을 만큼 쓰레기 가득한 울퉁불퉁한 길이 눈에 들어온다. 상인들의 짐수레에서 짐이 마구 쏟아지고 역한 냄새에 서윤이 표정도 점점 일그러진다.

"아빠, 나 급똥! 나 진짜 너무 급해, 아빠!!!"

에티켓이고 뭐고 생각할 때가 아니다. 난 아빠다. 여행을 오기

전 서윤이를 위해 창피한 일도 다 감내하기로 결심했었다. 가방을 앞으로 메고 그걸 방패삼아 사람들을 밀고 나간다.

"익스큐즈 미, 쏘리. 익스큐즈 미, 쏘리…."

몇몇 사람이 욕을 하는 게 느껴진다. 터키 말인지, 조지아 말인지도 모르겠다. '그래, 언어를 모르니 이럴 때 속 편하구나!' 욕을 한 귀로 흘리며 전진한다. 통로는 점점 더 좁아지고 있다. 보안 검색대가 보이는 순간부터는 한 명이 서 있기도 힘들 만큼 통로가 더 좁아졌다. 더 이상은 밀고 나갈 수 없다.

"서윤아, 조금 더 참을 수 있겠어? 지금부터는 줄 서서 기다려야 할 것 같아."

"아…니…."

"못 참겠으면 바지에 싸도 돼. 나가서 갈아입으면 되니까. 배가 아파서 그런 거니까 창피한 일 아니야. 알겠지?"

"그건 싫어…."

싫다는 서윤이는 더 이상 참을 힘도 없어 보인다. 절실한 기다림 끝에 누가 봐도 똥 마려운 얼굴의 서윤이와 입국 심사대 앞에 섰다.

"터키는 왜 가려고 하는 거야?"

"터키에서 어디 갈 거야?"

"당신 직업은 뭐야?"

"터키 가면 지낼 곳은 있어?"

입국 담당 직원의 끝없는 질문이 이어진다. 애가 지금 길 한복판에 설사할 판인데 대충 좀 하고 넘어가면 안 되나!

"그냥 여행 중이야. 우리 에어비앤비에서 지낼 거고, 아까 말했다시피 내 딸이 지금 화장실이 급해. 당장 설사할 것 같은데 빨리 끝내줄 수 없을까? 우리 진짜 급해!!! 더 물어보고 싶은 거 있으면 애 화장실만 보내고 다시 올게. 여권 가지고 있어."

필요 없는 질문은 넘어가자 해도 담당자는 세상 여유롭기만 하다.

"이스탄불 숙소 주소 좀 알려줄래?"

"내 말 이해 못 했어? 내 딸 지금 당! 장! 화장실에 가야한다고!!!"

내가 언성을 높이자 서윤이가 내 손을 잡아끈다. 싸우는 것 같아 무서웠나 보다. 한 템포 가라앉히며 놀란 서윤이를 달랜다.

"아빠 싸우는 거 아니야. 서윤이 힘드니까 빨리 해달라고 이야기하는 거야. 아빠가 곧 화장실 가게 해줄게. 조금만 더 참아."

"조지아는 어땠어? 좋았어?"

더 이상 참을 수가 없다. 이건 입국과 조금도 상관없는 질문이다. 화가 머리끝까지 치민다. 담당자는 애가 자리에서 똥을 싸거나 말거나 이 와중에 옆에서 난 싸움도 구경하고, 우리 여권도 커버까지 꼼꼼히 살펴보고 나서야 마침내 도장 하나를 찍어준다.

"화장실 어디야?"

출입국 사무소 직원은 입꼬리를 실룩이며 출구를 가리킨다.

'개새끼, 이 상황이 재밌구나?'

따지고 싶지만 지체할 시간이 없다.

바로 화장실에 갈 수 있을 줄 알았는데 출입국 사무소를 빠져나오니 엄청난 인파가 우리 앞을 막고 서 있다. 터키에서 조지아로 들어가려는 사람들이다. 더 이상은 방법이 없어 아이를 안고 화장실로 뛴다. 사람들을 밀치고 나오다 보니 과일은 다 어디로 갔는지 찢어진 비닐봉지만 손에 들려 있다. 발밑에 오렌지 몇 개가 보이지만 챙길 여력이 없다.

아주 힘들게 화장실에 도착했는데, 맙소사. 사람은 많고 화장실은 하나뿐이라 줄이 너무 길다. 할 수 없이 회전율이 빠른 남자 화장실로 들어가려는데 냉정한 눈빛의 아주머니가 손을 내민다. 아뿔싸, 유료 화장실! 주머니를 뒤졌지만 나오는 건 없다. 조지아 돈을 다 털어버린 게 이렇게 한스러울 줄이야. 배낭을 인질 삼아 서윤이를 남자 화장실로 들여보낸 후 환전소를 찾았지만 그 어느 곳에도 보이지 않는다. 땀이 줄줄 흐른다.

나에게 있는 건 오직 백 달러 지폐뿐. 10만 원이 넘는 미국 돈을 들고 250원을 내겠다고 화장실 아주머니와 실랑이를 하는데, 그 모습이 딱해 보였는지 웬 어르신이 돈을 대신 내주신다.

"땡큐!"를 연발하며 화장실로 달려가자, 터키 남자로 가득한 화장실에서 애가 탄 서윤이의 목소리가 새어 나오고 있다.

"아빠…. 아빠…. 아빠…."

"응, 그래 서윤아. 아빠 왔어. 무슨 일이야?"

"왜 계속 대답 안 했어. 엉엉…. 여기 휴지가 없어."

얼른 배낭에서 휴지를 꺼내 틈새로 휴지를 전달한다.

"천천히 하고 나와. 아빠 앞에 있을게."

서윤이 설사가 해결되니 이제 다른 이유로 속이 탄다.

'버스가 떠나버린 건 아니겠지? 줄이 그렇게나 길었는데 이미 사람들이 다 나왔을 리는 없어.'

그나저나 얘는 왜 이렇게 오래 걸리는 걸까? 한 번 뿌지직하면 끝나는 게 설사인데.

아무래도 안 되겠어서 서윤이에게 한마디 하고 냅다 뛴다.

"아빠 잠깐 버스 왔나 좀 보고 올게. 다 싸고 나면 딴 데 가지 말고 화장실 아주머니 옆에 꼭 붙어 있어!"

아까 탔던 버스를 그대로 타면 되니까 METRO EE023을 찾으면 된다. 수많은 버스와 사람들로 이곳은 완전히 아수라장이다. 그런데 어라, 이상하다. 우리 버스가 없다. 아직 안 온 걸까? 물어보고 싶어도 누구에게 물어봐야 할지 알 수 없다. 당황하며 두리번거리다 보니 우리 버스를 담당했던 승무원이 눈에 띈다. 비행기 승무원처럼 음료나 과자를 나누어주는 게 신기해서 얼굴을 기억하고 있었다.

"차량 검사 시간이 길어지나 봐요. 버스가 아직 안 왔어요."

좀 더 기다리라고 한다. 다행이다. 이제 다시 화장실로 뛴다. 서윤이가 밖으로 나오는 순간 길을 잃을지 모른다.

화장실 앞에 도착할 즈음, 아저씨들 사이로 서윤이가 빠져나오는 게 보인다.

"서윤아, 배 아픈 건 좀 괜찮아?"

"아빠, 왜 이제 와!!! 나 무서웠어…. 화장실에서 아빠 불러도 대답도 없고."

"미안해. 오늘 정말 고생 많았어. 가서 좀 쉬자."

정말 지옥 같은 90분이었다. 그사이 10년은 더 늙은 기분이다. 정말 일진 사나운 날, 이렇게 사람 진 빼는 날이 여행 중 또 있을까?

버스 승무원이 기다리라고 알려준 곳에 자리를 잡았다. 메고 있던 가방을 바닥에 깔고 앉아, 서윤이를 꼭 안아준다.

"서윤아, 조금만 기다리면 버스에서 편하게 쉴 수 있을 거야. 비행기 타고 갔으면 화장실도 마음대로 갈 수 있고 이렇게 고생 안 했을 텐데…. 아빠가 잘못 생각했나 봐. 정말 미안해!"

"아빠 잘못 아니야."

서윤이는 고사리 같은 손으로 내 등을 토닥거려준다. 끝이 보이지 않던 고단한 하루가 나는 이렇게 마무리되는 줄 알았다.

이렇게 낙오되는 건가?

Batumi, Georgia → Istanbul, Turkey

"아빠, 나 아까 버스에서 우유랑 초코 과자 먹어서 배 아팠나 봐. 이제 버스에서 뭐 먹으면 안 되겠어."

서윤이 아빠로 사는 7년 동안 오늘처럼 불안한 마음으로 뛰어다녔던 적은 없는 것 같다. 배 아플까 봐 좋아하는 과자를 안 먹겠다는 일곱 살 서윤이가 안쓰럽다. 긴 시간 버스 타야해서 지겹고 배고플 텐데… 계속 참을 수 있을까?

한 시간을 기다렸는데도 버스는 아직이다. 다운로드 받아온 영상 하나를 보고 나니 칠흑 같은 어둠이 깔려 있다. 잠잠하던 마음에 다시 두려움이 피었다. 방금까지 근처에 있던 승무원도, 함께 기다리던 사람도 보이지 않는다. 어찌 된 일이지?

아이와 영상을 보기는 했지만 지나가는 차를 모두 유심히 보고 있었다. 우리가 타고 왔던 버스는 분명 지나가지 않았다. 아니, 지나가지 않았을 것이다. 그런데 놓쳤다면 어떡하지…? 택시를 불러 가까운 도시로 가야 하나? 사람들은 다 어디로 사라진 거지? 어두워서 안 보이는 건가?

그때, 드디어 우리 버스가 모습을 드러냈다. 안도감에 몸을 일

으켜 버스로 향하는데, 뭐야? 버스가 멈추지 않는다. 빠르게 스쳐
지나간다. 미처 어깨에 메지 못한 배낭을 손에 들고, 다른 손으로
는 서윤이의 손을 잡은 채 버스를 따라 달린다.

'아, 뭐야? 왜 계속 가는 거야? 여기 세워준다고 했는데 다른 곳
에 세워주나?'

불법 주차가 많아 뛰기도 쉽지 않다. 100미터를 달려보지만
버스와 점점 더 멀어지기만 한다. 지금 이 상황이 아무리 생각해
도 이해되지 않는다.

서윤이가 숨을 헐떡이며 내게 묻는다.

"이삐, 왜 우리는 안 태워줘? 우리 이제 어떡해?"

"그러게. 혹시 모르니 좀 더 기다려보고, 안 오면 택시 타고 근
처 호텔에 가자."

말만 그렇게 했지 사실 밤이 깊어 방법이 없었다. 멀리 집 몇

채가 보이기는 했지만 숙박 시설은 없어 보였다. 이 와중에 다른 버스는 승객을 잘도 태워 이곳을 떠난다. 무인도에 우리 둘만 남은 기분이다. 날도, 마음도 어둡기만 하다. 국경을 살짝 지났다고 조지아 유심은 기능을 멈췄다. 버스 티켓을 날리더라도 주변 숙소에서 하루 쉬다 가면 좋으련만… 이렇게 될 거라고는 상상도 못해서 오프라인 지도를 다운로드 받지도 않았다. 지도가 없으니 할 수 있는 게 없다.

급한 마음에 여기저기를 기웃거리는데 길가에 웅크리고 앉은 할머니가 내 팔을 붙잡는다. 손으로 바닥을 두드리는 걸로 봐서는 어쨌든 여기에서 기다리라는 것 같다. 터키행 24시간 버스에 탄 동양인 부녀가 신기했는지 우리를 알아봐 준 것이다. 누군가 밧줄을 던져준 기분이다.

불안할 때면 할머니를 힐끔 쳐다보며 기다리는데 저 멀리서 버스 승무원이 다가온다. 드디어 이 상황을 영어로 설명해줄 사람이 왔다.

"아직 한 시간은 더 걸릴 것 같아요."

버스를 놓친 게 아니라는 사실에 마음이 놓였다. 배낭을 길에 깔고 그 위에 다시 서윤이를 앉혔다. 오늘 하루가 참 쉽게 끝나지 않는다.

한 시간이 훌쩍 지나고 밤 10시가 넘어 버스가 왔다. 버스 의자에 앉을 수 있다는 것만으로, 대화가 통하는 승무원이 곁에 있다는 것만으로 안도감이 들었다.

버스를 타고 깊은 밤 속을 달렸다. 보통 장거리 버스에는 화장실이 구비되어 있지만 애석하게도 이 버스에는 화장실이 따로 없다. 속도 좋지 않고, 멀미 기운이 있던 서윤이는 휴게소에 들르면 화장실부터 달려가 속을 비웠다. 먹은 것도 없는데….

환전소도 없고, 유료 화장실뿐이라 앞좌석 아주머니에게 가방에 있던 과자를 팔아서 돈을 마련했다. 동전을 최대한 아껴 쓰려고 나는 건물 뒤에서 노상 방뇨를 했다. 밤에는 할 만했는데, 날이 밝으니 참 난감했다.

"아빠, 내가 여기서 망 봐줄게. 다녀와."

서윤이는 24시간 버스에 완전 초주검이 되었다. 물만 마셔도 속이 좋지 않다고 했고, 나중에는 두통과 구토 증세도 보였다.

중간에 내려버릴까 고민했지만, 경유지가 모두 이스탄불 근처라 별 의미 없을 것 같았다. 핼쑥한 서윤이를 보니 측은하고 미안한 마음에 나는 24시간 내내 잠들지 못했다. 1초는 10분 같이 더디게 흘렀고, 버스에 있던 24시간은 마치 1년과도 같았다. 내 생애 가장 긴 24시간이었다. 다시는 장거리 버스에 서윤이를 태우지 않겠다고 다짐했다.

걱정과 피로로 정신이 몽롱해질 즈음 창밖으로 커다란 기둥의 모스크가 보였다. 끝나지 않을 것 같던 버스의 종착점, 이스탄불에 도착했다.

우리 둘 다 24시간 버스에서 밥도 못 먹고 잠도 못 잤더니 비몽사몽 정신이 하나도 없었다.

서윤이는 힘들어서 못 움직이겠다며 이제 막 도착한 터키 바

닥에 주저앉는다. 서윤이도, 나도 우선은 뭐라도 먹고 기운을 차려야 했다. 아이를 안고 식당을 찾아 길을 나선다. 확실히 조지아보다 푹푹 찌는 더운 날씨다. 나와 서윤이는 제일 깨끗해 보이는 식당으로 들어가 굶주린 배를 채웠다.

다음 방학에 다시 올게요!

Istanbul, Turkey

서윤이와 세계여행을 하며 꽤 많은 숙소를 경험했다. 호텔, 게스트하우스, 에어비앤비…. 그중 에어비앤비는 벌써 5번이나 예약했는데 그간은 집 전체를 빌려 사용했다. 우리 둘만 편하게 지낼 수 있어서 좋았지만, 현지 문화를 체험할 수 없다는 게 항상 아쉬웠다.

이제 여행도 어느 정도 적응이 되었으니 '현지인과 함께 지내는 숙소는 어떨까?' 욕심이 나기 시작했다. 그래서 이번 터키 에어비앤비는 가정집 방 한 칸만 빌렸다. 트빌리시에서 주노네 가족과 가깝게 지내며 깨달은 게 많아서, 터키에서도 그런 가족을 만나고 싶다는 바람이 컸다. 주노 엄마가 추천해준 동네, 이스탄불 카라쿄이에 있는 에어비앤비 슈퍼호스트의 집을 잡았다.

식당에서 충분히 휴식을 취하며 움직일 만큼의 체력을 충전하고, 인근 상점에 들러 유심을 산 후 24시간 내내 간절했던 터키 돈도 뽑았다. 돈과 인터넷이 생기니 좌청룡 우백호를 거느린 느낌이다.

평소였다면 대중교통을 이용했겠지만 몸이 천근만근이라 택시를 탔다.

4차선 도로를 달리던 택시는 어느 순간 아주 좁은 골목길로 들어선다. 이스탄불이 이렇게나 언덕이 많은 곳인가 싶을 정도로 꼬부랑꼬부랑 좁은 길을 오르고 내린다. 영화 〈백 투 더 퓨쳐〉처럼 택시를 타고 시공간을 초월하는 것 같다. 2018년도를 달리던 택시는 어느새 중세 영화에나 나올 법한 골목을 달린다. 드디어 택시가 멈추고 건물에 적힌 주소를 확인한 후 호스트에게 문자를 보냈더니, 건물 발코니에서 "유니!" 하며 우리를 부르는 목소리가 들린다.

크고 무거운 철문을 밀고 들어가자 박물관에 들어온 느낌이다. 100년 된 건물이라더니 멋진 나선형 계단이 건물 한가운데를 차지하고 있다. 그 계단을 2층까지는 재미있게 올랐는데, 이후로는 엘리베이터의 소중함을 깨달았고, 3층에 다다랐을 때는 여기가 3층이 아닌 2층이라는 사실에 충격을 받았다. 알고 보니 터키에는 0층이라는 개념이 있었다. 뺑글뺑글 나선형 계단을 4층까지 오르니 코끼리 코를 하고 몇 바퀴 돈 느낌이다.

4층 같은 3층에 오르니 호스트 아이셰가 우리를 맞아주었다. EU(유럽연합)와 UN(국제연합)에서 일했다는 아이셰는 영어를 매우 유창하게 했다. 집은 오래된 건물이라 앤티크한 느낌이 가득했지만 너무 좁다는 게 흠이었다. 나와 서윤이의 방은 침대와 작은 서랍장 하나가 겨우 들어갈 만큼 좁았다. 하지만 지금은 불편하고 말고를 따질 상황이 아니다. 서윤이도 나도, 발 뻗고 누울 공간이 있음에 그저 감사할 따름이다.

씻고 나온 서윤이를 안아줬더니 아이는 금세 잠에 빠져든다. 이제야 끝날 것 같지 않던 긴 하루가 끝났다.

서윤이 곁에서 몇 시간 자고 일어났더니 밖에서 두런두런 이야기 소리가 들려온다. 집주인 아저씨가 오셨나 보다. 인사를 하려고 방문을 열고 나가니, 좁은 골목이 보이는 발코니에서 부부가 와인을 마시고 있다. 나도 부부 사이에 껴 얼른 와인 한 잔을 얻어 마신다. 계단 오르는 게 힘들어서 숙소를 옮겨야 하나 고민했는데 작은 발코니, 거리의 적당한 소음, 그리고 와인… 참 매력적이라는 생각이 든다. 해운대를 보며 회에 소주 마시는 느낌? 마셔도 마셔도 취할 것 같지 않은 완벽한 조화다.

여행지에서는 여행 이야기가 제격이다. 누구나 여행지에 얽힌 소중한 추억쯤은 가지고 있는 법이니까. 집주인 부부와 즐겁게 이야기를 하며 두 번째 병을 땄고, 이슬람교와 기독교의 대립, 터키의 정치, 리라화 폭락을 이야기할 때는 두 번째 병마저 비워져 있었다.

부부는 한국에 대해 꽤 많이 알고 있었다. 그간의 궁금증을 다 해소하겠다는 열의로 남북은 요즘 어떤지, 한국인은 통일을 어떻게 생각하는지, 대통령 탄핵에 대한 국민들의 반응은 어떻고 지금은 안정이 되었는지… 한국인인 내게 궁금한 것들을 마구 쏟아냈다. 이ㄴ새 세 번째 와인이 테이블을 돌고 있다.

'아, 이게 에어비앤비의 참맛이구나.'

이야기가 깊어지다 보니, 우리의 촛불 집회가 떠오르는 터키인들의 이야기에 가슴 뜨거워지기도 하고, 부부가 한국의 민주주의를 치켜세워 줄 때는 우쭐해지기도 했다. 사람 사는 거 어쩌면 다 비슷하다는 생각도 들었다. 술 때문인지, 대화 잘 통하는 호스트 때문인지 끔찍했던 어젯밤과는 다르게 설렘이 마음속에 자리 잡는다. 이곳에 오래 머물 수도 있겠다는 생각이 든다.

다음 날, 술도 얻어 마셨으니 저녁은 내가 만들기로 했다. 누구나 먹을 수 있고 재료도 구하기 쉬운 닭볶음탕과 파전으로 메뉴를 정한 후 아이셰와 함께 장을 보러 갔다.

저녁 7시부터 아침까지 푹 잔 서윤이는 몸을 완전히 회복했다. 환한 얼굴로 아이셰 손을 잡고 마트 구석구석을 돌아다니며 아이스크림도 먹고 신기한 식자재도 구경하며 즐거워한다. 아침 내내 서윤이와 아이셰는 보드게임을 하며 놀더니 며칠 본 사이처럼 가까워져 있었다. 서윤이가 낯선 사람과 점점 더 빨리 친해짐을 느낀다.

집으로 돌아와 재료를 손질하기 위해 부엌으로 향했다. 평소 요리를 도맡고 있어서 주방 용품에 관심이 많은데, 그런 내 눈이 휘둥그레질 만큼 엄청난 주방이었다. 다양한 프라이팬에 가장 먼저 압도당했다. 사이즈별로 구비된 구리팬, 스테인레스팬, 무쇠팬… 대충 볶는 게 아니라 식자재의 종류에 따라 그 장점을 살려 요리할 수 있게끔 다양한 프라이팬이 갖추어져 있었다. 내가 팬을 하나씩 꺼내 보며 놀라워하자, 아이셰는 한술 더 떠 자신의 커다란 칼 가방을 보여준다.

'맙소사. 이런 걸 사용하는 사람을 만나게 되다니!'

가죽 케이스 안에는 100피스가 넘는 조리 기구가 빼곡히 들어

차 있다.

"아이셰, 혹시 요리사예요?"

"하하, 맞아요. 저 요리해요."

대단하다. EU와 UN에서 일한 것도 모자라 요리까지 하다니…. 아이셰는 TV에도 출연하는 유명 요리사라고 했다. 와, 지금 내가 요리사 집에 와 있다니! 하지만 동시에 정신이 번쩍 들었다. 내가 지금 무슨 짓을 한 건가? 터키 유명 요리사에게 밥을 해주겠다고 한 건가!

나의 이 부담감을 아는지 모르는지 아이셰는 주방 보조를 맡겠다며 재료 손질을 도와준다. 서윤이는 문화 강좌에서 배웠던 방송 댄스를 추며 우리를 응원한다.

아이셰는 내 옆에 꼭 붙어서는 궁금한 점이 있으면 그때그때 물어보기도 했다. 심지어는 요리하는 모습을 촬영해 그녀의 SNS에 올렸는데 이 영상의 조회수는 우리가 요리하는 동안에만 무려 500회가 넘어갔다. 와, 요리사도 그냥 요리사가 아니었나 보다.

유명 요리사 앞에서 긴장한 내 요리는 평소보다 맛이 덜했다. 다행히 서윤이는 오랜만에 먹는 한국 음식을 아주 맛있게 먹어주었다.

'됐다. 서윤이만 맛있게 먹어주면 괜찮다!'

아이셰 부부는 닭볶음탕보다 파전을 더 좋아했다. 오징어가 한국보다 작고 얇아서 식감이 다르긴 했지만, 고온에서 바싹 굽고 계란 물까지 얹었더니 나름 바삭하고 고소하게 만들어졌다.

다음 날은 한식에 대한 보답으로 아이셰가 맛있는 음식을 해

주었다. 아이셰의 프랑스 친구 나탈리도 놀러 온 덕분에 요리가
더 풍성해졌다. 아이셰가 메인을, 내가 보조를, 나탈리는 샐러드
를 담당했다. 터키 유명 요리사의 음식을 그녀의 집에서 먹는다
니, 생각만으로 기뻤다. 이게 호스트 가족과 함께 지내는 에어비
앤비의 매력이구나, 횡재한 기분이었다.

　아이셰는 입에서 살살 녹는 스테이크를 만들었는데 스테이크
아래에는 감자를 얇게 채 썰어 구운 로스티를 깔았다. 로스티와
같이 먹는 스테이크는 단연 일품이었다. 서윤이도 '엄지 척' 치켜
세우며 맛있다고 했다.

　"아빠, 나 쌈장 좀 줘."

　"터키 사람은 쌈장 안 먹어서 없어."

　"상추나 밥도 없어?"

　"그냥 이거랑 먹어."

샐러드 야채 중 잎이 큰 걸 건져 주니 그걸로 정성스레 스테이 크를 싸 먹는 서윤이. 모두 서윤이를 보며 즐거워한다.

"터키에서는 아이랑 다닐 때 꼭 가방을 챙기세요."

터키 골목을 돌아다니며 조지아에서 주노 어머니가 냈던 수수 께끼가 풀렸다. 이곳 사람들은 아이를 정말 좋아한다. 빵집 앞을 지나가면 빵을 주고, 과일 가게 앞을 지나가면 과일을 준다. 슈퍼 에서는 음료수를 주기도 한다. 숙소로 돌아올 때면 얻어온 음식 과 장난감이 한가득이었다. 서윤이에게 사진 찍자는 사람도 매번 있었고, 어떤 사람은 한국 드라마 광팬이라며 한국말로 여행 안 내를 해주기도 했다.

우리는 이곳에서 한식당도 찾았다. 쌈장 타령을 하는 서윤이와 삼겹살을 먹기 위해 들렀는데, 비싸긴 했지만 정말 눈물나게 맛

있었다. 서윤이는 이 맛의 감동을 아이셰에게 전했다.

"아이셰, 아빠랑 오늘 한식당에 갔어요. 삼겹살에 쌈장 찍어 먹었는데 진짜 맛있었어요."

내가 통역에 나섰지만 아이셰가 삼겹살과 쌈장 맛을 이해하기란 역부족이었다. 서윤이는 답답하다며, 아이셰 이모를 한식당에 초대하자고 했다.

다음 날, 우리는 다 함께 한식당을 찾았다. 아이셰는 삼겹살보다 한국 반찬을 보며 더 신기해 했다. 특히 감자볶음이 아삭하고 맛있다며 만드는 법을 알려달라고 해서 집으로 돌아와 함께 만들어보기도 했다.

터키 에어비앤비에서 보낸 시간은 정말 즐거웠다. 서윤이도 아침저녁으로 이 정다운 가족과 어울리며 어찌나 좋아하던지 일주일만 보내려 했던 이곳에서 무려 12일을 머물렀다.

방은 좁고 매일 많은 계단을 올라야 했지만 충분히 감수할 수 있을 만큼 더없이 즐거운 집이었다.

집주인과 붙어 지내다 보니 그 어느 때보다 풍부하게 문화 교류를 할 수 있었고, 서윤이의 영어 공부에도 많은 도움이 되었다. 자기가 아는 단어는 자신 있게 말할 수 있을 만큼 자신감이 생겼고, 보드게임과 관련된 단어는 스펀지처럼 빨아들였다. 이렇게 행복하고 고마운 기억이 가득한 아이셰 집을 떠나려니 방학 내내 친척 집에서 정신없이 놀다가 개학을 앞두고 집으로 돌아가는 것 같다. "다음 방학에 다시 놀러 올게요!"라고 말해도 될 것 같은 헤어짐.

여행이 길어지다 보니 결국 모든 건 사람으로 귀속됨을 느낀다. 남들 다 찾는 곳에서 인증사진 하나 남기는 건 중요하지 않다. 이곳에서 어떤 사람을 만났고 어떤 경험을 했는지가 여행에 더 긴 여운을 준다. 이곳 터키 이스탄불에서 우리는 그런 시간을 보냈다. 아이셰 가족과 보낸 시간이 그러했고 수백 년, 수천 년 된 건물 사이를 산책한 시간이 그러했다.

정감 넘치는 사람들 덕에 이스탄불을 떠나는 나와 서윤이 마음이 따뜻한 온기로 가득 채워졌다. 입국할 때의 악감정은 봄날 눈 녹듯 사라졌고, 좋은 기억만 안은 채 이곳을 떠난다.

문화가 넘치는 거리

Wien, Austria

뮤지컬하고 뭔가 세계여행 같다

비엔나는 기분 좋게 술 한잔 걸치고 걷는 기분의 도시다.

모차르트, 하이든, 슈베르트의 주 무대이고, 〈연인(키스)〉의 화가 구스타프 클림트의 활동 무대이기도 한 이곳. 모차르트를 지겹게 우려먹는 도시라는 고정관념으로 이곳에 도착했는데, 내 생각이 너무도 짧았다. 그야말로 문화와 예술의 한가운데에 서 있는 느낌이다. 건물도 예사롭지 않다. 장인이 한 땀 한 땀 만든 것처럼 이 도시에 있는 모든 게 말 그대로 예술이다.

멋스러운 건물에 시선을 빼앗긴 채 걷다가 악사의 연주가 들려올 때면 황홀 그 자체다. '악사 고시'가 따로 있는 게 아닌가 의심될 만큼 멋진 연주가 우리 몸으로 잔잔히 쏟아진다. 오감만 열고 있어도 그저 행복해진다.

"서윤아, 비엔나는 구스타프 클림트 아저씨의 〈연인〉이라는 그림으로 유명해. 화가 아저씨의 아빠가 금으로 장식품을 만드는 사람이었대. 그걸 어릴 때부터 보고 자란 구스타프 아저씨가 그림에 금박을 붙일 생각을 한 거지."

"금박? 아, 금방?"

"아니, 금박~ 금을 얇게 썰어낸 거야."

"아빠가 회 뜨는 거처럼? 그런데 아빠, 전에 두바이 갔을 때 금으로 만든 차도 있다고 했잖아?"

"거긴 금 자판기가 있었지. 두바이는 석유가 나오는 국가라서 부자 아저씨들이 아주 많거든."

"우리는 없어?"

"석유? 음… 이건 아주 오래된 이야기인데…."

"아니, 석유 말고. 금으로 만든 차 말이야."

"아… 그건 없을 것 같은데."

"왜?"

한동안 서윤이의 '왜?' 공격이 이어졌다. 나는 내 지식을 탈탈 털어 서윤이의 궁금증을 해결해주기 위해 애썼다.

가을로 들어선 비엔나의 풍경이 너무 멋져서 전차를 타려다 그냥 걷기로 한다. 달리는 전차 안에서는 이 풍경이 속삭이는 이야기를 다 듣지 못할 것 같다. 한 발 한 발 서윤이와 함께 천천히 움직인다. 아무 공원에나 들러 뛰어놀기도 하고 강아지에게 달려가 장난을 치기도 한다. 내딛는 걸음걸음이 재미있다.

서윤이가 오늘 입고 나온 한복도 이곳의 울긋불긋한 계절과 참 잘 어울린다. 애지중지 싸가지고 다니는 한복은 서윤이가 입고 싶은 날 꺼내 입는다. 한국에서도 서윤이에게 따로 복장 지도를 하지 않았다. 한여름에 신는 겨울 부츠도 존중해주고는 했다. '그럴 수 있지. 오늘 그런 감성일 수 있지!'

도시 전체가 문화유산인 유럽은 대부분 거리가 좁고 대중교통

이 불편하지만, 오스트리아는 달랐다. 합스부르크 왕가 시절부터 계획하고 만든 도시라 그런지 길이 넓고 여유가 있었다. 주말이면 도로가 인근 주민의 휴식 공간으로 변신하기도 했다. 각종 연주회가 열리고 길거리 마켓도 열렸다. 서윤이의 관심을 끈 건 단연 놀이 공간이었다. 공굴리기, 풍선 터트리기, 나무 사다리 타기 등 즐길 거리가 참 많았다. 도로를 도화지 삼아 그림도 그릴 수 있게 해두었다.

관광지를 따로 찾지 않아도 길에서 얻는 즐거움이 비엔나 곳곳에 넘쳐났다. 방금까지 듣던 악사의 연주가 희미해질 때면, 다음 타자의 연주가 우리의 청각을 스르륵 지배했다. 길거리 콘서트가 따로 없다.

"아빠, 나 이 노래 알아. 어제 본 영화에 나온 거 아니야?"

"그런가? 언제 나왔지?"

기억나지만 서윤이를 위해 능청을 떤다.

"아, 왜~ 미친 아저씨 병원 갈 때!"

지난밤, 비가 내리고 바람이 불어 서윤이와 밖에 나가지 않고 호텔 방에서 모차르트의 생애를 그린 영화 〈아마데우스〉를 봤다. 본격적인 오스트리아 여행을 시작하기에 앞서 서윤이의 관심을 유도하기 위함이었다. 3시간짜리의 긴 영화라 서윤이가 지겨워하지는 않을까 걱정했는데 예상 외로 집중해서 보더니 살리에리가 정신 착란을 일으킬 때 배경음악으로 쓰였던 모차르트 교향곡 제25번을 기억하고 있었다.

여행하면서 그 도시가 배경인 영화를 자주 보는데, 서윤이는 한국어 더빙과 한글 자막 없이도 매번 재미있게 보고는 한다. 어차피 한글 자막은 읽지 못하는 서윤이지만…. 집에서 케이블 TV 없이 넷플릭스로 외국 영상 보는 게 익숙해진 덕분인 것 같다. 서윤이는 마음에 드는 영상이 있으면 한동안 그것만 돌려 보고는 했다. 대사를 영어로 토씨 하나 틀리지 않고 줄줄 외울 정도로…. 그래서 〈아마데우스〉도 영화 속 장면과 음악을 기억할 만큼 집중해서 볼 수 있었던 것 같다.

"와, 저 할아버지 연주 잘한다. 아빠, 돈 좀 줘봐. 나 저 할아버지 팁 주고 싶어!"

주머니에서 유로를 찾아 서윤이에게 건네니 얼른 바이올린 케이스에 집어넣는다. 거리의 악사는 따뜻한 미소로 답한다.

호프부르크 왕궁과 헨델 광장을 구경하고 왕궁 안 도서관도 구경한다. 신성로마제국을 거쳐 나치 독일에 이르기까지 이곳에서 벌어진 굵직한 유럽사를 서윤이에게 재미있게 들려주었다. 평소 역사에 관심이 많기도 하고 여행하며 틈틈이 공부한 덕에 어디를 가든 서윤이와 나눌 이야기가 많아서 좋다. 역시 여행은 아는 만큼 보이고, 또 아는 만큼 나눌 수 있다.

돈가스처럼 생긴 오스트리아 대표 음식 슈니첼을 먹고 나니 비엔나커피 향이 골목 가득 퍼져있다. 내 발목을 잡고 놔주지 않으니 얼른 카페로 발걸음을 옮긴다.

서윤이는 평소 나와 아내의 드립 커피 담당이다. 커피 값으로 오백 원을 챙겨가는 재미에 빠져, 밥을 먹고 나면 엄마 아빠를 위한 바리스타로 변신하고는 한다. 가끔 친척이 놀러 오는 날이면

오늘 용기 하고 그 밖 세계에 앉습니다

커피 장사는 그야말로 대박을 쳤다. 많아야 천 원 벌던 장사에서 그 몇 배의 수익을 올릴 수 있는 날이니 서윤이는 언제나 집에 오는 손님을 반겼다. 그러니 300년 역사를 자랑하는 비엔나커피의 고장에서 카페에 들리는 건 우리 부녀의 필수 코스다. 직업 탐방이라고나 할까….

"서윤아, 터키 사람들이랑 오스트리아 사람들이랑 옛날 옛날에 싸움을 했대. 전쟁하러 온 터키 사람들이 여기에 깜빡하고 커피콩을 두고 갔는데 그걸 본 오스트리아 사람들이 '아니, 이게 뭐야? 낙타 밥이야?' 하고 그냥 버리려고 했대."

"크크, 웃기다. 낙타 밥이라니!"

"커피콩을 알고 있던 어떤 오스트리아 사람이 그걸 가지고 커피를 만들어 팔았대. 터키식으로 커피 가루를 물에 끓여서…. 그런데 이곳 사람들에게는 그게 너무 쓴 거야. 그래서 방법을 조금 바꿔봤대. 커피 가루를 필터에 넣어서 뜨거운 물을 붓는 걸로!"

"어? 아빠, 그럼 내가 만드는 거랑 똑같잖아!"

"그렇지. 그게 드립 커피의 시작이었어. 그런데 이 방법도 별로 인기가 없자 꿀도 넣고 우유도 넣어서 달달하게 만들었대. 그렇게 이슬람 사람들만 마시던 커피가 유럽으로 퍼져나갔고, 이제는 전 세계 사람이 즐기게 된 거야. 아빠가 지금 마시고 있는 이 달달한 커피가 바로 그렇게 탄생한 비엔나커피야! 재미있지?"

"응! 나도 먹어봐도 돼? 아이, 너무 써!"

서윤이는 얼른 자기 아이스크림을 한 움큼 베어 문다.

◇◇◇◇

공주에서 발레리나로

Wien, Austria

"아빠, 여기가 모차르트 아저씨가 공연하던 곳이야?"

그렇다. 우리는 지금 빈 오페라하우스에 와 있다.

"모차르트 아저씨는 이 오페라하우스가 만들어지기 전에 돌아가셨어. 하지만 아저씨가 만든 음악이 이곳에서 아주 많이 연주되었지. 우리도 얼른 구경가자!"

그런데 어라, 건물에 생뚱맞게 달린 전광판이 눈에 거슬린다. 고전미 넘치는 오페라하우스에 왜 이렇게 큰 전광판을 달아둔 거지? 광고판인가? 눈살이 찌푸려졌다.

세계 3대 오페라 극장에 왔으니 이곳에서 하는 공연을 보고 싶지만, 구두를 신고 재킷을 입어야 한다는 복장 규정이 있어 깨끗이 포기했다. 게다가 클래식한 발레 공연이라 서윤이와 보기에는 어렵겠다는 생각도 들었다. 어떻게 할까 고민하다가 쉰브룬 궁에서 하는 다음 날 오페라 공연을 예약하고 슈테판 대성당으로 걸음을 옮겼다.

슈테판 대성당은 모차르트가 결혼도 하고 장례도 치른 곳이다. 서윤이와 오스트리아에 와서 〈아마데우스〉도 보고, 길거리에서 모차르트 노래도 듣고, 그의 장례식이 치러진 장소도 구경하고… 모차르트 흔적을 따라 여행하는 재미가 아주 쏠쏠하다. 불과 며칠 전까지 모차르트의 존재조차 몰랐던 서윤이는 이렇게 모차르트에 대해 하나하나 알아가고 있다.

"아니, 이게 뭐야?"

저녁 식사를 한 후 오페라하우스 앞을 지나가다가 그만 경악하고 말았다. 건축미를 떨어뜨린다고 생각했던 커다란 전광판에 오페라하우스 발레 공연이 생중계되고 있었다. 음향기기가 어찌나 좋은지 발레리나의 발자국 소리마저 선명하게 들려왔다. 수십만 원을 호가하는 최고급 좌석을 예매했다고 해도 이 정도로 생생하게 보지는 못할 것 같다. 아… 이곳 사람들은 돈 없이도 좋은 공연을 마음껏 관람할 수 있구나. 부러움이 밀려든다.

다양한 시대의 건축과 조각이 거리에 널려 있고, 멋진 공연도

누구나 곁에 두고 지낼 수 있다니…. 거리에서 자유롭게 누릴 수 있는 비엔나의 문화 예술, 우리가 감히 넘볼 수 없는 것들이라 씁쓸한 패배감마저 들었다.

다음 날, 미술사 박물관을 찾았다가 이런 패배감을 한 번 더 맛봤다. 우리나라는 보통 초등학교 입학 전까지만 무료입장인 곳이 많은데 이곳은 무려 만 19세까지 가능했다. 몸과 마음이 자라나는 10대. 그들이 원할 때 언제든 문화 예술을 보고 듣고 누릴 수 있는 도시, 부럽기 그지없었다.

오페라 공연을 보기 위해 들른 쇤브룬 궁에는 50만 평에 달하는 정원이 있었다.

"아빠, 여기 완전 미로야. 한 번 들어가면 밖으로 못 나갈 것 같아!"

어마어마한 정원을 둘러보다가 챙겨온 샌드위치와 음료수를 꺼내 벤치에 앉았다.

"아빠, 나 친구들 보고 싶다. 정원에서 샌드위치 먹으니까 어린이집에서 숲 체험 갔던 거 생각나. 어린이집 졸업식 하기 전에 우리 한국 가는 거지? 나 초등학교 가기 전에 병준이, 하윤이, 혜원이, 진서, 솔범이, 지욱이 다 만나서 같이 놀고 싶어."

"우리 서윤이가 친구들 많이 보고 싶구나. 그러면 서윤아, 여행하는 게 좋아? 어린이집 다니는 게 좋아?"

"어린이집 다니는 게 좋아! 그런데 아빠랑 계속 여행 다녀 줄게. 나 없으면 아빠 혼자 다녀야 하잖아."

"요~ 마이 베이비~"

"요~ 마이 대디~"

내가 내민 주먹에 서윤이는 자기 주먹을 맞댄다. 좌우 손바닥을 한 번씩 마주친 후 손을 잡고 90도 인사를 나누면 우리 둘만의 사인이 완성된다. 이렇게나마 서윤이가 보여준 배려에 감사의 마음을 전했다.

자기 생각만 하던 서윤이 마음에 '우리'라는 공간이 생긴 것 같다. 이렇게 아빠 생각까지 해주고… 마음 씀씀이가 훌쩍 자라고 있는 딸에게 그저 고마울 따름이다.

쇤브룬 궁에서 관람한 오페라는 규모가 작아 아쉬웠지만, 관광객을 위한 흥미 위주의 공연이라 음악과 춤을 즐기며 우리 둘 다 유익한 시간을 보냈다. 서윤이는 춤추는 언니가 너무 예쁘다며 자신의 꿈 리스트에 발레리나를 추가했다.

한국에서 서윤이 꿈은 공주였다. 오랫동안 꿈꿔왔지만 절대 이

룰 수 없는 꿈. 나는 서윤이가 공주 얘기를 할 때마다 왕자님 만나는 법을 설명해주고는 했다.

"딸, 아빠가 왕자 만나는 비밀을 알고 있는데 알려줄까?"

"뭔데?"

"숲에서 자는 척하고 있으면 돼. 그럼 왕자님이 와서 뽀뽀해 줄 거야. 그런데 혹시 모르니 살짝만 눈 떠야 해. 마음에 안 들면 다시 자는 척해야 하니까."

"에휴, 아빠!"

이렇듯 서윤이 꿈은 항상 시답지 않은 레퍼토리로 이어지고는 했다. 하지만 여행하며 서윤이 꿈은 현실적이고 실현 가능해졌다. 스쳐 지나가는 꿈일지라도 아이의 꿈이 생기는 순간을 지켜보는 건 부모로서 누릴 수 있는 가장 큰 행복이다.

서윤이는 집으로 돌아오는 내내 모차르트 음악을 귀에 꽂고 신나게 뛰어다닌다.

깊은 밤, 숙소로 향하는 길이 참 아름답다. 오래된 노면 전차와 신형 트램이 함께 운행되는 오스트리아. 우리나라였다면 구닥다리는 전량 폐기하고 신형으로만 채워 넣지 않았을까?

이곳에서 역사란, '지나간 시간'이 아니라 여전히 '살아 숨쉬는 생명체'로 느껴진다. 역사 있는 건물, 오래된 교통수단… 새로운 것과 어울려 조화로운 모습을 보니, 우리는 단지 이것들을 잠시 빌려 쓰고 있는 게 아닐까 하는 생각도 들었다.

엄마가 온다! 아내가 온다!

Praha, Czech

"아빠, 몇 밤 더 자야 엄마 와?"

"응. 이제 이틀만 더 자면 돼."

드라마 〈프라하의 연인〉을 보던 서윤이가 엄마가 언제 오는지를 '또' 물었다. 지난 일주일 동안 서윤이는 하루에도 서너 번씩 같은 질문을 하고 있다. 엄마가 오면 하고 싶은 것들을 매일 같은 레퍼토리로 주저리주저리 풀어놓는다.

"아빠, 엄마가 내가 산 드레스 좋아하겠지?"

"아빠, 엄마가 쌈장이랑 짜파게티랑 김치 가져온다고 했지?"

서윤이는 드라마에 집중하지 못하고 수시로 질문을 던진다. 그만큼 엄마를 기다리는 마음이 간절하다.

아내는 추석 연휴 동안 우리가 여행 중인 동유럽에 오기로 했다. 서윤이도 엄마를 보고 싶어 했지만, 더 힘들어한 건 사실 아내였다. 서윤이가 태어나고 단 며칠이라도 떨어져본 적이 없던 터라 내가 올려둔 유튜브 영상을 보고, 또 보며 아내는 힘든 시간을 견뎌내고 있었다.

아내가 서윤이를 보러 오기로 결심한 건 추석을 2주 앞두고였

135

다. 유튜브를 통해 서윤이가 조지아 응급실에 갔던 일과 24시간 버스에서 고생하는 걸 본 아내는 당장 서윤이를 보러 오겠다고 했다.

"차라리 여행 마치기 직전에 오는 건 어때? 함께 여행의 대미를 장식하는 거지."

"안 돼, 서윤이 상태가 어떤지 내가 직접 봐야겠어. 내가 가서 보고 서윤이가 원하는 여행이 아니면 데리고 올 거야. 애가 너무 고생하는 것 같아. 서윤이도 너무 보고 싶고…. 내가 가는 게 싫으면 둘이 당장 한국으로 들어오든가!"

아내는 평소와 다르게 단호했다 짠돌이 마누라가 황금연휴에 비싼 항공권까지 끊겠다는 건 배수진을 쳤다는 얘기다. 바로 꼬리를 내려야 한다.

"자기, 유럽에서 가고 싶은 곳 있어? 우리가 시간 맞춰 그쪽으로 갈게."

"음, 프라하?"

단호했던 목소리가 금세 나긋나긋해졌다. 대답이 나오기까지 딱 2초. 아내는 이미 모든 상황을 계획한 것 같다. 아내가 원하는 답을 해줄 차례다.

"그래. 프라하에서 보자! 형한테는 내가 전화해둘게."

부모님이 일찍 돌아가셔서 형 집에서 차례를 지내고 있었다.

"아, 진짜? 지난 설에도 당신 출장 때문에 못 갔는데, 좀 죄송스럽다."

"이해해줄 거야. 형한테 잘 이야기할게."

"뭐 필요한 거 없어? 나중에 문자로 남겨줘. 내가 다 싸갈게."

나긋나긋해진 아내의 목소리는 어느새 '솔♪'톤으로 올라왔다. 원하던 답이 맞았나 보다. 터키에 있을 때 이 소식을 들은 서윤이는 기뻐 날뛰며 아이셰에게 자랑했다.

나와 서윤이는 아내가 도착하기 이틀 전, 프라하에 도착했다. 올드타운과 떨어진 한적한 프라하 8지역에 숙소를 잡고 아내를 기다렸다. 아내와 일주일을 보낼 집을 깨끗이 정리해두고, 아내의 쌈장과 김치를 기다리며 서윤이가 좋아하는 삼겹살을 준비했다. 각종 재료와 신선한 과일을 잔뜩 샀더니 일주일 먹고도 남을 만큼 냉장고가 꽉 찼다.

서윤이가 그리도 애타게 기다리던 그날이 왔다. 아내가 프라하에 오는 날. 서윤이는 새벽같이 일어나 공항에 가자고 성화다. 그

런 서윤이를 이기지 못하고 아내가 도착하기 한 시간 전쯤 공항
에 왔다. 그런데 이게 무슨 일, 아내가 탄 비행기가 4시간 늦게 도
착한다는 안내 문구가 떴다. 애타게 기다리던 서윤이는 점점 지
쳐만 갔다. 음료수도 마시고, 그림도 그리고, 영화도 보지만 그럴
수록 시간은 점점 느리게만 흐른다.

기다림 끝에 드디어, 도착했다는 안내가 전광판에 반짝인다.

"아빠, 어서 가보자!"

"입국 심사하고 짐 찾으려면 아무리 빨라도 30분은 더 있어야
해. 서윤이도 많이 해봐서 알잖아~ 앉아 있다가 가자."

"싫어. 엄마가 우리 못 보고 그냥 가버리면 어떡해? 나 엄마 나
오는 데서 기다릴 거야!"

게이트 가장 첫 줄에서 기다리기를 30분… 서서히 한국 사람
들이 나오기 시작한다. 그들을 보자 서윤이의 마음은 더욱 애가
타는데, 한참이 지나도 아내는 보이지 않는다.

"아빠, 우리 저 안으로 들어가 보자. 아무래도 엄마한테 무슨 일이 생긴 것 같아! 지난번에 우리도 그랬잖아. 아빠가 빨리 들어가서 도와줘!"

서윤이는 조지아 입국할 때가 떠올랐나 보다. 한국인 여행자가 드문 나라인 탓에 공항 직원이 우리만 뒤로 빼놓고 가장 마지막에 들여보내 줬었다. 서윤이는 엄마를 걱정하는 마음에 눈물까지 보인다.

그렇게 한 시간… 마침내 아내의 얼굴이 보인다. 눈물범벅이 된 서윤이는 그대로 달려가 엄마 품에 안긴다.

"엄마, 엄마, 엄마~ 왜 이제 나와!!! 엄마 다시 한국으로 간 줄 알았잖아."

"미안해. 많이 기다렸지? 우리 딸 보고 싶었어."

아내는 나에게 노 룩 패스로 캐리어만 휙~ 던져준 채 오랜만에 만난 딸과 서로 부둥켜안고 눈시울을 붉힌다.

"딸, 엄마 다 안았으면 이제 아빠 차례야!"

"싫어, 엄마 내꺼야. 나만 계속 안겨 있을 거야."

둘이 갔다가 셋이서 돌아온 숙소. 아내가 가지고 온 한국 쌀로 고슬고슬한 밥을 짓고 서윤이가 좋아하는 삼겹살과 쌈장으로 저녁 식사를 한다. 체코 샐러드용 야채 한 장 들고, 모락모락 김나는 밥 한 숟갈 얹고, 프라이팬에 노릇노릇 구워진 삼겹살 올리고, 마지막으로 한국 쌈장 떠서 올리니 세상 가장 행복하다. 느끼함을 달래줄 라면 하나를 끓여 칼칼한 국물까지 떠먹으니 부러울 게 없다.

"아빠, 진짜 진짜 맛있어!"

"역시 밥은 남편이 해주는 게 제일이야!"

아내의 캐리어는 말 그대로 추석 종합 선물 세트였다. 서윤이가 좋아하는 냉면, 떡볶이, 라면, 과자, 다가오는 겨울에 유용하게 입을 수 있는 따뜻한 옷 등… 필요한 모든 게 들어 있었다.

아내의 이벤트는 여기서 끝이 아니었다. 아내는 서윤이 친구 엄마들에게 전화를 걸어 서윤이를 바꿔주었다.

"야, 너 뭐야? 왜 나한테 선물 보냈어? 너무 맘에 들어. 고마워."

서윤이는 지금 남자친구와 영상 통화 중이다. 아내 편에 보낸 깜짝 선물을 받고 서윤이는 폭풍 감동 중….

둘은 어린이집과 여행 이야기를 하며 시시덕거린다.

'아, 이 녀석…'

딸의 남자친구가 보낸 필통을 보자니 괜히 심통이 나서 투덜거리게 된다. 이왕 보낼 거면 좀 가벼운 걸로 보내지…. 필통이 무슨 3단이나 되고, 왜 잠금장치까지 달려있는 거야? 이렇게 크면 서윤이가 배낭에 어떻게 가지고 다니라고! 딸의 남자는 적이다. 그냥 적!

내가 구시렁거리는 걸 들었는지 서윤이는 둘이서만 할 이야기가 있다며 방으로 들어가 문을 닫는다.

'얼씨구, 흥이다, 흥!'

서윤이가 남자친구와 통화하는 동안 우리 부부도 오랜만에 서로를 바라보며 그간의 이야기를 풀어낸다.

"당신 왜 프라하를 골랐어? 함께 보려고 우리도 아직 올드타운도 안 가고 기다리고 있었어. 잘했지?"

"얼~ 세심한 배려! 기분 좋은데! 프라하는…."

뭐지? 뭔데, 뜸들이지?

"프라하가 제일 싸!"

아내가 프라하에서 만나자고 했을 때 나는 그 이유를 묻지 않았다. 아니, 물을 수 없었다. 한국에서 뒷바라지 해주고 있는 아내가 가고 싶다는 곳은 묻지도 따지지도 않고 그냥 가주고 싶었다. 그런데 그 이유가 비행기 값이 가장 저렴했기 때문이라니… 미안한 마음이다.

"바보야, 얼마나 차이 난다고…. 여기까지 오는 김에 가보고 싶은 곳 가야지!"

"됐어! 그 돈이면 서윤이랑 자기랑 좀 더 풍족하게 여행할 수 있잖아. 자기랑 서윤이만 옆에 있으면 난 어디든 좋아."

이런 마음으로 생활하고 있으니 한국에서 어떻게 지낼지 안 봐도 상상이 됐다. 그러고 보니 아내는 살이 좀 빠져 있었다. 아침은 굶고, 점심은 구내식당에서 해결하고, 저녁은 대충 때우며 지내고 있을 터였다. 미안함과 고마움이 교차한다.

"으이그, 바보팅이! 신혼여행 후 7년 만에 온 유럽인데… 가고 싶은 곳 골랐어야지."

미안하다.

고맙다.

사랑한다.

이 말을 하기 힘들어 그냥 토닥거려준다.

숨만 쉬어도 행복해

Praha, Czech

아내가 오니 서윤이 때깔부터 바뀌었다. 아빠가 대충 묶어주는 머리가 아닌 정성스럽게 땋은 머리, '너 입고 싶은 거 아무거나 입어'가 아닌 세심하게 코디한 옷! 아내가 오니 아이에게 빛이 난다. 역시 아이는 엄마의 손길이 필요하다.

아내는 강렬한 빨간색 롱 원피스를 입었다.

"우와, 우리 엄마 공주님 같아!"

"고마워, 서윤아. 서윤이가 선물해준 옷 정말 마음에 들어."

서윤이가 본인 생일 선물로 고른 아내의 원피스. 이 옷은 우리와 함께 조지아, 터키, 헝가리, 오스트리아, 슬로바키아를 여행한 후 드디어 주인에게 전달되었다. 서윤이의 마음이 그대로 녹아 있는 옷이다.

가족이 다 모이니 여기가 어디든 상관없다. 거리를 걸어도, 벤치에 앉아만 있어도 그냥 꺄르르… 숨만 쉬어도 행복하다. 가족이 다 함께 있다는 것만으로 이미 충만한 여행이다.

블타바강을 따라 프라하 올드타운을 걷는다. 파스텔 톤의 주황빛 프라하 시내가 초가을 날씨와 잘 어우러진다.

숨만 쉬어도 행복해

서윤이는 아내와 나 사이에서 점프 놀이도 실컷 하고, 틈틈이 엄마 품으로 파고든다. 입으로는 쉴 새 없이 그간의 여행 이야기를 재잘거린다.

"엄마, 두바이는 정말 더운 나라야. 10분만 걸어도 죽을 것 같았어. 사막에서 낙타도 봤는데 엄~청 크고 속눈썹이 진짜 예뻐."

"조지아에는 돌고래가 엄청 많아. 아저씨가 휘파람을 불면 묘기도 해. 장난꾸러기라서 우리한테 막 물도 튀겼어."

"아, 엄마! 그리고 나 조지아에서 영어하는 친구도 생겼어. 이름은 주노야. 아프리카에서 왔는데 겨울에 만나기로 했어. 주노 아줌마가 겨울에 아프리카 갈 거라고 놀러 오라고 했거든. 아빠가 한국어로 얘기 안 해줬는데도 내가 막 알아듣고 그랬다."

"엄마, 엄마 커피 좋아하잖아. 옛날 사람들은 커피콩이 낙타 밥인 줄 알았대. 진짜 웃기지?"

대부분 어젯밤 이야기의 재탕, 삼탕이지만 아내는 깨알 같은 리액션을 챙기며 마치 처음 듣는 것처럼 기쁘게 들어준다.

프라하성은 그 명성만큼 관광객도 엄청났다. 관광버스 수십 대에서 쏟아진 중국인 관광객은 순식간에 프라하 거리를 바겐세일 중인 백화점 통로로 만들어버렸다. 서윤이 손을 꼭 잡고 있느라 정작 주변을 둘러볼 여유가 없다.

구시가지를 가득 메운 인파에 밀려 성까지 올라갔고, 그들이 구경하고 내려갈 때까지 구석에서 기다려야만 했다. 프라하성이 아주 멋진 곳임은 틀림없지만, 일곱 살 서윤이와 여행하는 나로서는 이보다 신경 쓰이는 곳도 없었다. 사람 많은 관광지를 벗어나 아내가 먹고 싶어 하던 체코식 족발 꼴레뇨 식당을 찾았다. 아내가 좋아하는 체코 맥주도 시켜 나른한 오후의 햇살과 여유를 즐긴다.

"아, 여보! 벌써 뜯으면 어떻게 해!"

아차, 아내가 카메라를 들기도 전에 족발을 건드려 버렸다.

"어쩌지…. 이건 이미 발랐고 내 다리라도 찍을래?"

바지를 걷어 족발만 한 내 장딴지를 보여준다.

"아빠! 나랑 같이 찍자!"

서윤이도 얼른 바지를 걷는다.

"둘이 꼭 붙어 있더니 서윤이 완전 이재용 미니미 다 됐네!"

"요~ 마이 베이비~"

"요~ 마이 대디~"

딸과 손인사를 나누며 서로를 향한 '리스펙'을 표현한다.

서윤이와 아내는 프라하에서 유명하다는 마리오네트 인형극을 보러 가고, 나는 야경이 아름다운 프라하성과 카렐교로 향했다. 사진 찍는 걸 좋아하지만 아이와 여행하다 보니 마음 놓고 야경 사진 찍을 여유가 생기지 않아 아쉬웠던 참이다.

여행 후 처음으로 갖는 혼자만의 시간, 앵글 좋은 곳에 삼각대를 설치하고 카렐교를 담는다. 카메라 렌즈에 몰입하고 있는데 누군가 나에게 말을 걸어왔다.

"저기… 혹시, 딸과 여행하는 아버님 아닌가요?"

"아, 네. 맞습니다. 그걸 어떻게…?"

"인스타그램 팔로우하고 있어요. 여행 사진 잘 보고 있습니다!"

"우와, 정말요? 감사합니다."

"어린 딸과 여행하기 쉽지 않을 텐데, 대단해요!"

세상에 이런 일이 생기다니! 여행하며 온라인 이곳저곳에 우리의 흔적을 남기는 중이었다. 한국에 있는 가족을 위해, 일곱 살 서윤이가 이 여행을 기억하지 못할까 봐, 그리고 사이버 세상에 서윤이의 영토를 만들어주고 싶다는 세 가지 이유에서 시작했던 일. 여행이 길어질수록 블로그, 유튜브, 인스타그램의 팔로워 수가 증가하고 있었는데 이렇게 나와 서윤이를 알아봐 주는 사람을 만나다니 너무 신기했다. 우리의 여행을 응원해주는 사람이 있다니… 즐겁고 감사한 일이 아닐 수 없다.

다음 날은 조금 더 특별한 분을 만났다.

'안녕하세요. 저도 육아휴직 후 일곱 살과 두 살 딸을 데리고 여행하고 있는 아빠입니다. 4개월째 동유럽 여행 중인데 제가 마침 프라하에 머물고 있어요. 시간 괜찮으면 만날 수 있을까요?'

블로거 우주복 님은 '비셰흐라드'에서 만나자고 했다. 비셰흐라드는 옛 성이 있던 자리로 구시가지와 떨어져 여유롭게 프라하 전망을 즐길 수 있는 숨은 명소라고 했다.

우주복 님의 말대로 비셰흐라드는 프라하성보다 몇 배는 더 좋았다. 사람이 붐비지 않는 게 제일이었고, 멋진 공원과 놀이터도 있어서 서윤이는 오랜만에 또래 친구와 신나게 한국말을 하며 어울려 놀았다.

"여기 정말 조용하고 멋지네요. 저희는 어제 프라하성에 갔다가 애 잃어버리는 줄 알았어요."

"그렇죠? 체코에서 한 달 가까이 지내고 있는데 아직 프라하성은 가보지도 않았어요. 비셰흐라드나 조용한 놀이터 위주로 다니

고 있어요."

"그나저나 우주복 님 가족도 참 대단한 것 같아요. 부부가 육아 휴직하고 네 식구가 모두 이렇게 여행하다니…."

"애들도 둘이고, 여행보다는 한 달 살기를 하며 돌아다니고 있어요."

한국 사람은 어디서나 많이 봤지만, 육아휴직을 하고 아이와 여행 와 있는 아빠는 처음이었다. 육아라는 동질감과 장기 여행이라는 공통점이 처음 만난 우리를 끈끈하게 만들어주었다. 우주복 님은 나에게 육아와 여행 꿀팁을 가득 안겨주었다.

아내와 함께한 일주일은 서윤이와 나에게 보석 같은 시간이었다. 서윤이는 매일 사랑의 눈빛으로 엄마를 바라보았다.

"마누라, 다음에는 우리 찢어지지 말고 당신, 나, 서윤이 완전체로 함께 하자. 역시 가족은 함께 있어야 해! 다 같이 여행하니까 너무 좋다. 이래야 완벽한 여행이네!"

"당신도 나랑 서윤이 여행하는 거 뒷바라지 하다가 와~ 그래야 내가 억울하지 않지!"

"나 없이 둘만 여행할 수 있겠어? 어서 오라고 난리칠 거면서~"

아내가 한국으로 돌아가는 날, 우리는 네팔에서 헤어지던 날보다 조금 더 현명해졌다. 이곳에 누가 남고… 누가 떠나고…. 배웅을 하고… 배웅을 받고…. 그 우울한 기분이 싫어 동시에 떠나기로 했다. 나와 서윤이도 아내의 한국행 비행기와 같은 시간에 출발하는 비행기를 찾아 예매했다. 우리 다 함께 프라하에서 떠나

는 거다. 내가 찾은 나름 쿨하게 헤어지는 방법이다. 차오르는 눈물을 숨길 필요도, 그래서 애써 뒷모습만 보일 필요도 없다.

"엄마, 먼저 한국에 가 있어. 여행 다하고 겨울에 돌아갈게!"

서윤이는 엄마를 꼭 안아준다. 지난 두 달간 수많은 이별을 경험해서인지 서윤이는 쿨하게 엄마와 인사를 나누고, 탑승 수속을 하러 간다.

"여보, 너무 걱정하지 마. 자기가 본 것처럼 서윤이 정말 많이 씩씩해졌어. 주도적으로 여행도 즐기고. 자기 할 일 알아서 잘하고…. 그러니 우리 걱정은 줄여도 괜찮아. 여보 몸이나 잘 챙기고 있어!"

"그러게…. 서윤이가 많이 큰 것 같네."

나와 아내도 쿨하게 포옹하고 헤어진다. 이렇게 우리 가족은 동시에 비행기에 올랐다. 아내는 한국으로, 나와 서윤이는 스페인으로….

2018년 9월	☀ ☁ 🌧 ❄

　프라하에서 엄마를 만났어요. 엄마는 내가 선물한 옷을 입었어요. 엄마가 예쁜 옷도 사주고 신발도 사주었어요. 엄청 신났어요!

◇

체스키 크룸로프 & 할슈타트

Cesky Krumlov, Czech & Hallstatt

프라하역에서 차 한 대를 렌트해 1박 2일 자동차 여행을 떠났다. 가장 먼저 향한 곳은 체코 남부의 체스키 크룸로프. 아내가 〈꽃보다 할배〉에서 봤다며 꼭 가고 싶다고 했다. TV에 나왔으니 관광객이 많지 않을까 걱정했는데 시골 마을이라 생각보다 붐비지는 않았다. 성에서 바라본 도시는 아기자기하고 사랑스러웠다.

체스키 크룸로프를 떠나 다시 오스트리아로 향했다. 가장 먼저 찾은 곳은 할슈타트. SNS에서 본 사진 한 장에 매혹당한 곳이다. 눈 쌓인 알프스산맥이 늠름하게 지키고 서 있고, 그 아래 펼쳐진 호수와 마을이 마치 동화 같은 느낌을 준다. 유네스코 세계 문화유산에도 등재되어 있을 만큼 자연과 마을의 조화가 경이롭기까지 하다. 서윤이는 동화 속 마을에서 신나서 마구 뛰어다닌다. 자연과 함께라면 특별한 걸 하지 않아도 아이와 어른 모두 행복할 수 있음을 깨닫는다.

여행 내내 꼭 붙어 있던 아내와 서윤이. 먼 훗날 서윤이가 아이를 낳고 지금의 아내 나이가 되면, 이런 모습일까?

위   체스키 크룸로프 성에서 보이는 풍경!

아래   알프스 소녀 하이디처럼 밝고 예쁜 서윤이!

위   얼른 카메라를 달라더니 엄마 아빠를 찰칵. 덕분에 몇 없는 부부 사진이 탄생했다.

아래   동화 속 마을 같던 할슈타트!

낯선 동네 적응기

Mijas, Spain

어느덧 여행 3개월 차, 아내도 떠나고 여행도 일상이 되니 지겨워졌다. 어디에 갈지, 잠은 어디서 자야 할지, 교통편은 어떻게 해결해야 할지… 생존이라는 1차원적인 이유로 매일매일 결정해야 하는 모든 것이 피곤해지기 시작했다. 여행에도 분명 권태기는 존재한다.

여행에 많이 적응한 서윤이지만, 충분히 쉬면서 건강 관리에 힘 써주고 싶어서 비장의 무기를 꺼냈다. 바로 한 달 살기! 드디어 한 달 살기를 할 때가 온 것 같다.

한 달 살기는 한국에서부터 꿈에 그리던 로망이었다. 나와 서윤이가 지금 막 도착한 스페인 말라가! 날씨 완벽하지, 물가 저렴하지… 한 달을 지내기에 꽤 매력적이라는 생각이 들었다. 워낙 넓고 다양한 문화가 있는 스페인이라 어느 도시에 머물지가 관건이었는데 다행히 이곳, 스페인 말라가에 아는 사람이 있었다. 대학생 때 미국 그랜드캐니언에서 4개월간 일을 했는데 그때 함께 했던 스페인 친구 수사나! 대학에서 학생을 가르치는 수사나를 만나 무려 18년 만에 얼굴도 보고 스페인에 대한 정보도 얻기로

했다.

　수사나와 어느 지중해 레스토랑에서 만났다.

　"우와, 멋지다. 아빠가 어린 딸 데리고 여행하기 쉽지 않을 텐데! 나는 애 키우기도 벅차죽겠는데 여행까지 하려면…."

　수사나에게도 돌이 안 된 어여쁜 딸이 있다.

　"페이스북 보니까 몇 개월째 여행 중이던데, 직장은 그만둔 거야?"

　"아니. 육아휴직했어. 휴직 마치면 회사로 복직해야지."

　"우와, 부럽다. 한국에서 아이 키우기 진짜 좋을 것 같다."

　"그래? 한국인들은 유럽이 아이 키우기 좋다고 부러워하는데… 유럽 사람인 네가 부러워 하니까 조금 이상한데?"

　"우리는 일 년까지는 쉴 수 없어. 그럼 한국 아빠들은 다 이렇게 육아휴직을 해?"

"이제 막 꿈틀하는 단계야. 육아휴직 수당이 월급보다 적고 회사 눈치도 봐야 하니까. 그런데 뭐 점점 늘어날 것 같기는 해!"

"너도 쉽지 않은 결정이었겠는데?"

"결정이 그리 어렵지는 않았어. 너도 기억하지? 우리 미국에서 얼마나 재미있게 놀았는지! 일 년 동안 회사에서 돈 버는 것보다 두고두고 즐거울 수 있는 경험을 물려주는 게 서윤이에게 더 가치 있다고 생각했어. 돈이야 뭐 또 벌면 되니까."

옆에 있던 서윤이가 아기에게 눈을 떼지 못하더니 결국 한마디 한다.

"수사나, 아이 한 번 만져도 돼요?"

"그럼~ 아이가 자고 있으니까 깨지만 않게 해줘. 아빠랑 할 이야기가 아주 많거든."

신선한 해산물 요리가 테이블에 오르고 멋지게 정장을 차려입은 웨이터가 와인을 따라준다.

"우리 스페인에 좀 오래 있을까 해. 한 달 정도는 한 곳에만 있고, 나머지 한 달은 자동차를 빌려서 이베리아반도를 도는거지. 그래서 너에게 물어볼 게 있는데 한 달을 지내기에 어디가 좋을까?"

"이 동네가 너에게 가장 적합할 것 같은데?"

"왜? 네가 옆에서 도움을 줄 수 있어서?"

"그럴 수 있다면 난 영광이지! 너는 스페인어를 못하니까 그나마 영어가 통하는 미하스에서 지내봐. 영국 사람이 많이 사는 동네라 다들 영어가 가능해. 마드리드나 바르셀로나가 아니면 스페인에서 영어 통하는 곳이 많지 않은데 미하스는 그런 대도시보다 치안도 좋고, 무엇보다 10월까지는 바다도 따뜻해서 물놀이하며 지내기 좋을 거야."

친구의 추천에 따라 우리는 스페인 남부의 작은 지중해 마을, 미하스에서 한 달 살기를 시작했다. 수사나 부부가 신혼 때 살던 미하스 집을 마침 에어비앤비로 운영하고 있는데 위치 좋고 이웃 좋고 안전하다고 해서 그곳에서 한 달 살기를 하기로 했다. 아는 사이에 굳이 수수료 내면서 앱으로 거래할 필요는 없을 것 같아 현금으로 주겠다고 했더니 수사나는 이렇게 답했다.

"그러면 수입을 직접 신고해야 해서 더 복잡하니까 그냥 앱으로 해줘."

내 입장에서는 참 놀라웠다. 당연히 수수료를 내기 싫어할 줄 알았는데… 멋쩍게 느껴졌다.

'유럽 애들은 세금 한번 열심히 내는구나!'

친구가 살던 집은 스페인 남부답게 이슬람 느낌이 물씬 풍겼다. 10분만 걸으면 찰랑이는 바다에 닿을 수 있었고 단지 안에 수영장도 있어서 물놀이를 좋아하는 서윤이와 지내기 좋았다.

단지 안에는 영국 사람만 살고 있어서 밖에 나가지 않으면 '여기가 스페인 맞나?' 싶을 만큼 하루 종일 영어 소리만 들렸다.

여행에서 생활 모드로 바뀌자 급격히 짐이 늘었다.

여행할 때는 부피와 무게 때문에 엄두를 내지 못했던 생필품부터 잔뜩 사들였다. 설탕, 소금, 케첩, 세탁 세제도 사고, 저렴하고 품질 좋은 야채, 고기, 해산물도 샀다. 유럽의 농산물 창고라더니 저렴하고 질 좋은 식재료가 넘쳐났다. 삼겹살 한 근에 3천 원, 소고기 스테이크 한 근에 7천 원, 한국에서는 보기 힘든 각종 과일까지… 한국 물가의 절반도 안 됐다. 아내가 주고 간 고추장과 쌀도 많이 남아서 서윤이가 좋아하는 삼겹살, 제육볶음, 파전 등 한국 음식도 자주 만들어 먹을 수 있었다.

자동차도 렌트했다. 한 달 살기에 모든 조건이 만족스러운 미하스였지만 대중교통이 불편하다는 게 유일한 단점이었다. 버스비가 얼마나 비싼지 한 달 치를 계산했을 때 소형차 렌트와 별반 차이가 없었다.

저렴한 모델로 찾다 보니 차가 작고 수동 기어라는 게 흠이었지만 어쨌든 차가 생기니 좋았다. 처음에는 시동을 수십 번이나 꺼트렸지만 차를 몰며 점차 레벨 업 하는 즐거움이 쏠쏠했다.

'지중해성 기후'는 감탄이 절로 나올 만큼 좋아서 물놀이 용품도 잔뜩 사들였다. 비치 파라솔, 비치 타월도 샀고 오리발, 스노클링 세트도 샀다. 차가 있으니 내친김에 패들보드도 중고로 샀다.

여행하던 떠돌이 삶에서 정착하니 이 안정된 삶이 너무나 좋았지만, 아이와의 시간이 쌓일수록 점차 힘에 부치는 것도 사실이었다. 24시간을 붙어 있는 건 여행할 때나 지금이나 마찬가지였는데 그때는 여행이 주는 짜릿함과 호기심이 늘 우리를 색다른 세계로 안내해주었다. 하지만 뚜렷한 목적지 없이 집과 바다를 오가며 생활하는 지금은 삶에 특별한 주제가 없었다. 어떻게 해야 서윤이와 재미있게 놀 수 있을지 생각하기도 쉽지 않았다. 한국에서 가져온 동화책도 이미 수백 번 읽어준 터라 목소리를 바꿔가며 읽어도 더 이상 재밋거리가 되지 못했다. 같은 책을 왕자로, 공주로… 수백 번 읽는 나도 지겹기는 마찬가지였다.

서윤이는 하루에도 수천 번 '아빠'를 찾았다. 깨어 있는 내내 내가 필요했고 그러면서도 정작 말은 듣지 않았다.

'아, 미운 일곱 살. 내가 지금 미운 일곱 살과 24시간을 붙어 있구나.'

아이는 어떻게든 내가 함께 놀아주기를 바랐다. 그게 안 되면 비로 떼를 썼고 어느 순간 나는 "하지 마!"를 달고 지냈다. 귀찮게 구는 아이에게 TV를 틀어주기도 했다.

'이럴 거면 왜 여기까지 온 거야? 이러려고 서윤이와 세계여행을 온 건가? 소리나 지르고 TV나 보여주려고?'

반성 끝에 다시 놀아주려고 해도 먼저 지치는 건 언제나 나였다. 주노처럼 좋은 단짝을 찾으면 좋겠지만 매일 놀이터에 가도 마음 맞는 친구를 만날 수 없었다.

어떻게 하면 좋을까 고민하다가 학원을 알아보기 시작했다. 한국에서도 친구를 사귀려면 학원에 다녀야 하니, 여기에서도 그렇게 하면 되지 않을까 싶었다. 앉아서 공부하는 곳보다는 활동적으로 움직일 수 있는 곳이면 좋겠다는 생각이 들었다. 정열의 나라 스페인에 왔으니 플라멩코는 어떨까… 서윤이도 해보고 싶다고 했다. 하지만 일곱 살이 들을 수 있는 적당한 클래스가 없어 어쩔 수 없이 영어 학원을 알아보기로 했다. 스페인어보다는 한두 마디라도 아는 영어가 나을 것 같았다.

지도에서 숙소 주변에 있는 영어 학원을 검색하고 실제로 찾아가 상담을 받았다. 영어를 어떻게 가르치는지 한 수업에서 몇 명이 공부하는지를 살폈고, 무엇보다 서윤이 의견을 우선순위로 두었다. 서윤이가 고른 곳은 게임, 그림, 율동으로 영어를 배우는 곳이었다. 여섯 명 정도가 함께 수업을 듣고 일주일에 세 번, 한 시간을 배우는데 55유로, 7만 원 정도! 한국이었다면 20~30만 원은 하지 않았을까? 마음에 쏙 드는 미하스다.

서윤이가 첫 수업에 가던 날, 나까지 긴장됐다. 적응 못하고 뛰쳐나오는 건 아닌가 학원 앞을 서성였다. 다행히 수업 시간을 꽉 채우고 나온 서윤이는 모처럼 또래 친구들과 어울려 너무나 신나했다.

"아빠, 학원 일주일에 세 번밖에 안 가는 거야? 나 매일 가면 안 돼? 여기 진짜 재밌어! 나 선생님이 하는 말도 알아들을 수 있어! 이것 봐! 오늘 배운 건데 나 잘했다고 선생님이 칭찬도 해주셨어."

서윤이는 'Very Good'이라고 적힌 교재 복사물 네 장을 가방에서 꺼낸다. 학원 선생님은 한 달만 다니는 서윤이를 위해 교재를 복사해주었고 문제를 푸는데 색이 필요한 부분이 있으면 흑백 복사지에 직접 색을 칠해 나눠주기도 했다.

서윤이가 학원 가는 시간이 나 역시 너무나 행복했다. 아이를 학원에 보내면 주어지는 한 시간의 여유! 꿈 같은 이 시간을 학원 근처 노천카페에서 보냈다. 이 시간만큼은 누군가의 '보호자'가 아닌, 그냥 한 명의 '사람'이 되는 시간이었다. 책을 봐도 좋았고, 사람 구경하며 커피만 홀짝여도 너무나 달콤한 시간이었다. 나와 서윤이는 미하스, 이 낯선 동네에서 즐겁게 적응해나갔다.

패들보드가 선물해준 것

Mijas, Spain

패들보드를 챙겨 여느 때와 다름없이 바다로 나가려는데, 빌라 단지 수영장에서 서윤이 또래 아이가 놀고 있는 게 보인다.

은퇴한 중년층이 많은 곳이라 또래 친구를 볼 수 없어 아쉬웠던 참에 너무나 반가웠다. 앞서가던 서윤이를 불렀다.

"서윤아, 오늘은 집 수영장에서 놀자. 여기 친구가 있네!"

서윤이는 튜브를 타고 있는 친구에게 다가가 말을 건다.

"헬로우! 아임 유니!"

"Hi! Nice to meet you! I'm Ellie."

영어를 하는 걸 보니 역시 영국 아이다. 다행히 둘은 금방 친해져 수영장 바닥에 떨어진 타일 주워 오기, 점프해서 거북이 튜브에 올라타기 등 재미있는 놀이를 만들어가며 논다. 코드가 잘 맞는 친구라는 걸 서윤이 표정만 봐도 알 수 있다.

선베드에 누워 아이들이 즐겁게 노는 걸 바라보다가 휴대폰을 꺼냈다. 전자책을 읽기 위해서다. 머물고 있는 나라를 배경으로 한 소설이나 에세이를 찾아 읽고, 서윤이에게도 이야기해주는 게 요즘의 내 낙이다. 터키에서는 〈순수 박물관〉이라는 소설을 읽고

실제 순수 박물관에 가보기도 했고 스페인에서는 헤밍웨이와 세르반테스의 작품을 읽는 중이다. 책에 집중하고 있는데 인기척이 느껴져 고개를 드니, 엘리의 엄마가 수영장으로 들어오고 있다.

둘 다 수영복 차림으로 인사하려니 너무 어색하다. 누추한 뱃살이 부끄러웠지만 그렇다고 급히 티셔츠를 주워 입기도 이상했다. 됐어, 한국도 아닌데 뭐!

"안녕하세요?"

인사를 나누고 엘리의 엄마, 민투와 자연스럽게 대화를 이어갔다.

엘리네는 물놀이를 좋아해서 런던에서 미하스로 올해 초 이사 왔다고 한다. 남편은 런던에서 일하며 주말부부로 지내고 있는데 비행기로 두세 시간이면 올 수 있는 거리라 나름 할 만하다고 했다. 핀란드 국적의 민투는 영국인 남편과 결혼해 서윤이보다 한 살 많은 엘리와 11살 소피 자매를 키우고 있었다.

남편과 스킨스쿠버를 즐긴다는 민투의 수영 실력은 거의 물고기나 다름없었다. 민투는 틈틈이 서윤이 수영 자세까지 봐주며 아이들과 놀아준다.

이 가족과 가까이 지내고 싶었다. 서윤이도 이곳에서 더 즐겁게 지낼 수 있을 것 같고, 책이나 장난감을 빌려 쓸 수도 있을 것 같았다. 어울려 지내고 싶은 마음에 다음 날 함께 바다에 가기로 약속했다.

바다에 가는 날은 소피도 함께했다. 아이들은 수영도 하고, 모래놀이도 하고, 패들보드도 탔다. 처음에는 패들보드 균형 잡는 걸 힘들어 했지만 금세 익숙해져 다 함께 바다를 누볐다. 이 모습을 카메라와 액션 캠에 기록한 후 민투에게 전해 주었더니 엄청 좋아했다.

이 가족과 어울리다 보니 이 집의 언어 구사 능력에 흥미가 생겼다. 엘리 자매는 엄마와는 핀란드어로 대화했고, 나와 서윤이에게는 영어로 말을 걸었다. 바다에서 우연히 만난 친구들과는 유창하게 스페인어로 대화했다. 스페인에 살고 영국인 아빠와 핀란드 엄마를 두었으니 가능한 일이지만, 아주머니의 자녀 교육 능력 또한 대단해 보였다. 혹시나 해서 물어보니, 아이들이 태어나기 전까지 인도네시아에 살며 민투는 아이들 영어를 가르치고, 남편은 다이빙 숍을 운영했다고 한다. 민투와 대화를 하면 할수록 내가 이제 무엇을 해야 할지 명확해졌다.

'나와 서윤이의 한 달 살기가 풍성해지려면 이 집과 무조건 친해져야 한다! 어떻게 하지…?'

순간 번뜩이는 아이디어가 떠올랐다.

"민투, 서윤이 영어 발음 과외 좀 맡아줄 수 있나요?"

과외를 하며 함께하는 시간이 늘어나면 자연스레 서윤이와 엘리 자매가 더 친해질 수 있을 것이다. 그러면 서윤이는 주노를 만났을 때처럼 더 즐겁게 더 큰 세상을 경험하게 될 것이다.

"아이 영어인데 아빠가 직접 가르치지 않고요?"

역시, 예상했던 답이다.

"제가 발음이 좋지 않다 보니 아무래도 한계가 있는 것 같아요. 발음만 좀 봐주시면 좋겠어요."

민투에게 부담을 주고 싶지 않아 딱히 수업 준비가 필요 없는 발음 과외를 부탁했다.

HOMEWORK

Sharing a shell · sharing a shell
~~~~~~~~~~~   · ~~~~~~~~~~~

🐚 shell   · shell.
🐟 fish   · fish.
🦑 Anemone   · Ahemone.
⭐ seastar   · seasfar.
⛵ boat   · boat.
🌙 the moon   · themoon.
🌿 seaweed   · sea weed.
🐚 clam   · clam.
⚪ pearl   · peacl.
🪨 rock   · rock.
🐕 dog   · dog.
  → sea   · sea.
  → sand   · sand.

"서윤이에게 영어는 단지 외국어잖아요. 그러니 모국어처럼 잘할 필요는 없지요. 지금도 충분히 잘하고 있는 것 같은데요?"

과외비를 흥정할 준비를 하는데 민투의 대답이 또 시큰둥하다. 재빨리 머리를 굴렸다.

"서윤이 과외 맡아주시면 패들보드 드리고 갈게요!"

민투의 눈이 반짝인다. 성공! 두 딸이 패들보드로 재미있게 노는 걸 보았던 터라 마음에 쏙 들었나보다.

"그래요, 알았어요. 아이와 논다는 느낌으로 하면 되는 거죠?"

나와 서윤이는 한 달 뒤면 배낭 싸고 여행길에 오를 테니 패들보드는 이러나저러나 어차피 우리 손을 떠날 물건이었다. 20만 원에 구매했으니 과외비라고 생각하면 손해 보는 일도 아니었다.

바로 다음 날부터 민투와 서윤이의 과외가 시작됐다. 서윤이는 과외를 받고 온 첫날, 동화책 두 권을 책상에 올려놨다.

"아빠, 이거 숙제야. 아줌마가 아빠한테 문자 보냈을 거야."

핀란드 교육에는 숙제가 없다더니 일곱 살 아이에게 첫날부터 너무 빡센 거 아닌가? 어쩐지 애들이 3개 국어를 하더라니… 구시렁거리며 문자를 확인했다.

'내일 공부할 책 두 권 보냈어요. 서윤이에게 한국말로 설명해주시면 다음 날 공부하기 쉬울 것 같아요.'

그렇구나. 서윤이 숙제가 아니라 내 숙제였구나…. 핀란드 교육에 아이 숙제는 없지만 부모 숙제는 있구나!

그날부터 나와 서윤이는 저녁마다 한 시간씩 예습을 했다. 언니들 책도 한 움큼씩 가져와 읽어달라는 통에 매일 나까지 강제 영어 공부를 했다. 나중에는 책을 아예 박스에 담아와 서윤이와 이것저것 뽑아 보기도 했다.

서윤이는 과외가 끝나면 소피 언니와 그림도 그리고, 엘리 언니와 수영도 하고, 푸르도라는 이 집 개도 산책시키며, 때가 되면 밥을 먹고 오기도 했다. 나 역시 틈만 나면 아이들을 데리고 바다에 가거나, 간장 치킨도 만들어주며 즐거운 추억을 선물해주기 위해 노력했다.

엘리네 가족과 어울리기 시작하면서 종종 대립하던 나와 서윤이 관계도 좋아졌고, 우려 가득했던 스페인 한 달 살기는 성공의 가도를 걷기 시작했다.

이 짧은 시간 동안 서윤이 영어도 많이 늘었다. 학원도, 과외도 그 자체로는 큰 도움이 된 것 같지 않지만 엘리 자매와 어울리는 시간을 통해 서윤이는 자연스럽고 빠르게 영어를 배울 수 있었다. 서윤이가 영어로 이야기하다 막힐 때면, 민투는 아이 둘을 키워낸 직감으로 상황에 맞는 단어와 표현을 이끌어주었다. 그렇게 서윤이는 외국인 친구와 어울리기 위한 영어를 배워나갔다.

민투의 남편이 오는 주말이면 나도 함께 엘리네 집으로 가 와인을 나눠 마셨다. 친척이나 친구가 오는 날에도 우리를 잊지 않고 초대해준 덕에, 서윤이는 이곳에서 더 많은 또래 친구를 사귈 수 있었다.

2018년 10월	☀ ☁ 💧 ❄

　엘리 언니와 재미있게 패들보드를 탔습니다. 햇볕이 따가웠어요. 파도가 컸지만 우리는 안 넘어지고 멀리까지 갔어요. 여기는 스페인 지중해입니다.

한 달 동안 스페인 전업주부

Mijas, Spain

"아빠, 밥 먹자, 이제 일어나!"

"우리 베이비가 밥했어?"

"뭔 소리야! 아빠가 그만 자고 만들어줘야지!"

"아웅, 침대 밖 세상은 위험해. 아직 깜깜하잖아. 베이비, 이리
와~ 아빠 품에 안겨~"

아이를 끌어당겨 다시 안았다. 오전 8시의 스페인은 한국의 새
벽 같다. 밖이 어두우니 일어나기가 싫다.

휴대폰 알람을 맞춰본 게 언제인지 기억나지 않는다. 특히 한
달 살기를 하면서부터는 알람 없는 세상에서 오로지 생체 시계에
맞춰 일어나고 밥 먹고, 그러다 잠들었다. 스페인 사람들이 즐기
는 달콤한 낮잠 시에스타에도 익숙해져버렸다. 자고 싶을 때 자
고, 일어나고 싶을 때 일어나면 되는 편안한 삶. 하지만 서윤이와
내 생체 시계에 시차가 발생할 때 문제가 생긴다.

"아, 아빠~ 그만 자고 밥 해줘! 배고파!"

그렇다, 지금이다.

"그… 그래. 뭐 해 먹을까? 바삭하고 고소한 시리얼과 서윤이

키 쑥쑥 크게 해 줄 우유를 먹으면 어떨까? 아니면 따끈하게 구운 토스트에 서윤이가 좋아하는 딸기잼을 발라…."

귀찮아서 눈도 못 뜨고 이야기하는데 내 말이 끝나기도 전에 서윤이가 이불을 걷어간다. 이럴 때는 꼭 지 엄마 같다.

"아빠, 밥 좀 하고 감자볶음도 해 줘. 우리 같이 치킨 샐러드도 만들자. 내가 샐러드 만들 테니까 아빠가 치킨 튀기고."

태어나 지금까지 쌀 한 가마니도 못 먹었을 서윤이 입맛이 수십 가마니를 해치운 나보다 어째 더 한국적이다. 원래 대충 먹는 게 아침 아니던가?

한 달 살기를 하며 음식 만드는 재미에 빠진 서윤이는 거실 의자를 싱크대로 가져와 그 위에 올라서서 야채를 씻기 시작한다. 나는 냄비를 꺼내 쌀을 안친 후 고춧가루를 넣은 강원도식 감자볶음을 만든다.

"치킨은 바삭하게 두 번 튀겨줘!"

서윤이는 디테일하게 요구하더니 능숙해진 손놀림으로 야채에서 물기를 털고 당근부터 썰기 시작한다. 서윤이가 일곱 살이 되면서 비교적 칼질이 쉬운 것들은 서윤이에게 맡기고 있다. 일명 서윤이 야채 먹이기 프로젝트! 야채를 안 먹는 서윤이가 본인이 자른 것만큼은 잘 먹지 않을까 하는 생각에 시작하게 됐는데 이제는 제법 모양도 잘 낸다. 위험하다며 말리던 아내도 서윤이가 잘 자르고 잘 먹는 걸 보고는 마음을 바꾸었다.

서윤이가 자른 야채를 큰 볼에 담고, 서윤이 입맛에 맞춰 '두 번' 튀긴 치킨을 올린 뒤 레몬즙과 설탕, 소금을 넣은 드레싱까지 뿌리면 새콤달콤 서윤이와 아빠의 치킨 샐러드 완성!

"아빠도 오렌지 주스 마실 거지?"

서윤이는 오렌지 몇 개를 착즙기에 꾹꾹 눌러, 오렌지 주스를 만든다. 밥, 감자볶음, 치킨 샐러드, 오렌지 주스! 제법 그럴싸한 아침상이 완성된다.

아침을 먹는데 서윤이가 갑자기 고민을 토로한다.

"아빠, 나 커서 발레리나도 하고 싶고, 커피도 만들고 싶은데, 요즘은 또 요리사도 하고 싶어. 어떤 걸 하지?"

"다 하면 되지. 요리도 하고, 발레도 하고, 커피도 만들면 되지!"

"직업을 그렇게나 많이 가져도 돼? 아싸!"

이어지는 두 번째 고민.

"아빠, 오늘은 뭐 할까?"

"아침에는 민투 아줌마랑 공부할 거고, 점심에는 날이 좋으니 바다에 갈까?"

"좋아! 엘리 언니한테도 가자고 물어볼게. 아빠, 저녁에는 스테이크 구워줘. 우리 바다 갔다가 같이 장 보러 가자."

한 달 살기를 하며 매일 밥을 만들어 먹으니 오늘은 뭘 먹을지, 마트에서는 무얼 살지 딸과 이야기하는 재미가 쏠쏠하다. 그렇게 고민해서 재료를 사 오면 서윤이도 관심을 갖고 나를 도와 요리를 했다. 서윤이가 할 만한 걸 믿고 맡기면 아이는 신나서 주방을 활보했고, 그렇게 요리도 하나의 놀이가 되었다.

아이가 '요리'라는 세상을 알아가는 동안, 나는 스페인의 식자재를 보며 고민하는 시간을 가졌다. 특히 놀라웠던 건 닭가슴살

과 이베리코 돼지였다.

이곳의 닭가슴살이 한국보다 두 배 이상 큰 걸 보고 호기심이 일었다. 궁금해서 알아보니 한국과 스페인의 닭 출하 시기가 2주 이상 차이가 났다. 한국 집단 사육 농가에서는 약과 사료값의 부담을 줄이기 위해 5주 이내 닭을 출하한다고 한다. 또 대부분의 닭이 치킨용으로 쓰이는데 마릿수로 계산하므로 작더라도 빨리 출하하는 게 치킨집과 농가에 좋다고 한다.

우리는 우리의 이익 때문에 아직 채 자라지 못한 생명을 잡아 먹고 있는 건 아닐까? 서윤이와 관련 다큐멘터리를 보며 나의 이러한 고민을 함께 나누었다. 닭을 해체하는 등 잔인한 장면이 포함되어 있었지만 서윤이에게 실태를 바로 보여주고 싶었다.

푸른 초원의 이베리코 돼지 떼를 봤을 때도 놀라웠다. 내 고정 관념 속 돼지는 언제나 좁은 우리에 갇혀 지내는 동물인데 초원을 뛰어다니다니! 지금 보고 있는 게 소나 말은 아닌지 한참을 쳐다봤다.

한국은 삼겹살 소비가 압도적이라 좁은 곳에서 돼지 뱃살을

찌우는 게 중요하고, 스페인은 '하몽'을 즐기기 때문에 지방이 적은 돼지를 키우는 게 중요하다고 한다. 그래서 이곳 돼지들은 초원을 뛰어다니며 도토리를 먹고 자란다고…. 이 이야기도 서윤이와 나에게 중요한 탐구 주제가 되어주었다. 한국에 삼겹살을 수출하려는 다른 나라들도 돼지를 가둬 기른다고 하니 진지하게 생각해 볼 만한 문제다. 식문화에 따른 차이지만, 이왕이면 동물의 복지가 좀 더 향상되는 방향으로 바뀔 수는 없을지 고민해보게 됐다.

그리고 또 하나, 빨래를 하면서 우리가 매일 마주하는 햇빛, 바람, 공기에 대해서도 생각해보게 됐다. 미하스의 건조한 날씨와 강렬한 햇볕이 말려준 옷은 뽀송뽀송, 섬유유연제 없이도 부드러웠다.

하루는 베란다에서 빨래를 널다가 서윤이의 흰색 티셔츠를 바닥에 떨어뜨린 적이 있다. 당연히 더러워졌을 거라 생각하고 빨래를 집어 들었는데 너무 깨끗해서 내 눈을 의심했다. '왜 이렇게 깨끗하지?' 손바닥으로 바닥을 쓸어 확인해보기도 했다. 바닥이 더러우면 내가 청소를 게을리했기 때문이라고 생각하기 쉬운데 이곳에서는 생각의 전환이 일어났다. 공기가 깨끗하면 굳이 청소를 하지 않아도 바닥이 깨끗하구나!

한국에서는 미세먼지나 황사 때문에 창문 열고 사는 게 무서웠는데, 여기에서는 창문을 활짝 열고 지냈다. 할 수만 있다면 이 청정 공기를 가득 담아 가고 싶었다.

한 달 살기를 통해 동네 소비자로, 동네 주민으로, 동네 주부로서 알게 되는 세상도 이렇게나 재미있다.

◇◇◇◇

다시 길 위에 서다

Mijas → Sevilla, Spain

짧고도 긴 한 달 살기가 끝났다. 물놀이 외에는 아무런 계획 없이 찾은 이곳이지만 한 달 동안 이웃과 정도 쌓고, 학원과 과외를 통해 영어도 배우고, 수영장으로, 바다로 물놀이도 많이 다녔다. 정든 이곳을 떠나려니 아쉬움이 가득한데, 서윤이는 그 무엇보다 엘리 언니와 헤어지는 게 가장 속상한가 보다. 그 마음은 민투도 마찬가지인지, 나와 서윤이를 위한 멋진 이별 파티를 열어주었다.

서윤이는 밤이 늦도록 언니들 옆에서 떨어지지 않으려 한다. 내일이면 헤어질 언니들과 조금이라도 더 놀고 싶다며 눈을 반짝인다. "한국에 꼭 놀러 갈게!" 언니들로부터 약속을 받고서야 떨어지지 않는 발걸음을 옮긴다. 이 멋진 이웃이 없었다면 우리의 한 달 살기는 지루하고 재미없었을지 모른다. 이들 덕분에 나와 서윤이의 경험이 다채로워질 수 있었다. 언젠가 다시 만날 수 있겠지? 그 희망을 안고 이들과 헤어진다.

그동안 불어난 짐은 비워도, 비워도 배낭에 들어가지 않는다. 어쩔 수 없다. 더 과감하게 버려야 할 때다. 무거운 짐은 모두 내

180

배낭에 넣고, 서윤이 배낭에는 아이의 작은 물건들만 넣는다. 다이어리, 장난감, 책, 친구들에게 선물하기 위해 모은 조개껍질 등…. 장난감 코너만 가면 '이거 사달라, 저거 사달라' 떼쓰던 서윤이었지만, 여행을 시작하며 그런 일은 뚝 끊겼다. 어쩌면 한국보다 더 많은 것들이 서윤이를 유혹하고 있는데 절대 떼쓰지 않았다. 하나를 사면 하나를 버려야 하는 백패커의 숙명을 깨닫고 제일 마음에 드는 것만 가방에 넣어 다니고 있다. 가지면 가질수록 버려야 할 삶의 무게 또한 늘어난다는 것을 서윤이는 여행을 통해 자연스럽게 배웠다.

트렁크에 간추린 짐을 싣고, 정든 집 키를 수사나에게 넘겨준 뒤 다시 여행길에 오른다.

"미안해. 내가 더 잘 챙겨줬어야 했는데 벌써 이렇게 한 달이 지나가버렸네…."

"별말씀을! 내가 보낸 메시지에 열심히 답해준 것만으로 얼마나 큰 도움이 되었는데~ 그리고 너의 말처럼 이웃이 다 친절해서 아주 잘 지내다 가. 다음에 한국 꼭 놀러와!"

수사나의 배웅을 받으며 정들었던 미하스 집을 떠난다.

"아빠, 우리 마지막으로 맥도날드 가자!"

"그래, 아빠도 커피 마시고 싶었는데 잘됐다!"

숙소 5분 거리에 있는 맥도날드로 향했다. 놀이방도 잘 되어 있고 바닷가 전망도 좋아서 한 달 동안 우리의 단골집이었다. 이곳의 마지막을 아쉬워하며 나는 커피를, 서윤이는 오레오 맥플러리를 홀짝인다.

"언젠가 또 올 날이 있겠지?"

그사이 정이 많이 들어버렸다.

"응, 아빠. 여기 좋다. 내년에 또 오자!"

내 혼잣말에 서윤이가 대답해준다.

미하스 한 달 살기를 하며 서윤이는 영어가 늘었고, 나는 스페인 역사 지식이 늘었다. 실제 역사 현장에서 공부하니 어찌나 머리에 쏙쏙 들어오던지, 10년 직장 생활을 하며 자연스레 멀어졌던 교양 지식을 한 달 살기를 하는 동안 부지런히 채울 수 있었다. 문학을 읽기도 하고, 육아서를 읽기도 했다. 세상을 이해하고, 사람을 이해하고, 아이를 이해하는 시간이 쌓였다. 삶이 고르게 채워지는 느낌이다.

기막히게 아름다운 날씨, 이제 정말 출발이다.

보통 차에 타면 바로 자버리는 서윤이는, 오늘만큼의 내가 해주는 역사 이야기에 눈을 반짝이며 2시간 반을 달려 대서양의 도시 카디스까지 왔다. 남아메리카에서 빼앗아온 금과 은이 흘러들어왔던 곳, 카디스.

"그럼 안 되는 거 아니야? 나쁜 짓이잖아!"

상선을 타고 남미에 들어간 스페인 사람들이 남아메리카 인디언에게 총과 대포를 쏘고, 금과 보석을 빼앗은 이야기를 해주자, 서윤이는 흥분을 가라앉히지 못한다.

"응, 맞아. 그건 우리 일곱 살 서윤이도 아는 건데. 그치? 그런데 옛날 옛적에는 힘센 사람이 힘 약한 사람의 물건을 너무나 당연하게 빼앗았어. 사람을 잡아다가 노예로 팔기도 했고."

"나는 약한 친구도 잘 도와주고, 어린이집 동생도 잘 보살펴 주

는데….”

“그러게…. 우리 딸 같은 사람만 있으면 다들 평화롭고 행복하
게 살았을 텐데. 아빠가 퀴즈 하나 내볼까? 그 당시에 총이랑 칼,
대포보다 남아메리카 사람을 더 많이 죽게 만든 게 있어. 뭘까?”

“정답! 정답! 미사일?”

“하하. 그때는 아직 미사일이 개발되지 않았어. 정답은 바로,
바이러스라는 거야. 스페인 사람들이 자신도 모르게 가지고 간
바이러스 때문에 남아메리카의 많은 사람이 목숨을 잃었대. 서윤
이도 여행 시작하고 많이 아팠지? 아빠 생각에는 그것도 다 바이
러스 문제인 것 같아. 지금은 항체가 생겨서 괜찮아졌을 수도 있
고! 지금은 바이러스에 걸리면 주사도 맞고, 약도 먹을 수 있지만
당시 사람들은 이유도 모르고 죽어야 했어. 서윤이 여행오기 전
에 한국에서 예방 주사 맞았지? 그것도 다 바이러스로부터 몸을
지키기 위해서였어.”

“아, 그랬구나! 스페인 사람들은 그럼 금 많이 모았어?”

“응. 그렇게 부유해진 스페인은 나날이 배 만드는 기술이 발전
하면서 무적함대라는 이름도 얻게 되었어. 지금 여기가 그 무적
함대를 만들던 곳이지!”

“지금은? 지금은 다 어디 갔어?”

“전쟁을 많이 하다 보니 사람도 죽고, 배도 다 망가지고 말았
어.”

큰 파도가 거칠게 내리치는 바닷가를 거닐며 이곳에서 일어났
던 역사 이야기에 빠져든다.

점심으로 피자와 파스타를 먹고 서윤이가 기대하는 플라멩코 공연을 보기 위해 헤레스로 향한다. 아빠가 해주는 역사 이야기에 쉬지 않고 재잘거리던 서윤이는 정작 헤레스에 도착할 즈음, 깊은 잠에 빠졌다. 아이의 단잠을 깨우지 않고, 헤레스를 지나쳐 계속 달린다. 어차피 다음 도시인 세비야도 플라멩코 공연으로 유명하니까.

그렇게 서윤이가 잠든 지 두 시간, 세비야에 도착했다.

플라멩코에 넋을 잃다

Sevilla, Spain

저녁 어둠이 내려앉을 때쯤 세비야에 도착했다. 시내 한편에
차를 세워두고 유명한 플라멩코 공연장을 검색했다. 월요일이라
문 닫은 곳이 많았지만, 플라멩코 공연장이 워낙 많은 도시라 걱
정할 건 없었다. 검색도 하고, 직접 전화해보기도 하며 평이 괜찮
은 공연장을 예약했다. 저녁 공연은 자리가 없어서 9시 30분에
시작하는 야간 공연을 예약했다. 서윤이를 생각하면 너무 늦은
시간인 것 같아 고민됐지만, 오늘이 가기 전에 꼭 보고 싶었다. 조
지아에서 만난 중학교 동창 민욱이네 부부는 플라멩코 공연을 보
다가 눈물을 줄줄 흘렸다며, 스페인에 온 이상 플라멩코 공연은
꼭 봐야 한다고 신신당부했었다.

공연 시작까지 남은 두 시간, 스페인 광장의 야경을 보러 갔다.
좁은 골목 사이로 멋진 건물이 보이고 전체적으로 깨끗한 느낌이
드는 도시. 비엔나를 걷던 날처럼 술 취한 듯 기분 좋게 거리를
걷는다. 그렇게 시간가는 줄 모르고 사진도 찍고 구경도 하다 보
니 어느덧 공연 시간이다. 서윤이의 손을 잡고 열심히 달려 공연
시작 1분 전, 공연장 입장에 성공했다. 어린이 관람객 서윤이 덕

분에 우리는 가장 앞좌석으로 안내받았다.

"와…"

플라멩코의 강렬함에 입이 쩍 벌어졌다. 기대는 했지만 이렇게 정신이 가출할 만큼 재미있을지는 상상도 못했다. 평소였다면 이미 꿈나라로 갔을 서윤이도 졸린 기색 하나 없이 끝까지 말똥말똥 집중해서 공연을 본다.

플라멩코 댄서의 치맛자락이 서윤이와 내 뺨을 때릴 수 있을 만큼 가까운 곳에서 무용수의 작은 표정 하나 놓치지 않고 감상했다. 푸른빛의 강한 조명이 여성 무용수의 화려한 의상에 내려앉았고, 그녀가 내뿜는 연륜의 카리스마가 관중을 압도한다. 집시의 한이 서려 있는 음악과 춤, 플라멩코. 무희의 웃음기 없는 깊은 눈에서 애절함이 베어 나온다.

이어서 남자 무용수도 등장했다. 스페인 길거리에서 플라멩코를 추는 무희는 많이 봤지만 남자 무용수는 처음이다. 그를 보며 스페인을 왜 정열의 나라라고 하는지를 확실히 느낀다. 190센티미터 키에 탄탄한 몸을 소유한 남자 댄서는 윗배를 덮는 타이트한 검정색 벨벳 바지를 입고, 나풀거리는 푸른 셔츠를 입었다. 칠렁거리는 붉은색 타이에 붉은색 꽃이 화려하게 수놓인 베스트까지…. 조각 같은 얼굴에 깊은 눈을 가진 댄서는 마지막 순간을 준비하는 투우사의 강렬한 눈빛으로 객석을 바라본다. 그러더니 점점 빨라지는 기타 선율에 맞춰 손가락을 튕기고 그보다 더 빠르게 발을 놀려 새로운 박자를 만들어낸다. 그가 만들어내는 다양한 박수 또한 신기하다. 손에 공기를 담은 듯한 둔탁한 박수, 손가락이 최대한 뒤로 휘어지도록 쫙 편 후 손바닥만으로 치는 박수

등… 댄서가 몸을 돌릴 때마다 객석으로 그의 땀이 떨어진다. 남자가 봐도 반할 강렬한 무대.

불현듯 한국에 있는 누나 생각이 났다.

'와, 우리 기분파 누님이 여기 왔다면 천 유로는 무대로 그냥 던졌겠는데?'

플라멩코는 그 정도로 강력하고 감동적이었다. 이 공연에 반한 건 서윤이도 마찬가지다.

"아빠, 한 번 더 보면 안 돼? 내일 또 보자. 응? 나 너무 재미있단 말이야. 아저씨도 멋있고 아줌마도 너무 멋있어. 어떻게 그렇게 발을 빨리 움직이면서 춤을 출까?"

서윤이는 주차장으로 걸어가며 발로 쿵쿵 박자를 만든다. 나도 덩달아 발을 쿵쿵거리며 서윤이를 따라 춤을 춘다. 밤 11시가 넘은 시각, 인적이 끊긴 세비야 대성당에서 흥겨운 부녀가 춤을 춘다. 역시 여행은 미쳐야 재미있다.

"서윤아~ 여기서는 너무 쿵쾅거리면 안 돼! 안에 기도하는 사람이 있을 수 있거든. 원래 이 성당에는 이슬람 사람들이 기도하던 큰 모스크가 있었는데 전쟁에서 이긴 가톨릭이 이 땅을 차지하면서 모스크가 있던 곳에 거대한 대성당을 지어버렸대."

"싸우지 말고 같이 쓰면 안 돼?"

"내가 믿는 종교만 옳고 그 외에 모든 건 틀리다고 생각해서 그래."

"아빠, 그런데 우리는 종교 없어?"

"응. 서윤이는 믿고 싶은 종교가 있으면 믿어도 되는데, 다른 종교가 잘못됐다고 생각하지만 않으면 좋겠어."

"그런데 아빠, 종교는 왜 믿는 거야?"

"우리 딸 좋은 질문인데~ 대부분의 종교는 하나의 신을 믿어. 그 신이 우리를 지켜보고 있다고 생각하고. 그래서 신이 남긴 말씀에 따라 살기 위해 노력하고, 자기의 바람을 이야기하기도 해."

세비야 대성당에서 서윤이와 종교 이야기를 나누며 열정의 하루를 마무리했다.

다음 날, 아침부터 비가 내린다. 비가 그치기를 기다리며 오전에는 둘 다 편하게 휴식을 취한다. 서윤이는 챙겨온 동화책을 읽고 동영상을 보는 중이다. 책 다섯 페이지를 읽으면 동영상 이십 분을 볼 수 있게 해줬더니 집어든 책을 금세 읽는다.

여행하며 아이에게 매일 책을 읽어주다 보니 아이가 어떻게

'읽기'를 시작하는지 알게 되었다.

영어책이든, 한글책이든 일단 잡은 동화책은 내가 한동안 계속 읽어준다.

그러다 보면 아이가 책을 외우는 단계에 이르게 되고 그때부터는 외운 것과 글씨를 연관해 기억하게 된다. 이 과정을 통해 서윤이는 네팔에서 산 백설공주 동화책과 한국에서 가져온 라푼젤 동화책만큼은 술술 읽게 되었다.

오후가 되자 비가 그치고 해가 떴다. 그제야 우리도 밖으로 나와 플라멩코 공연장으로 향한다. 트립어드바이저 앱에서 가장 평이 좋은 공연장을 예약한 후, 스페인 광장을 다시 찾았다.

내가 사진을 찍는 동안 서윤이는 주변에 있던 한국 사람에게 다가가 말을 건다.

"한국 사람이죠?"

"응, 안녕?"

"안녕하세요. 저는 서윤이라고 해요. 아빠와 여행하고 있어요."

아빠 아닌 사람과 한국말을 하는 서윤이는 신이 났다. 얼굴 표정부터가 다르다.

"안녕하세요?"로 시작된 대화는 이가 흔들리고 있다, 한국 어린이집에 친구가 몇 명이다, 그 끝을 알 수 없을 만큼 길어지고 있다. 벌써 10분도 넘었다. 신혼부부로 보이는 이 커플은 시간이 지날수록 점점 불편해 보인다. 남자의 얼굴에는 따분한 기색까지 피어오른다. 이제는 내가 나서야 할 타이밍이다.

"안녕하세요. 애가 한국 사람 만나는 걸 너무 좋아해서요. 여행 즐겁게 하세요."

바삐 움직여야 하는 관광객을 상대로 너무 많은 시간을 빼앗았다. 오랜 비행 끝에 도착한 그들은 '언제 오겠어?' 심리와 '빨리 빨리' 근성이 더해져 하루에도 많은 일정을 소화해야 한다. 그런 그들의 시간을 더 이상 뺏을 수 없다.

내 손에 끌려 걷는 서윤이는 입이 삐쭉 나왔다.

"서윤아, 서윤이가 한국 사람 만나면 너무 반가워서 그러는 건 아는데, 저 사람들이 지금 너무 바쁜 것 같아서 이제 그만 가자고 한 거야…."

"…."

서윤이와 나는 말없이 스페인 광장 모퉁이를 걷는다. 한참을 걷던 중 서윤이가 먼저 침묵을 깼다. 아이는 울고 있었다.

"알아, 알아, 나도 안다고! 저 사람들도 나랑 이야기하는 거 별로 안 좋아한다는 거. 그런데 나 한국말이 너무 하고 싶어. 한국말 하는 사람하고 이야기하고 싶다고! 아빠는 아빠 하고 싶은 거 다 하면서 왜 나는 사람들이랑 이야기도 못 하게 해!"

눈물을 흘리면서 이야기를 쏟아내는 딸을 말없이 안아주었다. 흐느끼는 아이의 눈물이 가슴팍에 스며든다.

'우리 서윤이, 한국이 많이 그립구나!'

눈물의 온기가 식어갈 때쯤, 서윤이가 다시 말을 꺼낸다.

"미안해, 아빠 속상하게 해서…."

"아니야, 아빠가 미안해. 우리 딸, 너무 힘들면 우리 그냥 한국 갈까?"

"아니, 괜찮아. 한국에는 겨울에 가기로 했잖아. 그냥 한국말

하는 사람이랑 이야기 해보고 싶었어."

"아빠가 곧 서윤이 한국 언니랑 놀 수 있게 해줄게. 며칠 더 여행하고 마드리드로 갈 건데 거기에 아빠가 아는 언니가 있거든? 우리 그 언니 만나서 놀자."

"언니도 나랑 노는 거 재미있어 할까?"

"그럼! 그 언니도 지금 한국말이 엄청 그리울걸?"

"웅, 언니 보러 가자."

기분이 좋아진 서윤이와 두 번째 플라멩코 공연을 보러 갔다.

어제는 공연장으로 정신없이 뛰어 들어갔기에 오늘은 시간 여유를 두고 공연장으로 향했다. 인근 기념품 가게에 들어가 구경하는데 얼음처럼 굳어버린 서윤이가 내 팔을 잡아당긴다.

서윤이는 플라멩코 옷을 보고 있었다.

"서윤아, 가서 얼마인지 물어봐."

신이 난 서윤이가 주인 아주머니에게 "올라!" 인사를 건네고 가격을 묻는다.

"아빠, 원래는 10유로인데 내가 사면 디스카운트 해주신대."

"좋아, 하나 사자!"

공연은 두 번 봐도 재미있었다. 공연이 끝날 즈음에는 우리 둘 다 얼굴이 벌겋게 달아오를 정도로 흥분해 있었다. 누군가 스페인에서 어디를 여행해야 하냐고 묻는다면 주저 없이 세비야, 세비야의 플라멩코를 추천해주고 싶을 만큼 너무도 매력적이었다.

195

로시난테 타고 스페인 한 바퀴

Santiago·Toledo·Cuenca, Spain

세비야를 시작으로 본격적인 스페인 자동차 여행을 시작했다. 미하스에서 쓰던 렌터카는 너무 구형이라서 한 달 자동차 여행에는 적합하지 않은 것 같아 신형으로 교체했다. 우리는 새로운 차에게 '로시난테'라는 애칭을 붙여주었다. '로시난테'는 서윤이와 스페인에 있는 동안 즐겨 읽었던 동화 〈돈키호테〉에 등장하는 말 이름이다. 돈키호테를 태우고 스페인 여기저기를 돌아다닌 로시난테처럼, 우리를 데리고 좌충우돌 재미난 일을 많이 만들어달라는 의미에서 서윤이가 붙여주었다.

구체적인 계획 없이 스페인을 한 바퀴 빙 둘러보자는 생각만 갖고 로시난테에 시동을 걸었다.

스페인은 대체로 도로 연결망이 좋고, 우리나라보다 인구는 적고 땅은 5배나 넓어서 교통 정체 없이 여행을 즐기기 좋았다.

스페인은 동서남북 참 다양한 모습을 보여준다. 남부는 건조하고 드넓은 초원이 많았으며, 북부는 칸타브리아산맥과 피레네산맥이 있어 침엽수 등 다양한 식생대를 구경할 수 있었다. 이 넓은 스페인을 둘러보기에 한 달은 너무 짧다.

자동차 여행을 하며 무엇보다 만족스러웠던 건 길 위에서 숨 막힐 정도로 멋진 풍경을 마주하는 일이 많았다는 거다. 대서양 전체를 황금빛으로 물들인 '비고'의 석양, 영화 〈스타워즈〉에나 나올 법한 '아라고사', 식당가는 길에 우연히 들렀다가 서윤이 인생 사진을 건진 '나비아'의 바다 절벽과 목장, 산 정상에서 설산의 아름다움을 목격한 '오비에도' 등 차를 세우고 내릴 수밖에 없던 아름다운 풍경이 가득했다. 길에서 만나는 예상치 못한 보석 같은 풍경, 이 즐거움은 자동차 여행에서만 느낄 수 있으리라!

산티아고에서는 3박 4일을 머물렀다. 산티아고는 자동차 여행

을 결심한 순간부터 꼭 와야겠다고 다짐했는데 수백, 수천 킬로미터의 순례길을 걸어 이 작은 마을에 도착한 전 세계인들의 모습을 서윤이에게 보여주고 싶었기 때문이다.

'댕~ 댕~ 댕~'

마침 산티아고 대성당에서 미사가 진행되고 있었다. 청아한 종소리가 어둠이 내리기 시작한 밤하늘로 번져나갔다.

"저기 사람들 보여? 배낭 멘 사람들? 우리가 차 타고 올 때 그 길을 걸어온 사람들이야. 순례자라고 불리는 사람들이지. 산티아고 순례길은 아주 유명한 길인데, 사람들은 이 길을 몇 달씩 걸어서 이곳에 와."

"왜 걸어서 와? 여기는 차도 다니잖아? 가난한 사람이야?"

서윤이는 이상하다는 듯 눈을 크게 뜨며 묻는다.

"아빠 생각에는 우리가 안나푸르나를 올랐던 거랑 비슷한 것 같아. 서윤이도 안나푸르나에서 엄마 아빠랑 이야기도 많이 하고 주변도 둘러봤지? 종교를 떠나서 이 순례길을 걷는 사람들은 천천히 걸으며 삶을 되돌아보기도 하고 생각도 정리하는 것 같아."

"아빠, 그럼 우리도 걸어갈 거야?"

"우리는 차 타고 갈 거야. 걱정했어? 아빠가 걷자고 할까 봐?"

"응. 우리 짐 무겁잖아…."

"그런데 서윤아, 저 사람들 표정 좀 봐."

눈물 흘리는 사람, 기쁨에 취한 사람, 기도하는 사람… 다양한 사람들의 표정에는 한 가지 공통점이 있었다. 아주 평온해 보인다는 것. 먼 길을 걷느라 힘들었을 텐데 그 힘듦이 표정에 묻어 있지 않았다.

"지금은 이해하기 어려울지 모르지만 이게 종교의 힘 같기도 해. 마음의 평화를 만들어주는 거지! 아마 다들 각자의 고민을 안고 이 순례길에 올랐을 거고 이 길을 걸으며 자신이 집중해야 하는 게 무엇인지 깨달았을 것 같아. 서윤아, 우리도 언젠가는 이 길을 걸어볼까?"

"자전거 타자! 걷는 건 재미없을 것 같고 자전거는 좋아!"

생각보다 한국인 순례자도 많았다. 서로 정답게 사진을 찍어주던 중년 부부, 20대로 보이는 딸과 함께 온 어머니. 그들의 가방에는 여러 여행자의 사인이 담긴 티셔츠가 걸려 있었다.

마침 순례길을 걷는 지인이 있어 식사를 함께했다. 퇴직 후 숨가쁘게 달려온 삶을 정리하기 위해 산티아고를 걷고 계신 오동호 교수님. 교수님이 행정자치부 국장으로 있던 10년 전, 업무차 알게되었다가 가끔 자전거 라이딩을 함께하며 인연을 이어오고 있었는데, 이렇게 타지에서 만나게 될 줄이야. 정말 세상은 넓고도 좁다.

"체력 좋은 건 알고 있었지만 오래 걷기 힘들지 않으세요?"

"허허허. 다 좋아서 하는 거지. 33년 공직 생활에 매듭이 필요할 것 같아서 시작했는데, 걷는 게 참 묘한 매력이 있어. 고요에서 오는 평온함…. 사람들에게도 좋은 기운을 많이 받고 있어. 젊어지는 기분이야. 그나저나 우리 서윤이가 너 대단하네. 어린 나이에 아빠 따라다니고."

편히 안주할 수도 있는데 삶을 재충전하며 인생 2막을 준비하는 모습, 존경스럽다. 나도 이렇게 나이 들어야 할 텐데….

서윤이 맛있는 거 먹으라며 용돈까지 챙겨주신다.

"아빠랑 씩씩하게 여행 잘해서 주는 거야!"

한국이었다면 옆 동네 살아도 쉽게 만나지 못했을 텐데… 여행길에서는 사람이 참 각별해진다.

다음으로 향한 곳은 마드리드 인근에 있는 톨레도라는 도시다. 서윤이는 이곳이 〈돈키호테〉의 배경이 된 곳이라 오고 싶어 했고, 나는 유명한 톨레도 검을 사기 위해 오고 싶었다. 그리고 이곳은 친구의 동생, 은비를 만나기로 약속한 곳이기도 하다.

톨레도의 강철검은 중세 전쟁사에 한 획을 그은 물건이다. 그전까지의 칼과는 다르게 가볍고 뾰족하다는 장점이 있다. 기존에는 힘을 이용해 베는 공격이 대세였다면, 이 검의 출현으로 날렵하게 찌르는 공격이 중요해졌다. 톨레도 곳곳에 검과 투구, 방패

를 파는 기념품 가게가 많았다.

"아빠, 이게 돈키호테가 입던 갑옷이야?"

"응, 맞아. 옛날에는 칼을 가지고 전쟁을 해서 쇠로 된 옷을 입으면 몸을 보호할 수 있었어."

"멋있다. 그런데 무겁지 않아?"

"너무 무거워서 옷을 입혀주는 사람이 따로 있을 정도였대. 몸을 보호할 수는 있었겠지만 싸울 때 움직이기 힘들었을 거야."

"몸을 다 보호하고 있으면 싸움이 끝나기는 해?"

"갑옷을 입었다고 꼭 강한 건 아니야. 몽골 사람들은 갑옷을 입지 않고도 유럽인들을 공포에 떨게 했어!"

"어떻게? 그래서 몽골이 이겼어?"

"몽골 사람들은 말을 타고 얇은 비단옷만 입은 채 유럽에 왔대. 옷은 얇지만 여러 벌을 겹쳐 입으니까 화살이 몸에 잘 꽂히지 않았나 봐. 그래서 유럽 사람들은 몽골 사람이 귀신인 줄 알았대. 화살을 맞아도 죽지 않고 말에서 계속 활을 쏘니까."

"그래서 몽골이 이겼어?"

"아니, 동유럽까지 왔다가 몽골 왕 칸이 죽어서 다시 돌아갔대. 그런데 그것보다 재미있는 건 이거야! 갑옷을 입은 유럽인들은 하루에 이동할 수 있는 거리가 아주 짧았대. 갑옷 입혀주는 사람, 밥 해주는 사람… 군인 말고도 아주 많은 사람이 움직여야 했거든. 그런데 몽골 사람들은 가벼운 옷에 말까지 타고 있어서 유럽인 보다 5배는 더 빨리 이동할 수 있었대. 그래서 보초를 서던 유럽군과 몽골군이 같이 달려갔다지. 유럽은 미처 전쟁을 준비할 시간도 없었대."

"대박! 아빠, 그런데 칼 언제 살 거야?"

전쟁 이야기에 정신이 팔린 나를 향해 서윤이가 묻는다.

"아빠, 이거 사! 이게 멋있는 것 같아."

다람쥐가 좋아하는 도토리나무(오크)로 칼 손잡이가 장식되었다고 설명해주니 더 좋아한다.

"아빠가 이 칼로 서윤이 보호해줄게!"

기념품 가게에서 한참 대화를 나누다가 스페인에 공부하러 와 있는 은비를 만나 식당으로 자리를 옮겼다.

"은비야, 언제 시간돼? 우리 같이 인근으로 놀러가자!"

"오빠, 모레 어때요? 제가 갈 만한 곳 고민해볼게요."

며칠 후 은비는 쿠엥카에 가자고 했다.

내가 운전을 하고 서윤이와 은비는 뒷자리에 앉아 셀카도 찍고 남자친구 이야기도 하며 즐거운 시간을 보낸다. 업 된 서윤이를 보니 은비에게 연락하기 잘했다는 생각이 든다. 즐겁게 이동하는데 멀리서 양 떼가 나타난다. 도로를 가득 메운 양 떼 때문에 꼼짝 없이 차에 갇혔다. 서윤이도, 은비도 이 상황이 재미있는지 호들갑을 떨며 동영상을 찍고 사진도 찍으며 양 떼가 지나가기를 기다린다.

그렇게 도착한 절벽도시 쿠엥카는 아름다웠다. 절벽에 위치한 수백 년 된 건물은 그저 신기하기만 했다.

자동차로 한 달 동안 스페인을 돌아보며 예상치 못한 멋진 광경도 볼 수 있었고, 오랫동안 만나지 못했던 반가운 얼굴도 마주

할 수 있었다. 하지만 아이와 여행하기에 불안한 측면도 없지 않았다.

주유소에 들렀는데 주인과 손님이 접촉할 수 없도록 완전 분리되어 있어 놀랐다. 흡사 환전소 같았다. 강도가 많다는 뜻인 것 같아 신경 쓰였다. 큰 도시를 제외하면 현지인과 영어로 의사소통도 거의 불가능했다.

아이와 여행하기에 지중해만 한 곳이 없구나, 수사나의 추천이 옳았다는 것을 스페인을 다 둘러본 후에야 진정으로 알게 되었다.

세계의 지상낙원

Andorra

지도를 보다 보면 스페인과 프랑스 사이, 그 국경에 '선을 긋다 남겨진 볼펜똥' 같은 작은 동그라미가 눈에 들어온다. 내가 지금 향하고 있는 나라, '안도라'다. 지도 앱을 웬만큼 확대해도 '안도라' 이 세 글자를 국가 지도 안에 구겨 넣기가 쉽지 않다. 별수 없이 프랑스나 스페인 땅에 걸쳐질 수밖에 없는 아주 작은 나라.

'제주도 면적의 사분의 일밖에 되지 않으면서 프랑스와 스페인 사이에서 어떻게 살아남았을까?'

'어떤 사람이 살고 있을까?'

'주변에 피레네산맥이 있으니 산골 마을이려나?'

지도만 보고도 호기심이 들끓는다. 유럽 어느 나라를 가도 여행 후기가 넘쳐나는데 안도라는 쉽게 찾을 수 없다. 더욱더 궁금증이 밀려오는 게 가지 않고는 참을 수가 없다.

피레네산맥에 가까워지자, 이베리아반도 남부와 중부에서는 볼 수 없던 침엽수가 보이기 시작한다. 곳곳에 하얀 모자를 쓴 눈 덮인 산들도 보인다. 한계령처럼 구불거리는 헤어핀 코스를 운전

하다 보니, 스페인과 안도라의 국경에 검문소가 등장한다.

비행기로 갑자기 내려온 곳도 아니고 길을 따라 운전하고 있었을 뿐인데 국경을 넘었다는 이유 하나로 눈에 보이는 환경이 방금 전과 확연히 다르다. 아무것도 없는 어두컴컴한 시골길을 달리다 갑자기 번쩍 나타난 스키장 같다. 강원도에 야간 스키 타러 갔을 때의 모습이다. 화려한 조명의 쇼핑몰, 덩치 큰 미국식 픽업트럭과 페라리, 포르쉐 등… 내 눈을 자극하는 멋진 차도 많이 보인다. 스노모빌, 산악자전거 등 아웃도어를 좋아하는 남자들의 취향을 저격할 상점도 즐비해 있다. 그야말로 레저스포츠의 천국이다.

해발 2000미터에 자리 잡은 안도라는 인구 8만 명이 매년 800만 명의 관광객을 맞는 독특한 나라다. 주변국에서 트레킹, 스키, 자전거, 오토바이를 즐기기 위해 몰려오고, 국가 전체가 면세 지역이라 쇼핑 하러 오는 사람도 많다고 한다. 지도만 봤을 때는 작은 산골이라 생각했는데, 1인 GDP로 따지면 우리나라나 스페인, 프랑스보다 훨씬 잘사는 부유한 나라였다.

안도라에서 하루를 보내고 다음 날 아침, 호텔 창으로 들어오는 피레네산맥의 위용을 보니 도저히 참을 수가 없다. 당장 로비로 내려가 1박을 추가한다. 창밖으로 풍경만 쳐다봐도 이토록 좋으니 하루 더 머물 수밖에….

구름도 쉬이 넘지 못하는 해발 3000미터의 설산, 산 아래로는 아름다운 가을 단풍이 물들어 있다. 노오란 단풍잎에 내려앉은 햇살은 바람에 흔들리며 금빛을 자아낸다.

"아빠, 이렇게 큰 산은 누가 만든 거야?"

현실감 제로의 풍경 앞에서 대륙의 이동설이나 대륙 간의 충돌을 설명하고 싶지는 않다.

"당연히 산신령 할아버지가 만들었지! 사람들에게 이렇게 멋진 풍경을 보여주려고!"

"그게 무슨 소리야, 아빠?"

"서윤이 〈금도끼 은도끼〉 알지? 착한 나무꾼이 연못에 쇠도끼를 던졌다가 금도끼를 받았다는 이야기. 그 소문을 듣고 금도끼를 받고 싶은 사람이 너도 나도 연못에 쇠도끼를 던졌다가 이렇게 큰 산이 됐대."

"아빠, 거짓말이지? 어떻게 도끼가 산이 될 수 있어! 어린이가 물어보면 정확하게 가르쳐줘야지!"

"크크. 우리 딸, 작년까지는 믿더니⋯. 아빠가 집에 가서 정확히 설명해줄게."

그날 밤, 숙소에 도착하자마자 나는 서윤이를 데리고 화장실로 갔다. 욕조에 물을 받고 종이 가방을 찢어 그 위에 올렸다. 이것으로 판을 표현하고, 판의 충돌로 산이 만들어지는 과정을 설명해준다.

"우리가 밟고 서 있는 이 땅을 '지각'이라고 부르는데, 말 그대로 지구의 껍질이란 뜻이야. 지각은 마치 이 종이처럼 움직여. 무슨 소리냐, 지각의 아래쪽에는 맨틀이라는 뜨겁고 무거운 물질이 있어. 맨틀은 너무 뜨거운 나머지 고체임에도 불구하고 마치 액체처럼 움직여. 마치 이 욕조에 있는 물처럼 말이야! 욕조에 떠 있는 종이를 우리가 밟고 있는 대륙이라고 생각해보자~ 서윤이

가 이 종이 잡아봐. 그걸 유럽대륙이라고 하자."

"이렇게?"

"응, 잘했어. 서윤이가 잡은 유럽대륙이 그렇게 가만히 있는데, 아빠가 지금 잡고 있는 이베리아반도가 맨틀을 떠다니다가 서윤이에게 가까이 가게 된 거지."

내가 잡은 종이가 물 아래로 내려가며 서윤이의 종이를 밀어 올렸고, 서윤이 종이는 이내 밀려 찌그러졌다.

"부딪친 대륙이 서로 밀어올리고 합쳐지며 큰 산이 만들어지는 거야. 이런 걸 조산운동이라고 하는데 나중에 학교에 가면 배우게 될 거야."

서윤이는 눈을 반짝이며 나의 이야기에 집중한다. 역시 아이가 궁금할 때 가르쳐주는 게 최고의 교육인 것 같다.

실험을 끝낸 우리는, 욕조에 물을 받은 김에 밀린 빨래를 넣고 샴푸를 풀어, 팬티만 입은 채로 열심히 빨래를 밟는다. 신나는 음악을 틀어놓고 딸과 함께하는 빨래, 생각보다 즐겁다.

여행하면서 매일 밤, 서윤이에게 질문 두 개를 받는다. 어떤 것에 호기심을 가졌는지도 알 수 있고, 서윤이의 생각도 들을 수 있어 좋았다. 새로운 질문을 할 때면 칭찬을 아끼지 않았고, 여행지에서 그 답을 찾을 수 있는 것들은 꼭 그 장소에서 설명해주었다. 그리고 간단히게라도 실험이 가능한 건 꼭 직접 해보며 쉽게 이해할 수 있도록 했다. 나름 여기에 자부심을 갖고 있었는데 영국 가족이 우연히 대화하는 걸 듣고는 고민에 빠지기도 했다.

"엄마, 단풍이 왜 생겨?"

"그건 숲속 요정들이 옷을 갈아 입혀주는 거야!"

나는 서윤이에게 이렇게 말했었다.

"추운 날씨 때문에 잎에 있는 엽록소가 파괴돼서 생기는 거지!"

아, 의문의 일패다.

안도라는 산 정상까지 도로가 나 있어 차로 편하게 경치를 구경할 수 있었다. 알프스에 와 있나 착각이 들 만큼 주변 풍경이 멋지다.

정상에 오르니 온 세상이 발아래 놓인다. 마치 세상의 끝인 것만 같은 이곳에서 눈밭을 마구 뛰어다니는데 기분이 날아갈 듯 좋다. 눈싸움도 하고, 사진도 찍고, 산을 넘는 구름도 가만히 관찰한다. 안나푸르나에서도 우기 탓에 설산 한 번 보지 못했는데 그 한을 여기에 풀어내는 중이다.

실컷 눈싸움을 즐기다가, 그럼에도 내려오는 길이 아쉬워 프랑스 땅이 내려다보이는 곳에 차를 세웠다.

"서윤아, 옛날에 아프리카 '카르타고'라는 나라랑 '로마'가 전쟁을 했는데, 아프리카 사람들이 전쟁에서 이기기 위해 하나의 방법을 생각해냈대!"

"그게 뭔데?"

"코끼리! 코끼리를 데리고 전쟁을 하는 거야."

"코끼리가 잘 싸워?"

"힘이 세니까···. 그때 살던 사람들은 칼과 방패로 싸웠는데, 방패로 코끼리를 막을 수는 없었겠지? 그래서 아프리카 사람들이

코끼리를 끌고 지금 우리가 서 있는 이 산을 넘었대. 우리가 지난 번에 오스트리아에서 갔던 알프스도 넘었고…. 그런데 춥고, 눈 도 많고, 길도 낭떠러지라 살아남은 코끼리가 별로 없었대."

"코끼리 불쌍해…."

"아마 나중에 서윤이가 학교에 가면, 선생님이 이 이야기를 '포 에니 전투'라고 알려줄 거야. 서윤이는 잘 기억하고 있다가 선생 님이 '알프스산맥'만 이야기하면 코끼리가 '피레네산맥'도 넘었 을 거라고, 그 산도 고끼리가 넘기 엄청 힘들었을 거라고 이야기 해줘. 사람들이 피레네산맥은 잘 모르는 것 같아!"

세계여행을 하며 벌써 10개국을 넘게 돌아다녔다. 그중 꼭 다

시 와야겠다고 생각한 곳은 거의 없었는데 안도라는 머무는 순간 순간, 다시 와야겠다는 다짐을 했다. 면적은 작지만 알찬 구성으로 꽉 차 있는 나라다.

이곳에 대한 정보를 하나라도 알고 왔다면 괜한 기대 심리만 생겼을 텐데, 산골 마을인 줄 알고 기대 없이 들렀던 터라 마치 큰 선물을 받은 느낌이다. 보석 같은 곳이라 나 혼자만 알고 싶은 곳. 두 눈 가득 이곳의 풍경을 담고 떠난다.

◇◇◇◇

도둑맞은 두 달간의 정성

Barcelona, Spain

바르셀로나, 바르셀로나는 나와 서윤이에게 가장 안 좋은 기억으로 남았다. 시간에 쫓기지 않는 우리는 보통 어디에 가든 며칠씩 머물며 여유를 즐겼지만, 바르셀로나만큼은 밤에 도착해 다음 날 오전 도망치듯 빠져나왔다.

우린 스페인에 두 달 가까이 머물렀다. 미하스에서 한 달 살기를 했고 나머지 한 달은 스페인 전역을 자동차로 여행했다. 지중해부터 시작해 남부, 서부, 북부를 여행했고, 주변국 안도라를 거쳐 이제 바르셀로나와 발렌시아만 여행하면 스페인을 포함한 이베리아반도를 시계 방향으로 한 바퀴 돌 수 있었다.

그 끝을 코앞에 두고 바르셀로나에 가기 전, 사실 갈지 말지부터가 고민이 됐다. 도둑이 득실거리는 동네라 지갑, 핸드폰, 가방을 털린 이야기, 야경 명소에서 내려오는 길에 친절하게 길을 알려주던 남자가 바지를 내리고 성기를 보여주며 따라왔다는 변태 이야기 등… 여행 중에 만난 사람들이 직접 경험했다고 들려준 에피소드만 해도 수두룩했다.

'조심하면 괜찮겠지? 뭐 그래도 좋은 게 있으니 유명하겠지?'

육아휴직하고 떠난 세계여행 산다다

고민 끝에 가기로 했다.

그런데 참 여러모로 불편한 도시다. 저녁에 도착한 바르셀로나에서 한식당을 찾아가는데, 식당을 코앞에 두고 주차할 곳을 찾지 못해 한 시간을 뺑뺑 돌아야 했다.

그렇게 힘들게 도착한 식당에서 제육볶음과 떡볶이를 먹으니 입과 마음이 다시 즐거워졌다. 친절한 주인 아주머니는 서윤이 옆에 앉아 김치도 찢어주며 대견하다고 칭찬을 아끼지 않는다.

식사를 마치고 나가려는데 주인 아주머니는 내 카메라 가방이 걱정되었는지 한마디 건넨다.

"여긴 도둑이 많아요. 저희도 가끔 털린다니까요~ 카메라 가방은 금방 알아보니까 특히 더 조심해서 챙겨요."

주차 문제는 호텔에서도 마찬가지였다. 밤 12시가 넘어 도착한 호텔에는 주차장이 없었다. 500미터 떨어진 유료주차장을 찾아 겨우 주차했는데, 다음 날 아침에 가보니 주차비만 6만 원이 나왔다. 살인적인 주차비다. 숙박비와 맞먹는 주차비를 계산하니 속이 쓰렸다.

그래서 브런치 레스토랑은 주차장이 완비된 곳, 외곽에 있는 식당을 찾아갔다. 서윤이는 여느 때와 다름없이 테이블에 앉아 컬러링북을 꺼냈다. 부다페스트에서 컬러링북을 산 이후로 두 달이 넘는 시간 동안 틈틈이 컬러링북을 칠하는 중이었다. 한국에 돌아가서 할머니, 할아버지, 고모, 어린이집 친구들에게 선물하겠다며 색칠을 하고 그 아래 편지를 써 엽서를 만드는 중이었다. 아직 글쓰기가 서툰 탓에 한 글자, 한 글자 물어가며 어렵게 쓴 편지가 빼곡히 적혀 있었다.

파에야와 타파스 한 조각을 주문하고 양이 모자를 것 같아 테이블에 있던 서윤이를 불렀다. 케이크를 시켜주려고 진열대에 있는 것 중 어떤 게 가장 먹고 싶은지를 물었고 서윤이는 얼른 하나를 가리키고 다시 자리로 돌아갔다. 2~3분 정도의 짧은 시간…. 그런데 서윤이가 다급하게 달려왔다.

"아빠, 그림이 없어졌어. 가방도 없어."

"에이, 그걸 누가 가져가? 자리 잘못 찾은 거 아냐?

"아냐, 빨리 와 봐!"

진짜 없다. 여기저기 찾아봐도 없고 주변 사람에게 물어도 모른단다.

"아빠, 경찰에 신고해줘. 거기 할머니랑, 고모랑, 친구들에게 선물할 그림 다 들어 있단 말이야."

기가 찰 노릇이다. 백 번 양보해서 뭐가 들었는지 모르는 가방

이야 가져갈 수 있지만 아이가 그리던 컬러링북까지 가져간 건 아무리 도둑이라도, 추잡스럽기 그지없다. 돈 되는 것도 아니고 대충 봐도 아이가 그리고 있던 게 분명한데 그걸 들고 가다니…. 이곳에는 아이들도 없었다. 식당에 있던 어른 중 한 명이 그랬을 것이다.

금전적으로 계산하면 큰돈은 아니었다. 하지만 서윤이에게는 돈으로도 바꿀 수 없을 만큼 귀중한 보물이었다. 노트북이나 카메라를 잃어버렸다고 해도 이렇게 악감정이 들지는 않았을 것이다. 잃어버릴 만한 물건을 잘 관리하지 못한 나를 탓하고 넘어갔을 테니까. 그런데 딸의 정성 가득한 물건을 잃어버리니 더 속이 상했다.

혹시 가방을 열어본 후 근처에 버리고 가지 않았을까 싶어 인근 쓰레기통을 다 뒤적여봤지만 찾을 수 없었다. 허탈했다. 더 이상 머물고 싶지 않아서 바르셀로나에서 그냥 나와버렸다. 서윤이는 상심이 컸는지 차 뒷자리에 앉아 훌쩍인다. 아내가 전화를 걸어 위로해주려고 노력하지만 기분이 나아지지 않는다.

"엄마, 나쁜 아저씨가 내 가방이랑 조약돌이랑, 조개랑, 그림 선물 다 가져갔어. 나 이제 어떻게 해?"

가방에는 걸프만, 흑해, 지중해, 대서양에서 모은 조약돌과 조개껍데기가 들어 있었다.

서윤이에게는 언제나 만병통치약인 엄마의 응원도 오늘은 약효가 없다.

"애 가방을 잘 챙겨줬어야지. 위험한 곳에 서윤이 혼자 있게 하지 말고 항상 같이 다녔어야지! 주문할 때도 같이 움직이면 됐잖

아. 그리고 왜 아침부터 케이크를 먹여? 밥 될 만한 걸로 먹이지 않고. 그러게 내가 바르셀로나 가지 말라니까 왜 굳이 괜찮다고 고집을 부려서….”

요즘은 애국가도 1절만 부르고 생략하는 시대인데, 아내의 잔소리는 4절까지 이어졌다.

바르셀로나를 떠나 발렌시아에 도착했지만 서윤이는 차에서 내리려고 하지 않는다. 나 역시 어디를 둘러볼 기분이 아니었다. 어떻게 서윤이를 위로해줄까 고민하다가 서윤이 친구, 엘리가 생각났다.

“서윤아, 우리 자동차 여행 그만하고 집으로 갈까? 우리 미하스 집으로?”

“가도 돼?”

“응, 그럼. 우리 딸이 가고 싶은 데는 다 갈 수 있지. 가자!”

밤새 차를 달려 미하스로 왔다. 엘리 언니와 소피 언니를 만나고 난 다음에야 서윤이 기분은 좀 풀어졌다.

쇼핑몰에 가서 새로운 컬러링북과 색연필을 사주었지만 서윤이는 예전처럼 선물을 만들지 않았다.

나름 오픈 마인드로 세계 여러 나라에 적응해보려고 노력했지만, 아이 물건까지 훔쳐가는 바르셀로나 도둑은 해도 해도 너무했다. 관광대국 스페인에서 이런 잡범들 때문에 관광을 포기하게 되다니! 경찰의 무능함을 탓하게 됐다.

아빠는 칼, 딸은 빵!

Casablanca, Morocco

아프리카로 향하기 위해 미하스에서 차로 30분 거리에 있는 말라가 공항에 왔다. 공항은 많은 사람들로 붐비고 있었고, 서윤이는 킥보드를 타고 이리저리 그 사이를 휘젓고 다니고 있다.

"서윤아, 아빠랑 약속 했잖아. 스페인에서만 타고 버리기로…."

미하스에서 한 달 살기를 하며 서윤이는 킥보드를 샀었다. 처음에는 내 운동을 위해서였다. 아이와 조깅을 하면 운동 효과가 떨어지니 킥보드가 있으면 편할 것 같아서…. 두 달 가까이 애용했던 물건이지만 비행기에 가지고 타는 건 애매할 것 같아 공항에서 버리기로 했었다.

"아빠, 공항에 물어봤어? 물어보지도 않고 아빠가 어떻게 알아?"

"기내에 가지고 탈 수 있는 수화물 크기를 인터넷에서 확인해봤는데, 이건 커서 인 될 것 같아…."

"아, 아빠! 해보지도 않고 어떻게 아냐고!"

으, 일곱 살 이서윤. 고집이 세다.

"알았어. 그럼 아빠가 물어볼 테니까 안 된다고 하면 버리고 가는 거다?"

항공사 데스크에 체크인을 하며 물어보니 기내에 가지고 타도 된단다. 뜻밖이다.

"거 봐, 내가 뭐라고 했어! 될 거라고 했잖아! 아빠는 왜 해보지도 않고 포기하고 그래. 아빠 때문에 내가 사랑하는 킥보드랑 헤어질 뻔했잖아."

딸의 잔소리에서 아내의 향기가 느껴진다.

아직 시간 여유가 있어 카페에 앉아 서윤이와 음료를 마시는데 이상한 소리가 들려온다. 뭔가 싶어 고개를 돌리니 아프리카행 체크인 데스크에서 야유가 터져 나오고 있다.

"돈을 더 내세요! 그렇지 않으면 가지고 갈 수 없어요."

화물 무게 한도를 초과한 흑인 청년과 직원 사이에서 실랑이가 벌어지고 있었다. 직원 아가씨는 화를 내고 있었고, 청년은 모르겠다, 못 알아듣겠다며 능글능글한 표정으로 시간을 끌고 있었다. 그러다 보니 끝도 없이 늘어선 뒷사람들이 참지 못하고 야유를 보낸 것이다. 결국 직원에 의해 끌려나온 이 청년은 캐리어에서 짐을 빼는 듯하더니 다시 줄을 서 체크인 데스크로 갔다. 그리고는 같은 상황의 반복. 결국 이 싸움은 청년의 승리로 끝났다. 비행기 시간이 촉박해지자 실랑이만 하고 있을 수 없는 직원이 티켓을 발권해준 것이다. 청년은 방금 전과는 다르게 아주 유창한 영어로 직원 아가씨에게 인사한 후 키스까지 날려준다. 그리고 나는 여기에서 깨달았다.

'아프리카에서 필요한 삶의 기술은 능글능글함이구나.'

검은 대륙 아프리카, 드디어 그곳으로 간다. 이곳에는 수많은 여행자가 극찬한 사하라 사막이 있다. 서윤이를 데리고 아프리카 땅을 밟는다는 게 조금 두렵긴 하지만 사하라만큼은 꼭 가보고 싶었다.

스페인을 떠난 지 얼마 되지 않아 도착한 아프리카 모로코. 가까운 거리가 무색하게 유럽과 아주 다른 풍경이 우리를 맞이한다. 온실 속 화초로 자라다 거친 태풍을 만나 온실이 홀라당 날아가버린 느낌이다. 아프리카에서 그나마 안전하다는 모로코인데, 아이의 보호자로 이곳에 서 있자니 모든 게 불안하다. 우리를 향하는 눈빛이 너무나 많다.

공항에서 기차를 탔고, 기차에서 내려 에어비앤비 숙소로 가기 위해 택시를 타려는데, 우리를 향해 택시 기사들이 우르르 몰려들었다. 서로 자기와 가자며 이끄는 기사들 사이로 적극적인 친구가 내 팔을 잡는다.

"마이 브라더, 웰컴!"

나는 자연스럽게 그와 흥정을 시작했다. 나는 에어비앤비 호스트가 알려준 덕분에 40디르함(약 5천 원) 정도면 갈 수 있다는 걸 알고 있는데, 기사는 그 금액보다 두 배 높게 부른다. 나는 호스트가 알려준 금액의 반값, 20니르함으로 흥정을 시작한다.

"야, 그 금액엔 아무도 안 가! 70디르함에 가자."

기사가 금액을 낮추기는 했지만, 아직 조금 높다.

"25디르함!"

"60디르함 어때? 더 잘해줄 수는 없어."

아프리카의 능글능글함이 어떻게 승리하는지를 목격했던 터라 조금 더 시간을 끌었다.

"50디르함! 가려면 가고 말라면 마!"

기사는 당장이라도 가버릴 기세다.

"헤이 브라더, 우리 형제잖아. 네가 도와줘야지. 너의 조카가 힘들고 배고파, 브라더! 네가 태워줘야 해! 우리 돈 없으니까 30디르함에 가자."

이제는 내가 그를 형제라고 부르며 팔을 잡는다.

"30디르함에 가는 거지?"

기사는 이런 진상 여행자는 처음이라는 눈빛을 보낸다.

"대신 비슷한 방면으로 가는 사람 있으면 합승해서 갈 거야!"

호스트가 알려준 것보다 10디르함을 더 깎아 숙소로 향한다. 교통 정체로 차가 멈춘 사이, 건장한 흑인 청년이 우리 택시로 다가와 창문을 두드린다.

"브라더, 우리 합승해?"

"아니야, 문 열지 마. 저 사람들 구걸하는 거야."

여행하면서 어린아이를 안은 엄마나 신체가 불편한 사람이 구걸하는 건 많이 봤지만, 젊은 사람이 차도로 나와 차창을 두드리는 건 또 처음이다.

택시 기사 말에 의하면 인근 나라 사람들이 그나마 먹고살 만한 모로코로 몰려들고 있다고 한다. 기회가 닿으면 유럽으로 가려는 건데 모로코에서도 마땅한 돈벌이를 찾지 못하니 자연스럽게 구걸하는 사람이 많아졌다고…. 그러면서 이 말을 덧붙인다.

"아이를 유괴해서 팔거나, 돈을 요구하는 사건이 종종 있어. 내 조카 잘 보살펴!"

기사와 허허실실 농담 따먹기를 하다가 '유괴'라는 말을 들으니 더 이상 말이 나오지 않는다. 지금껏 느껴보지 못한 긴장감이 내 온 신경을 쭈뼛 세운다. 그러고 보니 상점 앞에 총을 가진 무장 경비가 서 있다.

'와, 여긴 진짜 야생이구나!'

대화를 하다가 핸드폰 내비게이션이 가리키는 곳에 내렸는데, 어라, 숙소가 없다. '구글 맵도 포기한 동네'라더니, 단번에 실감이 났다. 숙소 주인과 몇 차례 통화한 끝에 정확한 위치를 찾을 수 있었는데 1킬로미터나 떨어진 곳이 있다.

택시를 다시 잡기에노 애매해 그냥 걸어가는데 구걸하는 사람이 너무 많다. 서윤이가 계속 신경 쓰인다.

"살라말리쿰!"

집주인이 1층까지 나와 우리를 반갑게 맞아 주고 그 옆에는 무장 경비가 지키고 서 있다. 호스트가 사는 펜트하우스는 바깥세상과 다르게 너무나 안락하다. 타닥타닥 장작 타는 소리를 들으며 허브를 넣고 끓인 모로코 전통차를 한 잔 받아 들고 친절한 집주인과 이야기를 나눈다. 커다란 창밖으로 카사블랑카 전경이 내려다보인다.

"내 집처럼 편하게 있어요. 시트는 매일 갈아드릴 거예요. 빨래도 문 앞에 내놓으면 해드릴 거고요."

"그렇게까지 신경 안 써주셔도 돼요."

"청소와 밥 해주는 도우미가 있어서 괜찮아요. 부담 갖지 마세요."

"감사합니다. 그런데 이곳, 아이와 다니기 많이 위험한가요?"

"나도 주로 차를 타고 다녀요. 페즈 같은 큰 메디나(모로코식 요새)에 갈 때는 지역 가이드를 동행해서 들어가기도 하고요. 미로처럼 길도 헷갈리고, 가끔 강도 사건도 있거든요. 이곳 카사블랑카의 메디나는 작아서 그럴 필요까지는 없고요."

"좀 위험하군요?"

"모로코 사람들이 흥정하는 걸 좋아해서 그렇지 생각보다 착해요. 하지만 아프리카대륙 사람들이 요즘 많이 몰려와서 문제죠. 위험한 일이 간혹 생기더라고요."

"제가 무섭게 생겨서 사람들이 못 건드리지 않을까요?"

너스레를 떨었지만 걱정이 사라지지 않는다.

짐을 풀고 집주인에게 소개받은 맛집을 찾아 저녁을 먹으러

나갔다. 혹시나 싶어 톨레도에서 샀던 칼을 주머니에 넣었다. 양고기구이와 샐러드를 주문했는데 지역 주민의 추천인 만큼 맛있게 먹었다. 긴장 속에 하루를 보내고 배까지 부르니 얼른 쉬고 싶은 마음이다. 집까지 빨리 갈 수 있는 골목길을 선택했다.

아무도 없는 걸 확인하고 걷기 시작했는데 인기척도 없이 뒤에서 두 명이 따라오고 있다. 같은 방향의 사람일 수도 있는데 겁을 먹은 상황이라 신경 쓰인다. 그때, 앞에서 쓰레기통을 뒤지던 사람이 우리 쪽으로 다가온다.

'뭐야? 한 패인가? 이 셋이 우리를 노리는 건가?'

뒷주머니에 있던 칼을 오른손에 쥐었다.

"서윤아, 아빠가 뛰라고 하면 집까지 빨리 뛰는 거야. 아빠 휴대폰 서윤이 주머니에 넣어!"

"왜?"

"달리기하자. 혹시 아빠가 저 아저씨랑 싸우면 얼른 집으로 가서 이 휴대폰으로 엄마한테 전화해!"

달리기 준비를 하는 서윤이의 손을 꼭 잡는다.

다가온 남성은 길을 막고 손을 내민다. 다행히 칼이나 총은 없다. 하지만 손에서 나는 시큼한 냄새가 내 코까지 전달될 만큼 가까이 뻗어 나온 손이 위협적이다. 모로코 전통의상 '질레바'를 머리에 뒤집어쓰고 있어서 어둠에서 눈만 반짝인다. 그의 팔을 밀치고 급히 골목을 빠져나왔다.

모든 게 나의 오해였고 아무 일도 아니었다. 따라오던 두 명은 방향이 같은 사람일 뿐이었고, 앞사람은 그저 도와달라고 손을 내민 것뿐이었다. 하지만 택시 기사와 집주인의 경고가 망상을 만들었고 나는 최악의 시나리오에 빠져 어떻게든 딸을 지켜야 한다는 생각만 했다.

"아빠, 달리기는 안 해?

"응? 그러게. 다 와버렸네."

시원한 걸 마셔야 안정이 될 것 같아 숙소 1층에 있는 제과점에 들어가 커피와 오렌지 주스를 주문하고, 나중에 먹을 빵도 좀 골랐다.

"서윤아, 아빠가 밤에 골목길을 걸으면 막 뛰어서 도망가는 언니들이 있었거든. 그 언니들이 무슨 생각을 하며 도망갔는지 알 것 같아. 방금 전에 만난 아저씨 좀 무섭더라. 그치?"

"응! 나도 깜짝 놀랐어. 나는 사람이 거기에 있는지도 몰랐거든. 그런데 좀 불쌍한 것 같아. 배고파서 쓰레기통 뒤지고 있던 거지? 우리 이 빵 좀 주고 갈까? 배고프면 잠 안 오잖아…."

아빠는 칼을 들고 경계했던 사람에게, 서윤이는 빵을 주자고

한다. 나의 오해가 미안하기도 했고 서윤이의 마음도 헤아려주고 싶어서 다시 골목으로 향했지만, 그는 이미 사라져버리고 없었다.

따뜻한 물에 샤워하고 포근한 침대에 누워 구스이불까지 덮으니 참 아이러니하다. 서윤이와 어김없이 오늘의 질문 놀이를 했다.

"아빠, 여기에는 왜 이렇게 가난한 사람이 많아?"

"옛날에 힘세고 돈 많은 나라가 약한 나라를 괴롭혔어. 우리나라도 중국과 일본에 많이 빼앗기고 살았지? 그것처럼 아프리카도 힘센 유럽 나라들이 사람이나 물건을 다 빼앗아갔어."

"우리도 나라를 빼앗긴 적이 있어?"

"응. 그래서 다시는 빼앗기지 않으려고 힘센 군대도 있고, 부자나라가 되려고 노력도 하고 있지."

"그런데 모로코는 아직도 가난해? 아프리카의 다른 나라는 더 가난하다고 했잖아?"

"맞아. 유럽이 물러가고 해방을 이뤘지만, 함께 잘살기보다 각자 부자가 되려고 하니 문제가 됐어. 그 와중에 계속 전쟁을 벌이기도 하고. 아프리카는 나라 안에서 전쟁을 하다 보니 자기 나라를 탈출하는 사람도 많아."

"누가 사이좋게 지내라고 말하면 안 돼?"

"물론 그런 일을 하는 곳도 있지만 쉽지 않은가 봐. 그래도 착한 사람들이 나서서, 어렵게 사는 나라에 학교도 지어주고 병원도 지어주고 도로도 지어주면서 잘살 수 있도록 도와주고 있어."

　카사블랑카에 머무는 동안 다행히 큰 사고는 없었지만, '이게 다 3일 사이에 벌어진 일이라고?' 싶을 만큼 불쾌한 일이 많았다. 무엇을 사든 흥정은 기본이었고, 거스름돈을 덜 주는 일도 빈번하게 일어났다. 주문하지도 않은 음식을 가져다주며 돈을 더 내놓으라고 하지를 않나, 기념품 가게에서 그냥 나오려고 하니 서윤이의 팔을 잡아끌지를 않나….

　언제나 우리를 따라오는 잃을 것 없는 사람들의 시선도 내 등골을 오싹하게 만들었다. 서윤이는 여기에서도 킥보드를 타고 다녔는데, 절대 두 발자국 이상 떨어지지 말라고 주의를 주었다. 이렇게 맘 졸이며 다니다 보니 동네의 어느 것 하나 제대로 눈에 들어오는 게 없었다.

일곱 살, 헤어짐을 배우다

Merzouga, Morocco

사하라에 온 지 며칠이나 지났는지를 생각하는 데 한참이 걸린다. 눈을 굴리며 손가락을 접어본 후에야 5일이 지나고 있음을 인지한다. 낮에는 스페인에서 배운 시에스타를 즐기고, 밤에는 사막에 들어가 별을 즐기다 보니 날짜 감각이 떨어진다.

오늘도 아무것도 하지 않는다. 무언가를 할 필요가 없다. 지금 이 순간, 이 자체로 완벽하다. 하루에도 몇 번씩 나를 찾던 서윤이도, 이곳에서는 그럴 필요가 없다. 20~30대의 젊은 한국인 여행자가 많다 보니 여기저기 어울려 놀기 바쁘다.

게스트하우스에서 우리의 방은 2층이다. 방문을 열고 나가면 복도가 있고, 그 복도 끝에는 햇빛을 즐기며 사하라 사막을 볼 수 있는 테라스가 있다. 11월, 이곳의 태양은 뜨겁고 공기는 차다. '뜨겁다'와 '차갑다', 이 상반된 단어가 함께 공존하는 곳, 이곳이 사하라다. 햇볕 아래에 있으면 따스하지만 그늘로 들어가면 바로 쌀쌀해진다. 게스트하우스에 난방이 없다 보니, 해가 나면 사람들 모두 테라스로 나와 대화도 하고 할 일도 하며 시간을 보낸다.

나와 서윤이도 테라스로 나왔다. 동네 구멍가게에서 사온 석류

에 칼집을 내자 붉고 탱글탱글한 알맹이가 모습을 드러낸다. 한쪽에 앉아 그림을 그리던 서윤이는 한국인 여행자 언니들과 달콤한 석류를 나눠 먹는다. 봉긋봉긋 올라와 있는 사막의 모래 언덕은 태양이 움직일 때마다 한 폭의 그림이 된다. 사막이라는 화선지에 굵은 먹이 서서히 번져나가듯 그 그림자가 커져간다.

'어쩌면 이곳을 아주 오랫동안 그리워할 거야.'

호객 행위, 바가지, 캣콜링, 불친절 등 아이와 여행하기 쉽지 않은 모로코지만, 이 게스트하우스는 마치 사하라 속 한국 마을 같다. 한국 여행자 사이에 입소문이 많이 난 탓에 이곳에 오는 대부분이 한국인이다.

날도 쌀쌀하고 마땅한 오락거리도 없던 어느 날 밤, 한국인 여행자들과 마당에 모여 모닥불을 피우고 야식을 만든다. 동네 정육점에서 양갈비를 사다 구웠는데 소금과 후추만 뿌려도 인생 양갈비다. 성공에 힘입어 다음 날은 숯불 닭갈비를 만들어보기로 한다. 닭 세 마리와 야채를 샀고, 각자 애지중지 가지고 다니던 보물을 꺼낸다. 고추장, 라면스프, 카레, 다시다…. 이것들을 적당히 섞어 양념을 만든다. 서윤이도 생닭에 양념 옷을 바르며 요리하는 즐거움을 만끽한다. 한식에 굶주려 있는 여행자들이다 보니, 뭐든지 맛있어 한다.

사실 음식보다 더 맛있는 건, 사하라 은하수 아래에서 서로의 여행 이야기를 나누는 시간이었다.

사하라에 모인 사람들은 이미 갈 만한 곳은 다 돌고온 장기 여행자가 대부분이었다. 인생의 여러 갈래에서 여행을 선택한 사람들, 그들이 왜 여행을 시작하게 되었는지, 길 위에서는 어떤 일이 있었는지… 그 이야기만으로 값진 시간이었다. 장기 여행자들은, 여행 속에 그들만의 인생철학을 담고 있어서 옆에서 이야기를 듣는 것만으로 피와 살이 된다. 영원한 인생의 숙제, '어떻게 살아야 하나?'에 대한 힌트를 얻은 기분이다.

"직장 생활을 하다가 어느 순간 이런 궁금증이 들더라구요. 이게 내가 원하는 삶인가? 그건 아닌 것 같았어요. 그래서 아무 생각 않고 사표 던지고 나왔어요. 여행 하다 보면 나에게 집중하게 되는 것 같아요. 누가 만들어놓은 틀에 맞춰서 달려가는 게 아니라…. 한국에서는 열심히 해도 결국 나만 낙오자 같은 기분을 많이 느꼈거든요? 그런데 지금은 좋아요. 다시 일을 하게 되겠지만, 내가 조금 더 즐거운 일을 선택할 수 있을 것 같아요."

'왜 여행을 시작했는지'에 대해 어느 여행자가 들려준 이야기다. 내게도 같은 질문이 들어왔다.

"결혼하고 아이가 태어나면 다들 알게 되겠지만, 부모라는 건 피할 수 없는 일 같아요. 힘들다고 도망칠 수도 없고, 아이를 어떻게 키울지가 인생 최대의 숙제가 되죠. 아이가 경험을 많이 하고 자랐으면 좋겠다는 생각에 육아휴직을 결심했어요. 아내와 함께 못 온 게 아쉽지만, 서윤이도 저도 많은 걸 경험하며 여행하고 있어요."

"아, 제가 그 집 아들로 태어났어야 하는데…"

누군가의 장난 같은 푸념이 들려온다. 서윤이에게도 질문이 이어진다. 어디가 제일 좋았는지, 뭐가 제일 기억에 남는지….

"스페인에서 친구 사귄 게 제일 좋아요. 엄마 아빠랑 안나푸르나 등산 갔던 것도 재미있었고요. 돌고래 쇼 본 것도 재미있었어요!"

여행 내내 한국말을 그리워했던 서윤이는 이곳에서 한국인 언니들과 원 없이 어울린다. 서윤이에게는 '언니'보다 '이모'라는 표현이 더 적합한 사람들이지만, 서윤이의 '언니'라는 말에 이곳에 있는 모두가 행복해진다.

서윤이는 언니들을 따라 그림도 그리고, 노래도 부르고, 춤도 추고, 게임도 한다. 가끔은 나를 떠나 언니 방에서 자고 오기도 한다. 다행히 언니들도 서윤이를 예뻐해서 잘 보살펴준다. 서윤이는 언니들이 땋아준 머리로 〈겨울왕국〉 엘사 공주님이 되기도 한다. 내가 대충 땋아주는 스타일과는 완벽히 다르다. 언니들은 심지어 서윤이를 즐겁게 해주겠다는 일념으로 서윤이와 생일을 같은 날로 맞추기까지 한다.

"서윤이 생일은 언제야?"

"8월 14일. 소영 언니, 언니 생일은 언제야?"

"서윤아, 언니 생일은 7월 14일이야."

"우와, 언니! 진짜야? 내 생일도 14일이잖아! 우리 똑같아!"

"어, 내 생일은 9월 14일인데! 우리 다 14일이네! 진짜 신기하다~!"

"영일 언니도요?"

"와, 나도 14일인데, 10월 14일!"

"우와! 세은 언니도 생일이 똑같아. 아빠, 언니들이랑 내 생일이랑 다 14일이야!"

서윤이는 직접 그린 그림을 언니들 방문에 하나씩 붙여준다. 황량한 사막이 이렇게나 포근하다니….

가만히 있어도 너무 좋은 사하라에는, 서윤이와 즐길 거리도 많았다. 1박 2일 사막 투어, 사륜 오토바이 타기, 지프 투어 등…. 그중 단연 최고는 사막 투어였다. 낙타를 타고 사막에 들어가는데 서윤이의 제안에 열 명이 넘는 한국인 여행자가 일렬로 369 게임을 하기도 했다. 낙타 위에서 자기 차례에 맞춰 숫자를 외치고 손뼉을 치는 진풍경이 펼쳐진다.

텐트에 짐을 풀고, 이제는 샌드보드를 즐길 시간이다. 가장 높은 모래 언덕으로 기어올라 신나게 보드를 타고 내려온다. 보드를 짊어지고 모래 언덕을 오르는 일은 누군가의 말처럼 살이 1킬로그램씩 빠지는 느낌이다. 모래 언덕에서 바라본 사막의 석양 역시 아름답다. 붉은 하늘과 붉은 사막. 시간과 공간에 갇혀버린 듯 몽환적인 풍경이다.

밤이 되자 가이드가 캠프파이어를 준비한다. 캠프파이어에 불

이 피어오르자, 모로코 사람들이 타악기를 가지고 나와 연주하기 시작한다. 너울너울 불꽃이 악기 소리에 리듬을 맞추며 춤을 춘다. 이 흥겨운 시간이 끝날 즈음 모닥불은 사그라들고, 그때부터 진짜 쇼가 시작된다. 눈을 현혹시키던 모닥불이 사라지고 밤하늘에 떠있는 수천, 수만 개의 별이 보인다. 커다란 은하수가 머리 바로 위에 놓였다. 쉬이 잠들기 어려운 밤, 잊지 못할 밤이다.

다음 날, 해가 뜨기 전에 숙소로 출발한다. 귀가 도중 일출을 보고, 숙소에서 아침을 먹는 일정이다. 시간이 이르다 보니 서윤이는 낙타에 올라 졸음을 참지 못한다. 언니들은 나보다 더 서윤이를 걱정하며 "서윤아, 서윤아~" 불러주고, 노래도 부르며 서윤이가 낙타 위에서 잠들지 않게 보살펴준다.

사막에서 사륜 오토바이를 탄 날도 재미있었다. 다른 투어는 가이드 말에 모두 따라야 했지만, 사막 오토바이만큼은 내가 직접 조종한다는 즐거움이 있었다. 서윤이를 앞에 태우고 모래 능선을 달려가는 재미! 정말 짜릿했다.

지프 투어를 할 때는 사륜차를 타고 사하라의 이곳저곳을 옮겨 다녔다. 오아시스를 만나기도 하고, 베르베르 유목민의 집을 방문하기도 했다. 우리가 투어를 하던 날은 게스트하우스 사장님 알리가 직접 운전했는데, 서윤이와 동갑내기인 알리 아들도 동행한 덕에 둘은 신나서 뛰어 놀았다.

"알리, 흙으로 집을 지으면 비가 왔을 때 무너지지 않아요?"

베르베르 유목민의 집을 보며 물었다.

"비 오면 무너지겠지! 근데 비가 안 와~"

아, 바보 같은 질문을 했구나. 여긴 사막이구나.

알리는 사막여우를 기르는 어느 유목민 집으로 우리를 안내했다. 사람이 익숙한지 아이들이 만지고 쓰다듬어도 얌전하다.

"아빠, 우리도 사막여우 키우자."

사막여우에 반한 서윤이는 집에 데려가고 싶다고 안달이다.

"서윤이가 한 마리 잡아오면 아빠가 데리고 가 볼게."

서윤이는 사막을 지날 때마다 눈을 크게 뜨고 살폈지만, 그리 쉽게 잡힐 사막여우가 아니었다.

이렇게 며칠을 보내다 보니, 한 몸처럼 가지고 다니던 카메라 셔터를 더 이상 누르지 않는다. 이제는 온전히 눈으로만 담는다. 사막을 황금빛으로 물들이며 떠오른 일출에 눈이 부시고, 모래 위로 지는 석양은 붉다.

도난 당할까 열심히 잠그던 방문도 더 이상 잠그지 않는다. 모든 것이 낯설었던 이곳 풍경이 어느덧 지도 앱도 열어보지 않을 만큼 익숙하다. 어쩌면 이곳을 떠날 때가 된 것 같다.

사하라의 마지막 풍경을 담기 위해 밖으로 나왔는데, 서윤이 기분이 좋지 않다.

"아빠, 나 언니들이랑 헤어지는 거 싫어."

뚱한 표정으로 말한다. 서윤이가 좋아하는 주스 한 잔으로 마음을 달래려 매일 가던 카페로 향했는데 그곳에 앉은 서윤이는 다짜고짜 눈물을 쏟기 시작한다. 좋은 언니들이 많은 이곳을 떠나는 게 속상한 데다, 정들었던 영일 언니가 몇 시간 뒤면 이곳을 떠날 예정이라 서윤이 마음이 더 아픈 듯했다.

"서윤아, 우리 언니들이랑 주스 마시면서 놀까? 숙소 가서 언니들 데리고 올래?"

서윤이는 눈물을 훔치며 일어난다.

카페 문으로 서윤이가 사라지고, 곧이어 카페 창문으로 서윤이의 모습이 이어진다. 저녁 해가 기울어진 담벼락 그림자에 숨어 서윤이는 설움을 토해내고 있다. 참았던 설움이 복받쳤는지 흐느끼는 소리가 더 크게 들려온다. 창문을 통해 그런 서윤이를 그저 지켜본다. 여행의 숙명인 '헤어짐'을 가슴 아프게 배워나가는 딸의 모습을….

잠시 후, 놀란 언니들이 눈물이 마르지 않은 서윤이의 손을 잡고 카페로 들어온다.

누구에게나 스스럼없이 다가서던 영일 언니, "괜찮아. 그럴 수

243

있어!" 항상 용기를 주던 서영 언니, 사하라 사막에서 아빠와 딸의 멋진 인생 사진을 남겨준 세은 언니. 이 따뜻한 언니들이 속상해하는 서윤이의 기분을 풀어주기 위해 옆에서 최선을 다한다. 언니들의 마음이 서윤이에게 잘 전달되었는지 곧 씩씩하고 밝은 원래의 모습으로 웃고 떠든다.

네팔에서 엄마랑 헤어질 때도, 미하스에서 한 달 살기를 하며 정들었던 친구들과 헤어질 때도 서윤이는 눈물을 보이지 않았다. 사하라에서의 일주일, 언니들과 서윤이는 사막의 뜨거운 태양처럼 서로의 마음에 자리 잡았다. 한국의 '정'을 여기 사하라에서 느낀다.

멋진 만남이 있는 여행은 또 다른 여행을 꿈꾸게 한다. 헤어짐이 멋진 여행은 긴 여운으로 이 시간을 추억하게 한다. 이 황량했던 사막은 아주 오래도록 우리를 꿈꾸게 하고, 아주 오래도록 지금을 추억하게 할 것이다.

2018년 11월	☀ ☁ 💧 ❄

낙타 타고 사막을 달렸어요. 아빠 없이 저 혼자 탔어요.

낙타를 타다가 졸면 안 돼요. 그러니까 조심해서 타야 해

요. 이곳은 사하라 사막이에요.

한식 먹으러 14시간!

Chefchaouen → Akchour, Morocco

나와 서윤이는 사하라에서 꿈같은 시간을 보내고 다음 도시, 쉐프샤우엔으로 이동하기로 했다. 사하라에서 페즈까지 9시간, 다시 페즈에서 쉐프샤우엔까지 5시간, 총 14시간 버스를 타야 하지만 이곳에 꼭 가고 싶은 이유가 있다. 온통 파란색으로 일렁이는 쉐프샤우엔의 메디나를 보러 가는 경우가 많으나, 우리는 아니다. 우리의 목적은 오로지 '밥'이다.

한국인 사장님 부부가 운영하는 게스트하우스, 그곳에서 맛볼 수 있는 부부의 손맛이 입소문을 타고 우리에게까지 전해졌다. 이렇게 된 거 안 갈 수가 없다. 모로코를 떠나 아프리카 여행을 이어간다면 한식을 만나기는 더더욱 어려워질 터, 일단 한식부터 먹고 다음 일정을 고민해보기로 했다.

장거리 버스도 몇 번 타다 보니 그럭저럭 탈 만해졌다. 서윤이도 어느덧 버스 타는 게 익숙해졌는지, 예전처럼 긴장하거나 힘들어하지 않았다.

정든 언니들의 배웅을 받으며 페즈행 밤 버스에 올랐고 자고

일어난 사이, 페즈에 도착했다. 이제 쉐프샤우엔으로 가는 버스만 타면 된다. 새벽의 텅 빈 대합실에 들어서니 유럽 배낭 여행자들이 침낭을 돌돌 말고 의자에 누워 자고 있다.

"아빠, 나도 좀 잘게."

서윤이는 마치 자기 침대인 듯 편하게 누워 잠을 청한다.

"우와, 서윤이 백패커 포스 장난 아닌데요?"

사하라에서 함께 버스를 타고 온 준영이가 한마디 던진다.

다시 버스를 타고 자다 깨다를 반복하니, 어느새 쉐프샤우엔에 도착했다.

버스에서 내려, 500미터 떨어진 택시 정류장으로 향한다. 한인 게스트하우스가 위치한 악쇼르까지는 아직 20킬로미터를 더 가야한다. 무거운 배낭을 메고 언덕을 오르는데, 택시 기사가 다가와 흥정을 시작한다. 몇 번의 흥정 끝에 내가 원하는 금액에 맞췄고, 기사는 차를 가져올 때까지 기다리라고 한다. 잠시 후, 기사가 차를 끌고 우리 앞에 섰는데, 뭐야? 택시가 아닌 화물차다. 이거 영업 가능한 차 맞나? 불법 아닌가? 안 타겠다고 하니 온갖 짜증과 욕을 퍼붓는다. 심지어 차를 내 무릎 정강이까지 몰아붙이며 위협한 뒤 쌩하니 가버린다. 내 딸에게 가해진 위협은 정말이지 참을 수 없다. 달려가 멱살이라도 잡고 싶지만 서윤이를 잠시라도 혼자 둘 수 없기에 애써 분한 마음만 삭힌다. 그래도 그냥 보내기는 아쉬워 서윤이 모르게 한 팔을 고이 들고 중지를 흔들어 내 마음을 전했더니, 기사도 중지를 흔들며 답례를 한다.

"아빠 왜 저 아저씨 차 안 탄 거야?"

"응. 저 아저씨가 우리에게 택시 기사라고 거짓말을 해서 타지 않았어. 거짓말하는 사람이면 나쁜 사람일 수도 있잖아. 우리를 다른 곳으로 데려갈 수도 있고. 그리고 저런 차는 사고가 나면 보험이 안 돼서 돈이 많이 들 수도 있거든."

"근데 저 아저씨 화난 거 아니었어? 왜 손을 흔들어주고 가?"

서윤이는 아직 손가락 욕을 모른다.

"아, 아빠가 잘 가라고 손을 흔들어줬거든."

나머지 네 손가락을 모두 펴 허공에 인사한다.

우여곡절 끝에 악쇼르에 도착하니 중년 부부가 우리를 맞이한다. 방이 4개뿐인 단출한 게스트하우스 한편에는 읽기만 해도 침이 고이는 잡채, 볶음밥, 찜닭, 김치찌개, 고등어찌개, 백반 등… 너무나 그리웠던 한국 음식 메뉴판이 붙어 있다. 글자만으로도 반갑다. 힘들게 도착한 보람이 있다.

우리는 이곳에 도착한 첫날부터 차례차례 모든 메뉴를 다 시켜 먹었다. 한국에서 식당을 했다는 아주머니는 한국에서 팔아도 잘 팔릴 만큼 엄청난 퀄리티의 음식을 만들어주었다. 모로코 재료로 이런 요리가 가능하다니! 특히 양배추로 담은 김치는 소름이 돋을 정도였다. 다른 곳에서도 이 양배추 김치를 먹은 적이 있는데 그 양배추 김치는 재료들이 따로 놀았다면, 이곳의 김치는 요술을 부린 듯 양배추와 고춧가루가 완벽히 어우러져 배추김치를 먹는 듯했다.

"아주머니, 손맛이 너무 좋아요! 쉐프샤우엔이나 페즈 같은 큰 도시에서 한식당을 하는 게 어때요? 시골에만 있기에는 솜씨가 너무 아까워요."

"서울에서 힘들게 식당 하다가 이제 좀 쉬면서 인생 즐기려는데 크게 장사하라뇨~ 방 4개짜리 게스트하우스가 딱 좋아요. 손님 없을 때 놀러 다니기도 좋고…. 또 심심하다 싶으면 어떻게들

알고 오는지 손님들이 막 찾아온다니까요."

아주머니의 답을 듣고 나니 내가 참 바보 같은 질문을 했다는 생각이 든다. 각박하게 쫓기며 살던 서울에서 이 산세 좋고 풍경 좋은 악쇼르까지 온 아주머니에게 다시 이전 삶으로 돌아가라고 하다니…. 무거운 짐을 내려놓고 삶의 여유를 즐기는 이 중년 부부가 멋져 보였다. 어떻게 하다 이 낯선 곳까지 오게 된 건지 사연이 궁금해서 물어보니, 호주로 유학 갔던 아들이 이슬람교로 개종을 했고 아들의 설득으로 이곳에 오게 되었다고 했다.

악쇼르의 12월은 한국의 4월 같다. 곳곳에 싱그러운 풀이 가득하고, 어디를 가도 양 떼와 말, 당나귀를 볼 수 있다. 언어가 통하지 않아도 사람들은 친절했고, 히치하이킹을 하면 목적지까지 안전하게 태워주는 사람들도 많았다. 역시 시골은 시골이다. 인심 좋은 곳!

다만 '파란 스머프의 도시' 쉐프샤우엔을 기대하고 왔다면, 실망했을 수도 있다. 실제로 본 쉐프샤우엔의 메디나는 인터넷 사진만큼 아름답지 않았다. 메디나 전체가 파란색으로 칠해져 있는 것도 아니었다.

우리는 애초에 이곳에 온 목적이 '한인 게스트하우스'였기 때문에 실망하는 일 없이 머무는 동안 행복한 시간을 보냈다. 게스트하우스 사장님 부부를 서윤이는 할아버지, 할머니라 부르며 잘 따랐다.

그리고 나는 다시 고민의 기로에 섰다. 아프리카를 계속 여행하느냐, 아니면 북유럽으로 향하느냐. 모로코에 오기 전부터 내 머리를 아프게 한 이 고민은 이곳에 19일을 머물러도 쉽게 답이 나지 않았다.

아프리카에서 그나마 안전하다는 모로코를 직접 경험해본 후 '아프리카 여행을 계속할지'를 선택하기로 했는데 20일 가까이 있어도 모르겠다니…. 인터넷을 검색해도 아프리카 여행 후기가 그리 많지 않고, 그마저도 극과 극으로 갈렸다. 특히 아이와 함께한 여행 정보는 거의 전무해서, 섣불리 결정을 내리기가 더 어려웠다.

나 혼자 왔다면 망설임 없이 새로운 세상으로 나아갔을 거다. 하지만 카트만두에서 한 번, 조지아에서 또 한 번 아이가 크게 아팠던 터라 덜컥 겁이 났다. 그래서 '위생적으로 안전한 곳' '멀지 않은 곳에 병원이 있는 곳'을 최소 조건으로 여행했는데, 그런 점에 있어서 모로코는 내 기준에 차지 않았다. 어쩌면 유럽에 있다 와서 더 그렇게 느꼈는지 모른다.

모로코에서 그나마 안전하다고 생각했던 마라케시에서는, 우리가 떠나고 난 후 충격적인 사건이 있었다. IS라 주장하는 남자들이 백인 여성 두 명을 참수한 사건. 간담이 서늘했다. 모로코의 큰 도시는 다 너무 피곤했다. 말도 안 통하고 상인들의 바가지는 계속되고… 이런 일이 자꾸 일어나니 모로코 자체에 신뢰가 생기지 않았다.

서윤이 초등학교 입학을 위해 이제 두 달 뒤면 한국으로 돌아가야 하니 이제부터는 계획적으로 움직여야 한다.

갈팡질팡하다가 서윤이에게 물어보기로 했다. 이 여행의 주인

공은 서윤이니까. 서윤이와 진지한 토론을 해볼 때다.

"서윤아, 서윤이 아프리카 세렝게티 가보고 싶지? 그런데 아빠는 걱정이 돼. 서윤이가 아직 어리잖아? 세렝게티에서는 캠핑을 해야 하는데 그것도 쉽지 않을 것 같고 위험한 사람도 많을 것 같고. 그래서 서윤이 생각이 궁금해. 세렝게티에 꼭 가고 싶어?"

"아빠, 동물 보러 안 가면 어디로 갈 거야?"

"북유럽이나 캐나다 가서 스키 탈까 생각 중이야."

"그럼 이번에는 스키 타러 가고, 나중에 내가 좀 더 크면 동물 보러 가자."

아, 진작 물어볼걸. 일곱 살 서윤이의 답은 이렇게나 명쾌하다. 한 달 가까이 끙끙 앓던 문제가 서윤이 입에서 5초 만에 정리된다.

"아빠는 이제 돈이 없어서 세렝게티에 서윤이를 영영 데려가지 못할 수도 있어. 서윤이가 돈 벌어서 가거나, 결혼하고 서윤이 남편이랑 신혼여행으로 가~"

"싫어. 나는 무조건 아빠랑 갈 거야. 나중에 결혼해도 꼭 아빠랑 같이 갈 거야."

이 말이 뭐라고 이렇게 감동스럽냐.

"진짜? 신혼여행 가도 아빠랑 같이 갈 거야?"

"응. 아빠가 와서 운전도 해주고 나 사진도 찍어줘!"

"헉, 그럼 싫어. 아빠 일만 시키는 거잖아?"

"아니지, 아빠. 일 시키는 게 아니야. 봐봐. 아빠 운전하는 거 좋아하지?"

"응…."

"그리고 아빠 사진 찍는 것도 좋아하잖아?"

"…응."

"그럼 아빠도 좋은 거잖아. 맞지?"

"그러네…. 그런데 너 아빠 몰래 말하기 인터넷 강의 듣니?"

여행하는 5개월 동안 서윤이 말이 많이 늘었다. 여행 내내 어른들과 주로 이야기하더니 애늙은이처럼 말하고는 한다.

아프리카에서 가장 안전한 도시, 모로코에서 생활해본 끝에 더 이상의 아프리카 여행은 무리라는 결론을 내리고 북유럽으로 향한다.

물론 바르셀로나처럼 아이 물건을 훔쳐간 사람도 없고, 물가가 저렴해 바가지를 써도 큰 손해는 보지 않았다. 사하라, 악쇼르 같은 작은 도시도 매력적이었고 친절한 사람도 많이 만났다. 하지만 '서윤이에게 위험할지도 모른다'는 내 안의 두려움을 이기지 못해 아프리카를 떠난다. 모로코에 도착한 첫날에 유괴 조심하라는 이야기만 듣지 않았어도 내 결정은 바뀌었을 수 있다. 하지만 칼까지 손에 쥐게 한 나의 이 망상은, 이곳에서 힘들게 살아가는 이들을 계속 꼬인 눈으로 바라보게 했다.

모든 이에게 모로코가 위험하다고 생각하지는 않는다. 좋은 여행지와 나쁜 여행지가 따로 있는 게 아닌 만큼…. 다만 나에게 맞는 여행지와 그렇지 않은 여행지가 존재할 뿐인데, 서윤이 보호자로서 이곳은 나에게 참 불편했다. 나 혼자 왔다면 좋은 기억으로 남았을지 모르지만 이번 여행에서는 이곳을 미련 없이 포기하기로 했다.

뮤지컬에 홀리다

London, United Kingdom

여행 5개월이 넘어가니 딱히 새로운 게 없다. 가장 먼저 시들해진 건 세계 각지의 건축물이다. 서윤이도, 나도 더 이상 어떤 건물을 봐도 신기하지 않다. 널린 게 성이고, 널린 게 성당이니 이제는 '뭐야! 그때 그 성당보다 별로잖아?' 비교하게만 됐다.

하지만 계속 봐도 질리지 않는 게 있다. 사람들이 즉석에서 만들어내는 공연! 어딜 가도 새롭고 무얼 봐도 열정적이다. 오스트리아에서는 오페라, 프라하에서는 인형극, 스페인에서는 플라멩코, 모로코와 두바이에서는 민속 공연을 보며 서윤이는 매 순간 즐거워했다. 아프리카를 떠나 이곳, 영국으로 온 이유도 서윤이가 좋아하는 문화 예술을 다양하게 보여주고 싶어서다.

12월의 런던은 크리스마스 한가운데에 있는 느낌이다. 거리 곳곳이 무수한 조명으로 빛나고 있다. 크리스마스가 없는 이슬람에 있다 왔더니 반짝이는 장식에 더욱 눈이 부시다.

런던에 있는 지인을 만나 아이와 보기 좋은 뮤지컬을 물었더니 단박에 '알라딘'을 추천해주었다. 그렇게 친구의 추천으로 본

'알라딘'은 아주 성공적이었다. 시작부터 끝까지 웃었더니 턱관절이 다 아플 정도다. '주는 재미'가 확실한 뮤지컬이다.

뮤지컬을 본 서윤이는 다음 날까지도 감동을 쉬이 가라앉히지 못한다. '알라딘' OST를 틀어 달라고 하더니 자스민 공주를 따라 한다며 배꼽이 보이도록 티셔츠를 걷어 올리고, 바닥과 침대를 마구 뛰어다닌다. 나보고는 '양탄자'를 해달란다. 양탄자는 자스민을 두 팔에 올리고 열심히 뛰어다니면 된다. 대사는 필요 없다.

"아빠, 우리 '알라딘' 한 번 더 보면 안 돼? 너무 재미있어!"

허리도 아프고 팔에 힘도 빠지고… 삐질 삐질 땀이 나기 시작할 때 서윤이가 묻는다. '알라딘'을 한 번 더 보면 허리가 끊어질 것 같은 느낌적인 느낌이 든다. 재밌는 공연이지만 두 번은 안 된다.

"'알라딘'은 봤으니까 다른 걸 볼까? 서윤이가 찾아볼래? 여기 재미있는 게 많아!"

뮤지컬 티켓 판매 사이트에서 뮤지컬 클립 영상을 볼 수 있게 해주었더니, 모두 훑어본 서윤이는 '라이온 킹'을 골랐다. 꼭 보여주고 싶지만 가격이 비싸 선뜻 예매하기 부담스럽다.

우리는 시간 여유가 많으니 공연 당일 오전에 잉여 좌석을 땡처리로 판매하는 데이시트 제도를 이용해보기로 했다. 최대 열 배 정도 저렴하게 구할 수 있으니 노려볼 만했다.

다음 날 아침, 서둘러 극장으로 향했다. 티켓 오피스 오픈 시간보다 30분 일찍 도착했더니 우리 앞에 여섯 명 정도가 서 있다. 이 정도면 희망이 보인다. 서윤이와 끌어안고 오들오들 떨며 티켓 판매 시간을 기다렸다.

마침내 판매가 시작됐고 앞사람이 기쁜 표정으로 표를 구매해 간다. 드디어 우리 차례!

"몇 자리 필요하세요?"

"두 자리요."

"아이와 볼 건가요? 몇 살이죠?"

"만 6세입니다."

"데이시트 중에 붙어 있는 좌석은 없네요. 일반석밖에 없는데 구매하시겠어요? 두 좌석 합쳐서 300파운드(약 45만 원)입니다."

"혹시 데이시트 중 그나마 가까운 자리는 없나요? 저희 딸은 혼자서도 관람이 가능한데…."

"공연 규정상 어린이는 보호자와 바로 옆에 앉아야 합니다. 죄송합니다."

우리 처지에 300파운드나 주고 공연을 볼 수는 없다. 허탈하지만 그냥 나올 수밖에….

"서윤아, 미안하지만 이거 너무 비싸서 못 볼 것 같아. 아침부터 추위에 떨며 기다렸는데…."

"괜찮아, 아빠. 그러면 다른 건 봐도 돼?"

아침 일찍부터 기다린 게 억울해서라도 이대로 돌아가기는 아쉬웠다. 어젯밤 서윤이가 2순위로 찍은 '오페라의 유령' 극장에 가 보기로 했다. 다행히 데이시트가 남아 있어서 50파운드(약 8만 원)에 두 좌석을 예매할 수 있었다.

공연 시작 전까지는 근처에 있는 자연사 박물관에서 시간을 보냈다.

이곳에 오기 전 자연사 박물관을 배경으로 한 영화 〈박물관은 살아 있다〉를 본 덕에 서윤이는 더욱 몰입하며 즐거워했다. 그중에서도 서윤이의 관심을 끈 건 화석 전시관이다. 사하라에서 땅바닥에 뒹구는 수천 개의 화석을 봤는데 그것들이 박물관에 가지런히 전시되어 있으니 신기했나 보다.

"아빠, 이거 사하라에서 가지고 온 거야?"

"음, 그럴 수도 있고…. 아마 다른 곳에서 가지고 온 것도 많을걸?"

암모나이트 화석을 보며 시작한 대화가 화석이 왜 만들어졌는지, 땅은 어떻게 침강하고 융기하는지, 공룡은 왜 멸종했는지로 이어진다.

아이와 함께하는 여행의 재미란 이런 게 아닐까? 직접 보고 만지며 자연스럽게 궁금한 것들을 만들고, 내가 아는 건 아이에게

설명해주며 모르는 건 함께 답을 찾아가는 즐거움. 이렇게 얻은 지식은 단순히 책으로 읽은 것보다 오래 남겠지….

드디어 공연 시간이다. 극장으로 들어가며 조금은 걱정스러운 마음이 든다. 서윤이가 보고 싶다고 해서 오기는 했지만, 성인도 지겨울 수 있는 공연이기에 둘 다 조는 건 아닐지 걱정이 됐다. '알라딘'은 배우의 행동이나 즐거운 쇼, 신나는 노래만으로 충분히 즐겁지만, '오페라의 유령'은 극을 이해하는데 대사가 매우 중요해서 서윤이가 도중에 나가자는 말만 안 해도 성공일 것 같다.

하지만 서윤이는 내 걱정을 깨고 '오페라의 유령'을 잘 관람하고 나왔다. 집으로 돌아가는 내내 이어폰을 귀에 꽂고 '오페라의 유령' OST를 흥얼거린다. 마치 주인공이라도 된 듯 지하철 봉을 잡고 춤을 추기도 한다. 지하철에 앉아 있는 다른 사람의 시선쯤은 의식하지 않는 쿨한 일곱 살이다.

'오페라의 유령'을 보고 나서는, '알라딘'의 양탄자보다 조금 쉬운 역할이 주어진다. 손으로 얼굴 한쪽을 가린 채 서윤이의 "아 ~ 아아 아~ 아아"가 끝날 때 "Sing, my Angel of Music!"이나 "Sing for me!"만 외치면 된다. 그렇게 우리는 '오페라의 유령'의 대표곡 〈The Phantom Of The Opera〉의 마지막 하이라이트를 열심히 재연했다. 문제는 둘 다 아는 대사가 이것뿐이라 이 부분만 지겹게 반복해야 한다는 점이었다.

"아빠, 나 '라이온 킹'노 보고 싶어요."

'라이온 킹'을 못 본 게 못내 아쉬웠나 보다. 그 바람이 어찌나 간절한지 평소 잘 쓰지도 않는 존댓말이다.

"런던에서 돈을 너무 많이 쓴 것 같은데…. 그럼 서윤이가 골라

봐. 런던아이 탈래? '라이온 킹' 볼래?"

런던에 도착한 첫날, 서윤이의 마음을 사로잡은 대관람차 런던아이! 꼭 타고 싶다기에 며칠 뒤 타러 오자고 약속했었다. 놀이기구 타는 걸 더 좋아할 거라고 생각했는데 예상외의 답이 돌아온다.

"'라이온 킹' 볼래! 관람차는 타봤잖아."

조지아에서 탔던 관람차를 기억하고 있었다.

"그럼 엄마한테 전화해서 물어보자. '라이온 킹' 봐도 될지."

아내의 눈치를 안 볼 수가 없다. 모로코에서 열흘 생활비가 여기에서는 하루를 못 간다. 이런 상황에서 값 비싼 '라이온 킹'이라니…. 엄마에게 자초지종을 설명한 서윤이는 뮤지컬을 봐도 될지를 묻는다.

"서윤아, '라이온 킹'도 보고 관람차도 타~ 언제 또 영국 가겠어!"

서윤이는 다시 한 번 예상 밖의 답을 한다.

"아니야, 관람차는 안 탈래. 아빠랑 하나만 하기로 약속했어."

아빠의 주머니 사정까지 생각해주는 기특한 딸이다. 한국에서는 하고 싶은 거 다 하려는 여느 또래와 다름없었는데… 세계여행을 하며 서윤이가 변하고 있음을 느낀다. '가질 수 있는 것'과 '가질 수 없는 것'이 명확해졌고, 돈이 없어 굶주리는 사람을 본 이후로는 아빠의 주머니 사정에 더욱 신경 써주는 눈치다.

다음 날, 꿈에 그리던 '라이온 킹'을 보러 갔다. 이 순간만을 기다린 서윤이는 극장 입구부터 설레 보인다. 공연 포스터 앞에서 사진을 찍어달라고 하고, 여행 다이어리에 붙이겠다며 읽지도 못

하는 브로슈어도 챙긴다. 적극적으로 좌석을 찾아 앉은 서윤이는 커튼에 가려진 '라이온 킹' 무대만으로 기뻐한다. 그러다 갑작스레 옆자리 언니들에게 말도 건다.

"아임 쏘 익사이팅! 왓츠 유어 네임? 유어 헤어 이즈 고져스!"

서윤이는 입에 익은 영어를 꺼내기 시작한다. 노르웨이에서 왔다는 옆자리 아가씨들은 서윤이의 인사를 친절히 받아준다.

"디스 이즈 마이 대디. 위 아 트레블링 월드!"

노르웨이도 갔다 왔냐는 그녀들의 말에, 서윤이는 대뜸 이렇게 답한다.

"노우. 벗 위 캔 고!"

노르웨이에서 만나자고, 언제 올지 알려달라는 말에도 서윤이는 쿨하게 답한다.

"오케이, 레츠 테이크 픽쳐!"

내친김에 전화번호까지 딴다.

"왓츠 유어 넘버?"

이 상황이 너무 재미있어서 웃음이 난다. 아이가 어떻게 하는지 보려고 가만 있었는데, 제법 사람들과 잘 말하고 잘 알아듣는다. 기특한 녀석!

1막과 2막 사이, 언니들에게 음료도 얻어먹고 공연을 보며 재밌었던 점에 대해서도 이야기를 나눈다.

서윤이는 '라이온 킹'을 런던에서 본 최고의 뮤지컬로 뽑았다. 자신이 좋아하는 동물이 많이 나와서 좋았단다. 영화 〈라이온 킹〉이 한국에 처음 개봉했을 당시, 〈라이온 킹〉의 대표곡 〈Circle

of Life〉의 시작 부분을 들리는 대로 발음해 장난쳤던 "나주~~~
평야~~~ 발바리~~~ 치와와~~~"를 알려주니 너무 재미있다
며 매일 부르고 다닌다.

　런던에서 지낸 열흘 동안 서윤이는 뮤지컬에 푹 빠져 지냈다.
그 시간은 서윤이에게 새로운 꿈을 만들어주었다. 뮤지컬 배우가
되어 멋지게 노래하고 신나게 춤추는 꿈…. 그냥 지나가는 꿈일
수 있지만, 이 순간이 참 소중하다. 무언가 하고 싶은 게 있다는
것만으로 아이의 삶이 훨씬 더 반짝이지 않을까? 서윤이와 함께
여행오기를 참 잘했다는 생각이 든다.

◈◈◈

따뜻한 사람들의 겨울 나라

Oslo, Norway

스키를 타러 어디로 갈지 고민하던 나와 서윤이는 '라이온 킹'을 보다가 만난 노르웨이 여행자와의 약속도 지킬 겸 오슬로로 향했다.

비행기에서 내려다본 노르웨이는 설원 그 자체다. 눈만 없다 뿐이지 활주로도 완전 얼음판이다.

'헉, 뭐지? 활주로에 얼음이 있으면 어떡해?'

두려움도 잠시, 비행기는 사뿐히 착륙한다.

영하 20도. 코끝이 아리다. 역시 노르웨이다. 생수 한 통에 5천 원, 시내로 향하는 두 명의 버스비 5만 원. 역시 노르웨이다. 국민소득 평균 1억 나라답게 물가가 어마어마하다.

버스에서 내려 시내를 걷는데 마땅히 눈에 들어오는 건물이 없다. 동시에 '아, 굳이 그럴 필요가 없잖아?' 하는 깨달음이 전해진다. 시내 전체가 〈트와일라잇〉 세트장 같다. 다름 아닌 사람들 때문에…. 이곳 사람들 외모가 참 감탄스럽다. 겨울이 지나는 3개월 동안 해가 안 떠서일까? 뱀파이어같이 하얀 피부, 바이킹의 후예다운 훤칠한 키와 다부진 체형, 영화배우 뺨치는 얼굴! 다른 걸 구경할 필요가 없다. 레오나르도 디카프리오, 로버트 패틴슨, 크리스틴 스튜어트가 길거리를 걸어다니니까…. 영하 20도 추위에도 한 바퀴 더 산책하고 싶은 도시다.

"아빠, 그만 봐~"

다가오는 여자가 배우는 아닌지 빤히 쳐다보고 있는데 서윤이의 한 마디에 정신이 번쩍 든다. 흘깃하는 눈이 오늘따라 아내를 더 닮았다.

물가 비싼 오슬로의 8만 원짜리 호텔이라 그리 기대하지 않았는데 의외로 깨끗하고 조식도 훌륭하다. 열 가지 종류가 넘는 치즈와 열 가지 이상의 빵, 생선구이, 연어찜, 케이크, 쿠키 등이 아침부터 폭식을 부른다.

노르웨이 물가가 많이 비싸다고 하는데, 사실 물, 샌드위치, 햄버거 같은 기초 생활 물가만 비싸지 오히려 다른 음식은 생각보다 저렴했다. 특히 커피나 스테이크, 피자, 생선 요리의 퀄리티를 보자면 한국보다 비싸다고 할 수 없었다.

아침을 든든히 먹고 호텔 인근 스케이트장을 찾았다. 호수가 꽁꽁 언 겨울의 노르웨이는 도시 곳곳이 신나는 아이스링크장이 된다. 스케이트만 있다면 누구나 무료로 즐길 수 있다.

우리도 스케이트를 빌려 빙판 위에 오른다. 한국에서 인라인스케이트 좀 탔던 서윤이는 앞으로 제법 잘 나아간다. 혼자서도 잘 놀기에 그냥 지켜보는데 어느덧 서윤이는 또래 친구와 어울려 손잡고 신나게 스케이트를 탄다. 넘어지는 친구가 있으면 일으켜

세워주기도 하고, 아이의 엄마가 건네는 따뜻한 음료와 쿠키도 넙죽넙죽 받아먹으며 수다를 떤다.

그 모습을 보니 누군가가 떠오른다. 조지아 트빌리시에서 만났던 남아프리카 친구, 주노. 그 친구의 밝은 성격을 보며 우리 딸이 저렇게 인종, 언어의 장벽 없이 모든 이에게 스스럼없이 다가갔으면 좋겠다고 생각했다. '우리 함께 놀자!' 말을 건네는 아이가 되면 좋겠다고…. 그런데 지금 내가 보고 있는 서윤이는 그때의 주노 모습을 닮았다. 내가 상상하던 그대로다.

여행을 시작하고 벌써 반년, '일곱 살 인생'을 생각하면 결코 짧지 않은 시간이다. 그 시간 동안 아이는 길에서 수없이 많은 만남과 헤어짐을 반복했다. 바투미에서 만난 마오 아주머니, 트빌리시에서 만난 주노, 터키에서 함께 지낸 에어비앤비 가족, 미하스에서 만난 최고의 이웃 엘리네 가족, 모로코에서 함께한 한국인 언니 오빠들…, 그 외에도 스쳐 지나간 수많은 인연들. 그들과 함께하는 동안 서윤이는 깨달은 걸까…? 내가 먼저 다가가지 않으면 누군가와 가까워질 수 없음을, 함께하는 동안 그 마음을 다 표현하지 않으면 다시는 전할 수 없음을…. 서윤이는 여행을 시작하기 전보다 훨씬 더 밝아졌다.

이곳에서 우리는 하이디도 만났다. 우리를 오슬로로 향하게 한 사람, 런던에서 '라이온 킹'을 보다가 알게 된 하이디! 서윤이가 그녀에게 먼저 말을 걸지 않았다면 우리는 지금 다른 나라에 가 있을지도 모른다. 하이디와 마주 앉아 이렇게 차 한 잔 나눌 일은 더더욱 없었겠지….

하이디는 서윤이에게 하고 싶은 게 있는지 묻는다.

"유니, 오슬로에서 가고 싶은 데 있어? 스크림 알아?"

하이디는 입을 벌린 채 손가락으로 양볼을 누르며 뭉크의 〈절규〉를 만들어 보인다. 오슬로에서 유명한 뭉크 미술관에 가려 했나 보다.

"하이디, 스케이팅! 아이 원트 스케이팅! 렛쯔고, 스케이팅!"

서윤이는 오슬로에서 삼일 내내 스케이트만 탔다. 정말 아무것도 하지 않고 아침부터 저녁까지 스케이트만…. 그런 서윤이는 하이디 언니를 만나서도 어김없이 스케이트를 외친다.

"좋아! 함께 스케이트 타자!"

비엔나에서는 길거리 예술가도 모차르트 교향곡을 멋들어지게 연주하더니, 노르웨이에서는 얼어붙은 동네 연못에서도 수준급 점프를 하는 사람이 허다하다. 내 눈에는 트리플 악셀과 다름없다. 오랜만에 스케이트를 탄다는 하이디도 앞으로, 뒤로, 한 발로, 점프까지… 다양한 피겨 기술을 보여준다. 서윤이는 다른 날보다 더 신이 나서 언니를 따라 간단한 피겨 기술을 배운다.

오슬로에서 만난 사람들은 하나같이 다 친절했다. 서윤이가 부족한 영어로 떠듬거려도 모두 시간을 내 들어주고는 했다. 그 눈맞춤이 어찌나 따스한지 옆에서 바라보는 내가 다 고맙고 흐뭇했다. 스케이트를 타다가 사진을 찍기 위해 서윤이와 조금 멀어질 때면 주변 어른이나 또래 친구가 얼른 달려와 서윤이 손을 잡아주었고, 서윤이가 넘어지면 아빠인 나보다 먼저 달려가 다친 곳은 없는지 살펴봐주었다.

오슬로 사람들의 외모에 먼저 반했지만, 결국 이들의 마음에 더 감동받는다. 땅이 얼어붙을 만큼 추운 곳이지만 멋진 사람들의 정이 흘러넘치는, 참 따스한 동네다.

2018년 12월

이곳 노르웨이는 겨울왕국의 얼음 성 같습니다. 여기에서 스키도 타고 스케이트도 타며 친구도 많이 만났습니다. 하이디 언니와 재미있게 탔습니다.

겨울왕국 릴레함메르

Lillehammer, Norway

렌트카를 빌렸다. 노르웨이에 있는 스키장 중 어디를 가면 좋을까 검색하다가 1994년 동계올림픽이 열렸던 '릴레함메르'로 정했다. 2018 평창 동계올림픽이 열렸을 때 조직위원회로 파견 나간 경험이 있어서 어쩐지 더 반가운 마음이 들었다. 나야 워낙 스키나 보드 타는 걸 좋아하고, 서윤이도 작년부터 스키를 배우기 시작한 터라 릴레함메르로 가는 길이 아주 설렜다.

오슬로에서 차로 두 시간, 릴레함메르로 가는 길은 말 그대로 빙판이다. 제설 차량이 수시로 다니며 눈을 걷어내도 도로에 달라붙은 눈은 그대로 얼어 있다. 그도 그럴 것이 노르웨이에서는 아무리 눈이 와도 도로에 염화칼슘을 뿌리지 않는다고 한다. 환경을 오염시키고 자동차를 부식시키기 때문이라고…. '위험해서 어떻게 다니지?' 싶지만 얼음판을 달리는 차량 대부분이 성능 좋은 스노타이어를 끼고 있어서 별 문제가 없어 보인다.

눈이 내리면 차가 당연히 더러워진다고 생각했는데 노르웨이에서 이 고정관념이 시원하게 깨졌다. 공기가 깨끗하고 바닥이 질척이지 않으니 차에 더러운 게 튈 일이 없다. 그래서인지 아무

도 이 꽁꽁 언 길에 불만이 없어 보인다. 오직 나만 손에 땀이 나도록 긴장하고 있다. 얼음이 반짝이는 도로를 운전하는 건 처음이다. 눈이 허리까지 쌓여 있는 언덕을 오를 땐 '왜 사륜차로 렌트하지 않았나!' 후회되기도 했다. 차가 빙글빙글 돌아 어딘가 처박혀도 이상할 게 없는 상황이다.

서윤이는 감탄사만 연발한다.

"와, 아빠! 저기 나무 봐! 눈 옷을 입은 것 같아. 여기 진짜 춥나 봐. 저 큰 호수가 다 얼었어!"

긴장 속에 도착한 릴레함메르의 겨울 풍경은 말이 나오지 않을 만큼 아름답다. 빽빽하게 늘어선 키 큰 침엽수도 눈에 묻혀 얼어 있고, 사람들은 조깅하듯 크로스컨트리 스키를 신고 눈 쌓인 길을 달리고 있다. 이게 바로 노르웨이식 조깅인가? 그야말로 겨울왕국이다.

스키를 빌려 곤돌라를 타고 산을 오른다. 정상에서 내려다보는 스키장은 그야말로 환상적이다. 지금 내 눈에 펼쳐진 광경이 현실인가 싶다. 스키장 가장자리에 늘어선 눈 쌓인 키 큰 나무들, 그 사이사이로 키 큰 나무와 조화롭게 지어진 목조 주택, 태양의 빛을 받아 더 광활해 보이는 빙하의 피오르드 계곡까지! 이 멋진 스키장에 사람조차 많지 않으니 스키 타기에 최고의 조건이다. 펜스마저 없어서 숲속에 빠져도 그 안에서 타다 나오면 그만이다. 눈은 어니에나 충분히 쌓여 있으니까…. 스키를 사랑하는 나에게는 이곳이 완벽한 놀이터다.

서윤이는 겁이 났는지 긴장한 표정이다. 작년 겨울에 스키를

배웠지만, 그것도 벌써 1년 전 일이다. 서윤이를 마주 본 상태에서 아이의 스키폴을 잡고 서윤이는 앞으로, 나는 뒷걸음으로 내려간다. 한창 그렇게 알려주고 있는데 주위를 둘러보니 뭔가 이상하다. 한국에서는 너도 나도 하는 이 보편적인 강습 자세를 여기에서는 오로지 나와 서윤만 하고 있다. 이곳 부모들은 아이의 허리에 벨트를 묶고 그 끈을 뒤에서 잡아 아이 속도가 빨라지지 않도록 컨트롤하며 내려가고 있다. 내가 하는 방법은 무게중심이 뒤로 빠져 잡아주는 사람이 없으면 자세가 불안정해지는 반면, 노르웨이 방식은 무게중심이 자연스럽게 앞으로 이동하기 때문에 혼자서도 바른 자세로 스키를 탈 수 있었다.

노르웨이 방식에 따라 서윤이에게 스키를 알려주니, 한 번 타고 내려오는 사이 서윤이 실력이 일취월장이다. 부모가 이끄는 데로 따라가기 급급한 게 아니라, 자신이 정한 방향으로 나아가면서 뒤에서는 빨라지지 않도록 잡아주니 두려움 없이 스키를 탄다. 가르치는 내 입장에서도 이 방법이 훨씬 편했다. 앞에서 잡아주면 둘의 스키가 엉켜 넘어지는 경우가 생기고는 했는데, 그런 위험도 확실히 줄었다.

이게 북유럽 교육인가? 스키뿐 아니라 다른 교육도 이렇게 하는 게 맞지 않을까? 부모가 앞에서 끌고 가는 게 아니라 아이 스스로 자신의 방향을 잡아갈 수 있도록 도와주는 것. 넘어지지 않도록, 넘어져도 다시 일어설 수 있도록 뒤에서 템포를 조정해 주는 게 부모의 역할이니까.

너무도 완벽한 릴레함메르 스키장의 단점은 딱 하나, 해가 너무 빨리 진다는 점이다. 오전 11시에 떠오른 태양이 오후 2시가 되자 잽싸게 져버렸다. 오후 5시임에도 바깥이 오밤중처럼 깜깜하다. 마트에서 장 봐온 걸로 저녁을 먹고 서윤이와 창밖을 구경한다. 호텔 1층인 우리 방 창문까지 눈이 쌓였다.

"아빠, 오늘 너무 추웠어. 몇 도였어?"

"영하 25도. 좀 추웠지?"

"응. 그래도 스키 진짜 재밌었어. 우리 내일 또 타자."

"그래. 우리 서윤이 오늘 스키 정말 잘 탔어. 이제 아빠랑 로비 벽난로 옆에서 책 볼까?"

밖에서는 소복소복 눈 내리는 소리가 들리고, 벽난로에서는 타닥타닥 장작 타는 소리가 들린다. 이 소리들을 BGM 삼아 다른 여행자와 담소 나누기 딱 좋다. 아주 깊은 겨울 속에 들어와 있는 기분이다.

릴레함메르에서 스키만 타며 사흘을 보내고, 스웨덴으로 넘어갔다. 밤에 도착해서 풍경을 둘러보지 못하고 다음 날 눈을 떴는데, 세상이 온통 눈에 잠겨 있다. 불과 2주 전까지만 해도 사하라의 모래 언덕을 뛰어 다녔는데 지금 나는 허리까지 쌓인 눈을 바라보고 있다. 참 극적이다.

그런데 이 동화 같은 풍경은 나에게 더 동화 같은 일을 만들어 주었다. 40년 넘도록 동쪽에서 해가 뜨고 서쪽에서 해가 진다고 생각했는데, 여기에서는 일출과 일몰이 모두 남쪽에서 이루어진다. 한국에서는 상상도 못 했던 일이다.

"지구가 기울어진 형태로 태양 주위를 돌고 있어서 여름에는 해가 지지 않고, 겨울에는 해가 뜨지 않는 시간이 생기는 거야."

눈을 뭉쳐 태양과 지구를 만들어가며 계절이 생기는 이유를 설명해준다.

서윤이가 타고 싶어 했던 개썰매를 타러 갔는데, 예약을 하지 않았더니 아쉽게 자리가 없었다. 허탈하기는 했지만 방금 투어를 마치고 돌아온 사람을 보니 타고 싶은 마음이 싹 가셨다. 눈사람이 된 사람들이 추위에 덜덜 떨며 눈썰매에서 내리고 있었고 개가 만든 눈보라 때문에 앞이 잘 보이지도 않는다고 했다. 방금 손님을 태우고 돌아온 개를 쓰다듬어주고, 우리는 사장님이 추천해주는 스노모빌을 탔다. 나무 사이를 미끄러져 내려가는 느낌이 스릴 넘치게 재미있었다.

스웨덴을 즐기고 다시 오슬로로 돌아왔다. 오슬로에서 릴레함메르, 그리고 스웨덴까지. 일주일간 이어진 겨울 여행은 참 즐거웠다. 짧은 시간이지만 겨울에 풍덩 빠졌다가 나온 기분이다.

어느덧 크리스마스이브가 되었고, 서윤이와 호텔 레스토랑에서 조촐하게나마 둘만의 파티를 즐긴다.

"아빠, 여기 생선 진짜 맛있다!"

연어 스테이크가 맛있다며 호들갑이다.

"원래 생선은 찬물에서 잡은 게 더 맛있대. 여기서 잡은 고등어가 한국 식탁까지 간다니까~"

"아빠, 그런데 내일 크리스마스잖아. 산타할아버지가 내 선물 주실까?"

"그럼. 아빠 말도 잘 듣고, 착한 일도 많이 했으니까 선물 주시겠지?"

"그런데 우리가 계속 움직이고 있으니까 산타할아버지가 선물 가져다주기 힘들지 않을까?"

"걱정하지 마! 산타할아버지는 '핀란드'라는 나라에 살고 있는데 여기랑 아주 가깝거든. 그래서 우리가 어디 있는지 잘 알고 있을 것 같은데?"

서윤이에게 지도 앱을 보여주며 직접 확인시켜준다.

"그래도 우리가 매일 이사하고 있으니까… 걱정 돼."

"그러면 한국 집으로 가져다주실 거야. 그런데 우리 딸, 선물 뭐 받고 싶어?"

"호두까기 인형! 크리스마스트리 볼 때마다 소원 빌었으니까 받을 수 있겠지?"

서윤이가 런던에서 보고 싶어 했던 '호두까기 인형' 발레 공연. 피크 시즌이라 티켓 한 장에 백만 원이 넘어 포기했는데, 대신 인형을 갖게 해 달라고 소원을 빌었나 보다.

오슬로를 떠나기 위해 공항으로 가는 길, 노르웨이에 있는 내 내 찾아 헤맸던 엘크를 만났다. 노르웨이가 주는 크리스마스 선물이 아닐까?

산타 모자를 쓴 센스 넘치는 기장의 비행기를 타고, 이제 우리는 미국으로 간다.

역시 강대국!

New York, United States

크리스마스 날 뉴욕에 도착했다. '어디에서 새해를 맞을까?' 하고 고민하다가 신년 행사가 아주 멋지다는 뉴욕 맨해튼으로 정했다. 노르웨이에 있다 왔더니 그리 춥지는 않았지만 추적거리는 겨울비와 한산한 거리는 을씨년스러웠다. 며칠 후 화려한 파티가 벌어진다는 게 믿기지 않는다.

미국의 첫인상은 그리 좋지 않다. 지하철은 더럽고 세계 어느 나라보다 홈리스도 많았다. 거리에서 쉴 새 없이 울리는 사이렌 소리, 버틸 수 없는 물가…. 뉴욕 하루 생활비면 모로코에서는 한 달도 살 수 있을 것 같다. 나와 서윤이는 세계에서 가장 비싼 나라에 와 있다. 그것도 가장 비싼 연말에!

서윤이는 미국에 왔다는 사실보다 '미국에서 만나게 될 사람들'에 대한 생각으로 잔뜩 흥분해 있다. 한국에서 고등학교에 다니고 있는 서윤이의 사촌, 진세가 겨울방학 동안 우리의 여행에 동행하기로 했다. 진세가 초등학생이었을 때도 나는 진세를 데리고 유럽 여행을 했었다. 그림에 소질을 보이는 조카를 위해 이탈리아, 스위스, 프랑스를 돌며 미술관을 구경했다. 진세에 이어 한

명 더 있다. 사하라에서 만난 세은이도 우리와 뉴욕 여행을 함께 하기로 했다.

한국에서도 가깝게 지낸 서윤이와 진세지만, 서윤이가 오빠를 기다리는 특별한 이유가 하나 더 있다.

"서윤아, 고모야! 아빠랑 하는 여행 재미있어? 3일 뒤면 진세 오빠도 미국 갈 건데, 뭐 필요한 거 없어? 고모가 진세 오빠 편에 보내줄게."

"고모, 진세 오빠 올 때 순대 좀 보내주세요."

전화기 너머 누나의 박장대소가 들려온다. 나도 옆에서 듣고 있다가 서윤이의 순대 타령에 웃음이 터졌다. 그렇다. 서윤이는 순대 마니아다. 각종 부속물까지 몽땅 들어간 순댓국을 먹어야 직성이 풀리는 아이다. 세계여행을 하며 순댓국을 먹지 못해 그 갈증이 엄청났는데 사촌 오빠가 순대를 품고 날아온다니, 서윤이 가 흥분하지 않을 수 없다.

아직 두 초대 손님을 만나려면 이틀이나 더 기다려야 한다. 그 동안은 '오션 오디세이'와 '사이언스 뮤지엄'에 가기로 했다. 고등 학생 오빠와 20대 언니가 오기 전 일곱 살 서윤이가 좋아할 만한 곳을 돌아보자는 심산이다.

먼저 오션 오디세이. 내셔널지오그래픽 전시관이라기에 엄청 기대한 곳이다. 그런데 막상 안으로 들어서자 실망만 가득하다.

'뭐야? 수족관이라며… 빔 프로젝트만 가득하고 물도, 물고기 도 없잖아….'

TV나 보자고 여기까지 온 게 아닌데…. 괜히 왔나 생각하는데,

'어라?' 서윤이는 진짜 물고기를 봤을 때보다 더 신나게 전시관을 돌아다닌다.

대형 스크린 속 바다 동물이 서윤이를 따라 움직이고, 서윤이 손이 움직이는 대로 화면 속 물개가 다양한 재롱을 보여준다. 심해에서 벌어지는 대형 오징어들의 싸움도 실감 넘치게 구경하고, 수천 마리의 정어리 떼가 고래 입으로 꿀꺽 사라지는 모습도 3D로 감상한다. 서윤이도 입체 안경을 쓴 채 요리조리 물고기를 피하며 바닷속 탐험에 흠뻑 빠져든다.

아무리 큰 수족관도 이처럼 바다의 생태계를 생생히 보여주지는 못할 것 같다. 수족관 물고기는 꼭 살아 있어야만 한다는 내 고정관념이 깨끗이 사라지는 순간이다. 가상현실이지만 아이들이 흥미를 유지할 수 있도록 구성되어 있어서 정말 매력적인 곳

이다.

"아빠, 이거 봐! 머리 위로 물고기가 날아다녀!"

서윤이는 잔뜩 흥분했다.

아이가 좋아하는 모습을 보며 이런 생각이 든다. '수족관에 진짜 물고기가 있을 필요가 있나? 사람이 보자고 물고기를 좁은 수조에 넣어두는 게 바람직한가?'

다음으로 들른 곳은 뉴욕 사이언스 뮤지엄이다. 사실 박물관이라는 게 아이에게 그리 반가운 곳은 아니기에 아무 기대 없이 한인 타운 가는 길에 들렀는데, 꽤 충격적이었다. 왜 미국이 강대국인지, 강대국의 어린이 교육은 어떠한지를 마주하는 시간이었다.

가장 인상 깊은 곳은 5~6개 클래스로 구성된 '디자인 랩'이었다. 바느질, 레고, 종이박스 DIY, 코딩 등 다양한 클래스가 열려 있었고 서윤이는 이 중 '바느질 랩'에 참여했다.

랩에 들어가자 이미 여덟 명의 아이가 엄마와 앉아 무언가를 만들고 있었고, 선생님 한 명당 아이 두 명 정도가 붙어 활동하고 있었다. 서윤이도 친절한 선생님 옆에 앉아 원단을 선택하고 그 원단에 좋아하는 모양을 붙여가며 서윤이만의 천을 만들었다. 천에 솜을 넣고 바느질을 하면 단 하나뿐인 서윤이 쿠션 완성! 서윤이는 클래스가 진행되는 두 시간 동안 완벽히 몰입했다. 처음에는 서윤이 옆에서 막 참견하던 나도, 나중에는 천 하나를 골라 바느질에 집중했다. 그만큼 모든 순간에 선생님이 적절히 지도해주어서 내가 딱히 할 게 없었다.

서윤이도, 나도 마음에 쏙 드는 결과물을 안고 '종이상자 랩'으로 옮겨 종이상자로 크리스마스트리를 만들었다. 서윤이는 너무 재미있다며 다른 랩에도 들어가고 싶어 했지만 어느덧 6시. 두 시간이면 충분히 둘러보겠다고 생각한 곳에서 하루 종일 시간을 보냈다.

아쉬움에 다음 날도 뉴욕 사이언스 뮤지엄으로 향했다. 작정하고 아침 일찍부터 찾았는데, 입장과 동시에 깜짝 놀랐다. 클래스 구성이 완전히 바뀌어 있었다. 목공 하는 곳, 공구를 이용해 자동차를 조립하는 곳 등 정말 모든 게 바뀌어 있었다. 한국이었다면 당장 연간 회원권을 끊었을 텐데… 아쉬운 마음이 들었다.

드디어 서윤이가 기다리던 진세 오빠와 세은 언니가 미국에 왔다. 서윤이는 두 사람을 보고 반가워 어쩔 줄 모른다.

"진세 오빠, 내 순대 잘 가지고 왔어?"

"세은 언니, 뭐 이런 걸 다!"

세은이는 서윤이가 좋아하는 엘사 그리기 책을 선물로 준비해 왔다.

동행이 늘다 보니 큰 집으로 에어비앤비를 다시 구했다. 브루클린 공장을 개조해 만든 숙소였는데, 뮤지션이 사는 집이라 더 멋들어진 느낌이다.

거실에는 채광 좋은 큰 창이 있고, 아래로는 턴테이블이 있다. 오래된 재즈 음악과 클래식 LP판도 빼곡히 쌓여 있다. 한쪽 벽에는 그의 룸메이트가 기르는 식물이 줄지어 서 있다.

"베니, 누구랑 같이 사는 거야? 여친이야?"

"응, 그랬었지. 지금은 헤어지고 룸메이트로 지내고 있어."

293

"전 여친이랑 같이 사는 게 가능해? 한국에서는 헤어진 연인은 절대 다시 안 봐. 나라면 상상도 못 할 일이야."

"이게 그렇게 이상해? 연인으로는 헤어졌지만 우리는 둘 다 이 공간을 사랑해. 그래서 이 집에서 함께 지내는 거고. 서로 다른 사람과 연애도 하면서…."

여행하다 보면 참 다양한 형태의 연인을 만나게 된다. 최고의 충격은 스페인에서 알고 지내던 분이 여동생 가족을 소개해줬을 때다. 여동생의 배우자라며 인사시켜줬는데, 둘 다 여성이라 어찌나 당황스럽던지… 표정 관리에 실패하고 말았다. '허즈번드'는 '남자'라는 생각 역시 내 고정관념이라는 걸 여행하며 알아간다.

브루클린은 어느 마트를 가도 한국 식재료를 쉽게 구할 수 있다. 만두, 라면, 고추장, 된장, 김 등 필요한 모든 게 있다. 두 배로 불어난 가족과 함께 즐겁게 장도 보고 저녁도 만들어 먹는다. 진세가 가지고 온 순대도 테이블 한편을 차지하고 있다. 익숙한 얼굴과 마주 앉아 식사하는 시간, 미국 땅이라는 게 믿기지 않을 만큼 따뜻하고 편안하다.

집주인 베니도 우리와 함께 저녁을 먹은 후 보답으로 차를 내온다. 차가 몸을 따스하게 데울 때쯤 베니는 기타를 들고 왔다. 한국에서 온 손님을 위해 베니는 기타를 튕긴다. 휘파람으로 시작한 그의 노래는 포르투갈어가 매력적인 남미의 보사노바로 이어진다. 헤어진 여친이 왜 떠나지 않는지를 알 수 있을 것 같다. 그만큼 감동적이다. 나도, 진세도, 서윤이도 그의 감미로운 목소리

에 감탄사를 연발한다. 진세의 표현대로 베니의 노래는 '쩐다'. 베니의 노래가 끝난 후 그 바톤을 턴테이블이 이어받는다. 턴테이블 특유의 '찌지직찌익' 소리와 함께 재즈와 클래식이 번갈아 흘러나온다. 부슬부슬 겨울비가 내리는 12월, 브루클린의 한 뮤지션 집에 따뜻한 음악 소리와 행복한 웃음이 넘쳐나고 있다.

그날 밤 이후로 턴테이블 매력에 빠진 서윤이는 매일 아침마다 LP판을 켜고는 했다. 30~40분마다 톤암을 옮기거나 판을 교체하는 일을 귀찮아하지 않고 열심히 그 주위를 지켰다. 그러는 사이 2018년이 가고 2019년이 되었다. 서윤이는 이곳에서 여덟 살이 되었다.

18년 만에 다시 찾은 그랜드캐니언

Arizona, United States

어쩌면 그랜드캐니언이 이 모든 것의 계기가 되었는지 모른다. 일곱 살 서윤이와 세계여행을 해야겠다고 결심하게 된 계기 말이다. 18년 전 그랜드캐니언에는 스물네 살의 내가 있다.

스무 살, 대학생이 된 나는 막연히 다른 세계를 동경하고 있었다. '어학연수는 꼭 한 번 가보고 싶다'고 생각했는데 어느 날, 투병 중이던 아버지가 돌아가셨다. 그 시절 나는 엄마 마음을 돌봐주기에도 바빴고, 해외에 나갈 형편은 더더욱 안 됐다. 대신 자체 어학연수를 한다는 마음으로 대학 선배가 운영하던 영어 학원에서 청소 아르바이트를 시작했다. 청소를 하고 원하는 수업을 무료로 듣는 방식이었다. 그때 듣게 된 영어 회화 수업에서 내 또래의 미국인 강사와 친해졌는데 그는 한국인 여자 친구와 싸울 때마다 나를 붙잡고 고민 상담을 했다.

그날도 어김없이 시시껄렁한 이야기를 안주 삼아 포장마차에서 술을 마시고 있는데, 불현 듯 마음속에 있던 진심이 튀어나왔다.

"나 미국 한번 가보고 싶다…. 그런데 돈이 없어."

"재용, 미국 가서 일하면 돼. 일하면서 돈도 벌고 여행도 할 수 있는 프로그램이 있어."

그가 알려준 건 'work and travel'이라는 프로그램이었다. 4개월간 일자리를 가질 수 있었고, 그 후 한 달 정도는 여행도 할 수 있었다. 지원 가능한 몇몇 장소 중 그나마 이름을 아는 게 그랜드 캐니언밖에 없어서 그곳에 이력서를 넣고 단기 취업 합격 연락을 받았다.

왕복항공권을 제외하고 주머니에 딱 200불만 넣어 미국 땅을 밟았다. 4개월간 그랜드캐니언에 있는 호텔에서 청소를 하며 다양한 나라의 사람과 내일에 대한 걱정 없이, 그저 그 순간을 즐기며 시간을 보냈다. 그때의 시간은 내 삶에 확실한 전환점이 되어주었다.

그곳에서 받은 가장 큰 충격은 미국인들은 현재를 살고 있다는 점이다. 미국 친구들은 항상 이렇게 물었다.

"이번 주에 뭐 할 거야?"

"지난주에 뭐 했어?"

"난 주말에 이거 할 건데 같이 할래?"

그들의 관심사는 대부분 '이번 주에 무엇을 할지'였다.

한국에서 나는 미래를 위해 현재를 살았다. 그리고 그 미래는 계속 뒤로 밀리기만 했다. 대학만 가면 내가 하고 싶은 거 해야지 결심하지만, 정작 대학 가면 바뀐다. 취업만 하면, 집에서 독립만 하면, 결혼만 하면, 아이만 키우면, 승진만 하면… 그래서 나는 결정했다.

'인생 미리 즐긴 놈이 승자지!'

'01 10

한국에서 온 친구들이 열심히 일해서 돈을 모을 때, 나는 외국인 친구들과 어울려 매일같이 바에서 놀았다. 그 덕분에 다양한 나라의 친구를 만났고, 평생 잊지 못할 추억도 만들었다. 서윤이에게도 이 짧지 않은 세계여행이 앞으로를 살아가는 데 큰 힘을 될 거라고 이때의 내 경험이 확신을 주었다. 실제로 이번 여행을 하며 그랜드캐니언에서 함께 일했던 친구들을 18년 만에 다시 만나기도 했다. 두바이에서 여행을 안내해준 키오미, 영국에서 뮤지컬을 추천해주고 한식도 만들어준 하연이, 스페인에서 집을 빌려준 수사나까지…. 그들과의 만남이 서윤이에게도 뭔가 울림을 주지 않았을까?

모로코에서부터 인연을 이어온 세은이와 작별하고, 우리는 지금 그곳으로 향하는 중이다. 지금 이 여행을 가능하게 한 그랜드캐니언으로!

사막이 보이기 시작하자 그랜드캐니언이 가까워지고 있음이 실감난다. 20대로 돌아간 것처럼 가슴이 두근거리기 시작한다. 평소에는 차에 타자마자 눈을 붙이던 서윤이도, 눈을 말똥거리며 창밖에서 눈을 떼지 못한다. 아빠가 대학생 때 일했던 곳이라며 이야기도 들려주고 사진도 보여줬더니 많이 궁금했나 보다.

18년 만에 찾았지만, 어제 떠난 것처럼 그랜드캐니언은 변한 게 없다. 호텔도, 숲속 캐빈도, 직원 숙소도 모두 그대로다. 추억 여행인 만큼 내가 청소를 담당했던 '메즈윅랏지'에 방을 잡고 서윤이, 진세와 함께 그랜드캐니언 빌리지 여기저기를 구경한다. 모든 게 다 그대로다.

드디어 대망의 그랜드캐니언 협곡을 보여줄 차례! 이곳에서 4개월을 생활한 노하우로 협곡이 가장 잘 보이는 뷰포인트로 아이들을 이끈다. 눈을 가린 채 협곡 앞까지 데리고 간 다음, 그랜드캐니언이 한눈에 들어오는 위치에서 '짠!' 손을 치운다.

"오… 와, 와우…!"

아이들의 감탄사가 터져 나온다.

"어때? 정말 멋지지? 저기 아래 보이는 콜로라도강이 오랜 시간 깎아서 만든 협곡이야."

"와우, 미쳤다! 삼촌 여기 정말 짱인데요? 제가 본 것 중에 최고예요."

설렘에 들떠있던 서윤이와 달리, 진세는 그랜드캐니언으로 오는 내내 표정의 변화가 별로 없었다. 그런데 막상 그랜드캐니언 앞에 서니 그 웅장함에 놀라 서윤이보다 더 호들갑이다.

"그치? 정말 멋지지. 진세야, 그럼 여기 오기 전에 네가 본 최고의 장소는 어디였어?"

"1학년 때 학교에서 순천만에 간 적이 있어요. 그때 본 순천만이 최고였죠."

진세 마음속 1위에 등극한 그랜드캐니언을 다양한 포인트에서 구경한 후 숙소로 돌아왔다. 18년 전으로 순간이동한 느낌이다. 침대며 화장실이며 구석구석을 둘러보는데 지금 당장이라도 청소를 해야 할 것 같다.

"아빠, 이렇게 먼 데까지 와서 일했던 거야? 그런데 아빠를 괴롭혔다는 그 뚱땡이 아저씨는 누구야? 얼른 그 아저씨 만나러 가자. 내가 그렇게 하면 안 된다고 이야기 해줄게!"

18년 전 나를 괴롭혔던 그랜드캐니언 뚱땡이 팀장 이야기를
해줬는데, 서윤이는 자기가 혼내준다며 누구인지 얼른 알려달란
다. 아빠를 끔찍이도 생각하는 귀여운 우리 딸, 여행은 우리를 더
소중한 사이로 만들어주고 있다.

◇

유타 & 애리조나 & 캘리포니아
Utah & Arizona & California

미국을 즐기는 가장 다이나믹한 방법은 자동차 여행이 아닐까? 고전 서부영화에서 본 듯한 유타 주의 모뉴먼트밸리를 구경하고 애리조나, 피닉스, 샌디에이고 등을 찬찬히 살펴본다. 짧은 거리에도 봄, 여름, 겨울… 계절 변화가 느껴진다.

로스앤젤레스로 넘어와서는 에어비앤비를 통해 게라지, 즉 차고에 숙소를 잡았다. 미국 기업의 성공 신화를 보면 언제나 그 시작은 게라지였다. 미국에서만 할 수 있는 특별한 경험이고, 아이들도 호기심을 갖기에 호텔보다 비싸지만 경험 삼아 예약했다. 생각보다 넓고 아이들도 좋아했는데, 몇 분 되지 않아 치명적인 단점을 발견했다. 바로 별도 출입구 없이 차가 들어오는 벽이 문이라는 것! 화장실도 없어서 매번 '철커덕, 지잉~' 굉음과 함께 밖으로 나간 후 주인집 화장실을 써야 했다. 밤에 누구 하나 화장실에 가려면 운명 공동체처럼 모두가 깨어나야 했고, 끔찍한 첫날 밤을 경험한 뒤로는 다들 저녁이면 물 한 모금 마시지 않았다.

며칠 후 우리는 LA 디즈니랜드로 향했다. 비가 오고 날도 쌀쌀해서 가기 망설여졌지만 여기까지 왔는데 서윤이가 고대하던 디즈니랜드를 안 갈 수는 없었다. 비 때문에 신발은 다 젖었지만 사람이 없어서 역대급으로 놀이기구를 많이 탈 수 있었다. 놀이동산은 초딩이나 가는 데라며 시큰둥해하던 진세도 잔뜩 신이 났고, 서윤이도 "대박!"을 외치며 디즈니랜드 곳곳을 뛰어다녔다.

옛날 오락 속에서 많이 보던 풍경! 마치 게임 속에 들어온 것 같다.

어떻게 된 게 사하라보다 더 뜨거웠던 피닉스! 불과 두세 시간 만에 설원에서 사막이라니?

위 왼쪽   매일 밤 물도 못 먹고 갇혀 지내야 했던 게라지! 볼일 보러 갈 때도, 씻으러 갈 때도
모두가 함께 움직였다.

위 오른쪽   진세가 온 뒤로 한층 더 밝아진 서윤이. 오빠 옆에 찰싹 붙어 매 순간 재잘거렸다.

아래   동화 속에 풍덩 빠진 듯 즐거운 시간을 보냈던 디즈니랜드. 부슬부슬 내리는 비 따
위가 우리를 막을 순 없다!

샌프란시스코 공항 노숙자

San Francisco, United States → Calgary, Canada

진세가 미국에 도착한 날, 우리는 각자 가고 싶은 도시를 골랐었다. 나는 18년 전 추억이 가득한 그랜드캐니언을, 진세는 소울 가득한 힙합 도시 LA를 택했다. 두 곳 모두 즐겁게 여행했고 이제 남은 건 서윤이가 선택한 곳, 바로 캐나다 밴프다.

노르웨이에서 스케이트와 스키를 탔고 스웨덴에서도 스노모빌을 타며 겨울 스포츠를 즐길 만큼 즐겼다고 생각했는데 서윤이는 아직 갈증이 나나 보다. 해도 해도 끝나지 않는 숨바꼭질처럼 서윤이는 여전히 스키가 타고 싶단다. 길 위에서는 모두가 공평한 법! 나도, 진세도 원하는 곳을 다녀왔으니 이제는 캐나다로 떠나보기로 한다.

시애틀을 경유해 캐나다 캘거리로 향하는 저가항공을 3인 380달러, 우리 돈 40만 원에 예매했다. 저렴한 표를 끊었더니 비행기 출발 시간이 오전 6시로 너무 이르다. 이것저것 생각할 바에야 그냥 공항에서 노숙을 하기로 했다.

출발 전날 저녁, 샌프란시스코 공항에 도착했다. 콘센트도 꽂을 수 있고 아이들도 누울 수 있는 명당에 자리를 잡았다. 인근 카페에서 샌드위치와 음료를 사 먹으며 놀다가 11시쯤 서윤이는 내 다리를 베개 삼아 잠들었고, 진세와 나는 인터넷을 하며 시간을 보낸다.

생각보다 시간은 빨리 흘렀고 새벽 3시부터 사람들이 체크인을 하기 시작한다. 급할 것도 없고, 곤히 잠든 서윤이를 깨우기 싫어서 출발 2시간 전에 체크인을 하러 갔는데, 이런… 항공사 직원의 말이 충격적이다.

"eTA(여행허가서)를 찾을 수 없는데…. eTA 번호 좀 알려주세요."

공항 노숙으로 졸려오던 눈이 번쩍 뜨이고 내 꼬불꼬불 곱슬머리가 쭈뼛 선다. 온 신경이 솟구치는 느낌! 듣도 보도 못한 eTA 번호를 달라니…. 캐나다 입국 시 비자가 필요한지만 확인했지, eTA라는 건 생각도 못 했다.

"웹사이트 하나 알려드릴 테니, 거기에서 신청하세요."

하지만 직원의 표정은 말하고 있다.

'쯧쯧쯧, 너희 못 갈 것 같네.'

처음 들어보는 eTA. 지금까지 18개국을 여행하면서 이런 요구를 받는 건 처음이다. 유럽 여행에 익숙해져서 나라 넘나드는 걸 너무 쉽게 생각하고 있었나 보다. 부랴부랴 해당 사이트에 접속하니 eTA는 최소 여행 일주일 전에 신청하라는 안내가 뜬다.

'일주일 전? 2시간 뒤에 비행기 타야 하는데….'

운 나쁘면 일주일 뒤에나 승인이 된다는 건가, 지금 못 가면 어떡하지…? 머리가 하얗다. 이번 비행기로 못 가는 한이 있더라도 어떻게든 5일 안에는 캐나다로 가야 한다. 캐나다에서 하와이 가는 비행기를 끊어놨기에 그것까지 날릴 수는 없다.

'eTA 신청이 한두 건도 아니고, 컴퓨터 프로그램이 처리하지 않을까? 그러면 그리 오래 안 걸릴 수도 있다!'

긍정적으로 생각하려고 노력하는데 작성해야 할 내용이 너무나 많다. 열심히 빈칸을 채운 후 수수료 결제를 위해 카드 정보를 입력하는데 '보안 코드 오류' 팝업창이 반짝이며 그간 작성한 내용이 흔적도 없이 사라진다. 그게 벌써 3번째⋯. 4번의 시도 끝에 신청을 끝냈다. 그사이 벌써 30분이 흘렀고 비행기 탑승 마감까지는 1시간도 남지 않았다. 진세와 나는 초조함에 애가 탄다. 서윤이는 아무 걱정 없이 숙면 중이다.

그렇게 10분, 20분이 지나 데스크 마감 10분 전, 진세의 eTA가 메일로 도착했다. 나와 서윤이의 eTA는 검토 중이라는 메일만⋯.

'전산으로 처리하는 게 아닌가? 진세 eTA만 전산이고, 우리 부녀 eTA는 사람이 검토하나? 에이 설마, 이 새벽에 누가 검토하겠어, 기계가 하겠지. 탑승 마감까지 허가서가 도착하지 않으면 어쩌지? 진세라도 먼저 보내야 하나? 그래야 비행기 값을 아끼는 건가? 만약 우리의 허가서가 오늘 안에 안 나오면? 그러면 그때는 진세 혼자 캐나다에서 숙박하고? 오늘 못 가면 렌터카 예약해 둔 건 어쩌지? 하와이 비행기 예약해둔 건?'

끊임없이 떠오르는 오만가지 생각에 마음이 심란하다. 메일을 쉴 새 없이 새로고침하며 시간을 조금만 더 달라고 데스크에 부탁해본다.

"곧 승인이 날 것 같은데 시간을 더 주실 수는 없나요?"

"저희도 도와드리고 싶은데, 비행기 출발 40분 전부터는 시스템상 발권이 이루어지지 않아요. 혹시 모르니 수화물부터 부치세요. 저희가 가지고 있다가 eTA가 발급되면 바로 비행기에 싣고, 아니면 보관하겠습니다."

"혹시 경유지인 시애틀까지라도 갈 수 없을까요? 거긴 미국이라 eTA 없어도 되지 않아요? 시애틀 가는 동안 eTA 승인이 날 것 같은데…."

"죄송합니다. 그렇게 처리해드릴 수는 없어요."

데스크 마감 1분 전, 나의 eTA가 도착했다. 서윤이의 eTA가 도착한 건 그로부터 5분 뒤….

"하하하하하."

허탈한 웃음만 났다. 고작 5분 때문에 비행기를 못 타다니….

어쨌든 eTA가 발급됐으니 갈 수 있다는 건데, 저가항공을 예약한 게 이렇게 후회될 수가 없다. 티켓을 무조건 바꿔주는 게 아

니라 비행기 출발 40분 전, 좌석이 남아 있을 경우에만 탈 수 있
단다. 그리고 중요한 건 24시간만 유효한 스탠바이석!

24시간 동안 우리 목적지로 향하는 이 항공사의 비행기는 단
두 대뿐. 만약 두 대 모두 만석일 경우 시간만 버리고 새로운 항
공권을 사야 하는 끔찍한 상황이다.

새로 표를 끊는 게 낫나 싶어 검색해보니 제일 저렴한 게 셋이
합쳐 130만 원이 넘는다. 40만 원에 샀는데 3배나 더 주고 살 수
는 없다. 일단 좌석을 기다려보기로 한다.

공항에 저녁 6시에 도착해 벌써 12시간이 지났고, 이제 할 것
도 없다. 샌프란시스코 공항은 사람으로 북적거리고, 서윤이와
진세는 곯아떨어져 있다. 내 눈은 상황 파악 못 하고 자꾸만 감겨
온다. 정말이지 노숙자가 따로 없다. 진세와 서윤이에게 미안할
따름이다.

'아, 왜 이런 것도 확인 안 하고…. 아빠도, 삼촌 자격도 없는 게
무슨 길 안내를 한다고….'

바보 같은 실수로 모든 게 엉망이 됐다.

오전 9시 20분, 비행기 출발 40분 전. 초조하게 기다리다 탑승
구 직원에게 묻는다.

"자리 있어요?"

"네, 있어요. 발권해드릴게요."

와, 한고비 넘겼다.

여전히 불안한 마음을 안고 시애틀 공항에 도착했다. 이제 캐
나다 캘거리로 향하는 좌석만 있으면 된다. 하지만 이마저도 호
락호락하지는 않다. 일단 3명의 자리가 있어야 하고, 자리가 있

다고 해도 가장 빨리 출발하는 비행기까지는 아직 7시간이나 남았다.

"뭐 이렇게 된 거 시애틀이나 구경하자."

죽치고 기다린다고 해결되는 문제도 아니었다. 모든 건 시간이 지나야 알 수 있다.

공항으로 우버를 불러 아이들을 데리고 인근 쇼핑몰로 구경을 갔다. 쇼핑도 하고 일본 식당에 가서 식사도 하며 즐거운 시간을 보내고 시애틀 공항으로 돌아왔다.

데스크에 가니 푸근한 인상의 직원이 너희 이야기 다 들었다며 우리를 반갑게 맞아준다. 환한 미소로 좌석번호가 찍힌 항공권을 뽑아주었고, 시애틀 공항에서 뭐 하고 있었냐며 물어도 봐준다. 우리 이야기가 시애틀 공항에 다 퍼졌다고 알려주니 애들도 웃겨죽겠단다.

캐나다행 항공권을 손에 넣으니 오늘의 피로가 다 날아가는 것 같다. 샌프란시스코에서 6시간이면 갈 수 있는 캘거리 땅을 17시간 만에 밟는다. 눈꺼풀이 천근만근이다. 호텔 침대에 누우니 아, 녹아드는 느낌이다.

혼자서도 잘해요

Banff, Canada

노르웨이에서 꽁꽁 언 도로를 맘 졸이며 운전해봤기에 이번에는 돈을 아끼지 않고 사륜차로 빌렸다. 다행히 눈이 많이 내렸음에도 도로는 깨끗이 치워져 있었다. 짙은 침엽수림 사이로 뻥 뚫린 직선 도로는 달리는 것만으로 영혼이 치유되는 듯했다.

우리가 지금 향하고 있는 밴프는 캐나다에서 해발고도가 가장 높은 산악 도시이며 온천으로도 유명한 휴양지다. 각종 산악 제품을 파는 상점과 즐비한 호텔을 보고 있자니 얼마나 많은 사람이 이곳을 찾는지 알만하다.

여행 첫날은 아름다운 밴프의 풍경을 즐긴다.

로키산맥과 어우러진 루이스 호수의 풍경은 장엄하다. 유키 구라모토가 이 호수에 반해 동명의 곡 〈레이크 루이스〉를 만들기도 했는데, 자신의 곡 중 가장 애착이 간다고 언급하기도 했다. 가슴 따뜻해지는 그의 곡을 들으며 루이스 호수를 바라보니 마음이 훈훈해졌다.

다음으로 들른 미네완카 호수는 그 길이가 무려 28킬로미터나 될 만큼 어마어마했다. 사람들은 이 커다란 호수에서 스케이

317

트나 하키를 즐기고 있다. 로키산맥의 멋진 고봉을 병풍 삼아 즐
기는 스케이팅이라니… 감탄사가 절로 나온다. 소리 없이 내리는
눈 아래로 순록이 용케도 풀을 찾아 뜯고 있다. 자연의 아름다움
에 그저 경탄하게 된다.

다음 날은 본격적으로 스키를 타러 갔다.
"계산은 아빠가 한꺼번에 할 테니까 서윤이가 혼자 빌려봐."
"응. 알겠어. 아빠는 아빠 스키 보고 있어."
서윤이에게 혼자 스키를 빌려보라고 한 후 나는 밖에서 다른
상품을 구경한다. 이렇게 할 수 있었던 데에는 캐나다 입국 심사
때 봤던 서윤이 모습이 한몫했다.
캐나다에 들어오던 날, 입국 심사관이 서윤이만 따로 불러 세
웠다. 아이가 이곳에 입국하기 위해서는 엄마 승인서가 있어야
하는데 그게 없다고 하니 심사관은 아이와 단둘이 대화를 하고
싶다고 했다. 혹시나 있을지 모르는 '아동학대'와 '유괴' 때문이었

다. 심사관은 아빠를 보지 말고 대답하라고 했는데 서윤이는 낯선 이가 묻는 질문에 그야말로 '따박따박' 대답했다.

"언제 여행을 시작했니?"

"캐나다에 오기 전에는 어느 나라에 갔었니?"

"뒤에 있는 사람이 아빠가 맞니?"

"왜 엄마는 함께 오지 않았니?"

"아빠나 오빠가 때리지는 않니?"

끝이 보이지 않는 질문에 서윤이가 결국 영어로 한마디 한다.

"왜 이렇게 질문이 많아요? 그만 좀 해주세요!"

생각보다 대답을 잘 이어가는 서윤이 모습에 놀라며 듣고 있다가, 나와 진세는 웃음이 터지고 말았다. 공항에서 노숙까지 하며 17시간 만에 캐나다에 도착했는데 입국 심사가 길어지니 서윤이는 피곤하고 짜증이 났나 보다. 뒤에서 서윤이를 바라보면서 나는 두 가지를 느꼈다. 내 생각보다 서윤이가 영어를 잘한다는 것과 서윤이가 처음 보는 사람과 대화하는데 자신감이 있다는 것, 그래서 내가 옆에 있지 않아도 서윤이 혼자 충분히 많은 걸 해낼 수 있다는 걸 말이다. 그래서 결심했다. 이제부터 서윤이가 필요한 건 스스로 결정하고 헤쳐갈 수 있게 하기로….

곤돌라를 타고 산 정상에 올라 바라보는 로키산맥의 설경, 아래로 끝없이 펼쳐진 스키장.

"아빠, 나 잡지 말아봐. 나 혼자 할 수 있을 것 같아."

걱정스러운 마음에 뒤에서 살짝 잡아주며 따라다녔더니 서윤이가 귀찮았나 보다. 혼자 할 수 있다고 내버려두란다.

"알았어. 땅 보지 말고 멀리 봐야 해. 안되면 그냥 옆으로 넘어져!"

"응, 나도 알아~"

아빠가 보고 있지 않다는 걸 알려주기 위해 일부러 스키 속도를 내서 한참을 내려왔다. 서로가 서로의 시야에서 보이지 않을 만큼…. 그리고 그곳에서 서윤이를 기다렸다. 경사가 꽤 심한데도 서윤이는 두려움 없이 턴하며 내려온다. 자신의 속도를 컨트롤하며 내려오는 모습을 보니 가르치고 가르침을 받는 사이가 아닌, 그냥 친구끼리 스키장에 온 기분이다. 계속 살피며 뒤따르지 않아도 조금만 기다려주면 서윤이가 알아서 '짠'하고 나타난다. 노르웨이에서 탈 때만 해도 꿈도 못 꿨던 속도와 자세로 서윤이는 신나게 로키산맥의 멋진 슬로프를 활보한다. 1년 전만 해도 손에 멍이 들 정도로 나를 꼭 붙잡고 내려왔던 서윤이, 그게 1년 전이 맞나 싶을 정도다.

아이와 속도를 맞춰 루이스 호수 스키장을 달린다. 남들이 보면 뭐 그리 감동할 일인가 싶지만, 스키와 보드를 사랑하는 아빠로서 이건 늘 꿈꿔오던 로망이었다. 1년 전 꿈에서 보았던 아이의 성장의 순간을 이곳에서 다시 한 번 목격하고 있는 것 같아 행복하기도 했다. 세계여행 내내 서윤이가 성장하는 순간을 많이 보았지만, 캐나다에서는 종합 선물 세트를 받은 기분이다. 영어도 잘하고, 스키도 잘타고, 무엇보다 서윤이가 밝아졌다.

호텔로 돌아와 다 같이 온천으로 향했다. 따뜻한 물에 몸을 담그며 긴장했던 근육을 풀어주니 이보다 더 좋을 수 없다. 겨울철 최고의 휴양이다.

숙소에 돌아오는 길에 서윤이가 레스토랑 할인 쿠폰을 받아왔다. 트립어드바이저로 이 레스토랑을 검색해보니 '세계 최고의 스테이크'라는 평이 눈에 밟힌다.

"다음에 굶더라도 세계 최고의 스테이크는 먹어봐야 하지 않을까?"

"예압!"

진세도 좋아하고, 쿠폰을 들고 있던 서윤이도 신이 났다.

레스토랑 직원은 서윤이가 음식을 기다리며 그림 그리고 놀수 있도록 종이와 크레파스를 가져다준다. 서윤이는 "웨이릿 미닛!"을 외치더니 자리에서 일어나 종업원을 꼭 안아준다. 종업원도 "오~ 쏘 스위티~"하며 서윤이를 안아준다.

우리 모두 어렵게 들어온 캐나다에서 '세계 최고의 스테이크'를 영접하며 최고의 해피 엔딩을 맞는다.

2019년 1월   ☀ ☁ 💧 ❄

아빠랑 스키 타서 재미있었습니다. 제가 잘 타게 돼서 엄청 좋았어요. 아빠가 제가 잘 타니까 손뼉을 쳐주었어요. 아빠 박수를 받으며 스키를 잘 탔습니다. 여기는 캐나다의 로키산맥입니다.

사랑하는 사람이 있는 곳으로

Hawaii, United States

세계여행을 하며 참 많은 여름과 겨울을 오갔다. 두바이의 50도 날씨에 기절하기도 했고, 스페인 지중해에서는 따사로운 햇살 아래 수영도 했으며, 안도라에서 눈싸움을 하고, 모로코 사막에서는 따가운 햇살을 만끽하다가, 캐나다에서는 다시 눈 속에 파묻혀 살았다. 불과 6개월 동안 우리를 스쳐간 여름과 겨울이 다 나열할 수도 없을 만큼 많다. 한국을 출발해 태양을 따라 서쪽으로 돌았고, 이제는 지구를 한 바퀴 돌아 한국으로 돌아가는 일만 남았다. 19개국 여행의 마침표는 하와이에서 찍기로 했다.

겨울이 한창인 한국으로 돌아가기 전, 서윤이가 좋아하는 물놀이를 실컷 즐기고 싶어서 여행의 마지막 장소로 하와이를 정했다. 영하 20도의 밴프를 떠나 영상 25도의 하와이에 도착하니 마치 냉탕에서 온탕으로 옮겨온 것 같다. 겨울 점퍼를 들고 내린 우리의 모습이 웃기고 어색하기만 하다.

여행을 처음 시작할 때는 욕심이 많았다. 뭐든지 많이 보여주고 싶은 마음에 일정을 빽빽하게 잡았지만, 시간이 갈수록 우리

324

의 여행은 점점 단순해지고 있다.

'서윤이가 좋아하는 것 하나만 충분히 즐기자!'

그래서 이번 하와이에서도 서윤이가 좋아하는 물놀이를 실컷 즐기다 간다는 아주 심플한 계획이다.

하늘은 푸르고, 불어오는 바람은 춥지도, 덥지도 않다. 동양 사람들도 많아 집에 가까이 왔다는 느낌마저 든다.

수영복으로 갈아입고 와이키키해변으로 갔다.

진세와 함께하다 보니, 우리 둘만 있을 때보다 서윤이는 더 즐거워한다. 내가 야자나무 아래 한적하게 누워 있어도 둘이 알아서 잘 논다. 서핑보드를 빌려와 파도에 떠다니기도 하고, 어설프지만 보드에 서서 파도타기도 시도해본다.

차를 렌트해 섬 이곳저곳을 둘러보기도 한다. 어디를 가나 서핑을 즐기는 사람들이 보인다. 태평양의 거대한 파도를 타고 자유롭게 달리는 사람들. 부럽다. 언젠가 나도 저렇게 타보고 싶다. 멋진 산과 파도를 사방에 두고 해안 도로 이곳저곳을 누빈다. 멋진 드라이브 코스에 아이들 입에서는 연신 감탄사가 터져 나온다. 그렇게 우리는 시원하게 하와이 도로를 달린다.

"삼촌 이제 돌아가야 하네요. 기분이 어때요?"

"좋기도 하면서 아쉽기도 하지. 서윤이가 보고 싶어 하던 사람들 품으로 돌아가는 건 기쁘고, 한국의 타이트한 일정에 다시 몸을 맞출 수 있을까 걱정이 되기도 해. 진세는 한 달간의 북미 여행 어땠어? 공부하기도 바쁜 고등학생인데 잘 왔다는 생각이 들어?"

"네. 좋았어요. 제가 좁은 세상에 살고 있었다는 생각도 들고…. 삼촌이랑 이런저런 대화 나누면서 제 고민도 많이 정리되었고요. 정말 고마워요, 삼촌."

"어때? 좀 자신감이 생긴 것 같아?"

"네. 처음에는 혼자 하는 게 익숙하지도 않았고 걱정도 됐는데, 이제는 혼자서도 잘할 수 있을 것 같아요. 뉴욕에서도, LA에서도 저 혼자 여행하는 거 보셨죠?"

"너희 엄마는 너 혼자 내보냈다고 뭐라 하더라. 아직 엄마 눈에는 진세가 애기로 보이나 봐! 혼자서도 시내 잘 구경하고 들어왔는데."

"그러게요. 삼촌 말이 맞는 것 같아요. 이제 부모님을 좀 떨어진 시각에서 보려고요. 나의 아빠, 나의 엄마가 아니라 그냥 중년 남성과 중년 여성으로…."

"그래. 이제 어린 애도 아니고, 한 사회를 살아가는 동등한 입장에서 엄마, 아빠를 바라보는 시각이 필요한 것 같아. 아들이니까 무조건 참아야 한다는 생각은 버려도 돼. 부당하다고 생각되는 게 있으면 정확하고 정중하게 네 의사를 표현하고…. 오케이?"

나와 서윤이의 세계여행에 동참해준 진세에게 너무나 고마울 따름이다. 진세는 한 달 동안 부지런히 세상을 바라보면서도 고등학생이라는 본분을 잊지 않고 매일 숙소로 돌아와 수학 문제집을 풀고는 했다. 본인이 해야 할 일을 딱딱 챙기는 진세를 보며, 화끈한 성격의 누나가 아들 하나 야무지게 잘 키웠다는 생각이 든다.

"서윤이는 아빠랑 반년 넘게 여행했는데 어땠어? 처음에는 엄

용아의 꿈 그 세상 입니다

마도 보고 싶고, 친구도 보고 싶어서 많이 힘들어했잖아…."

"응, 맞아. 그래도 좋았어. 매일매일 재미있는 것도 많이 보고, 멋진 것도 많이 보고…. 새로운 친구도 만났잖아!"

"아빠가 여행 또 가자고 하면 같이 와줄 거야?"

"당연하지! 그런데 그때는 엄마도 함께 가자. 엄마가 우리 보고 싶어서 힘들다고 하잖아."

아내는 우리가 여행을 떠나고 얼마간은 홀가분했다고 한다. 직장과 육아에 치여 힘들었는데, 혼자가 되니 일에만 집중할 수 있어서 좋았다고…. 하지만 점점 시간이 갈수록 너무 외로워서 병이 날 지경이라고, 하루 빨리 돌아왔으면 좋겠다고 했다. 서윤이는 그런 엄마가 마음에 쓰였나 보다.

"삼촌은 여행하면서 뭐가 좋았어요?"

"음…, 서윤이에게 지구 한 바퀴를 구경시켜준 거! 소중한 딸과 여행하는 시간은 정말 너무 행복했어. 진세도 나중에 결혼하고 아이가 생기면 알게 될 텐데 자식이 자라는 모습은 부모가 누릴 수 있는 가장 큰 행복인 것 같아. 삼촌은 서윤이랑 192일 동안 24시간 내내 붙어 있으면서 서윤이 몸이, 마음이, 생각이 커가는 걸 볼 수 있어서 정말 행복했어."

"아빠 사랑해."

이야기를 듣고 있던 서윤이가 감사의 마음을 표현한다.

만 5세의 어린 서윤이를 데리고 여행을 시작했을 때, 이 여행이 언제까지 이어질 수 있을지 나도 반신반의했다. 오죽하면 한 달만 버티고 돌아가면 성공일 거라고 목표를 세웠겠는가. 사실

이렇게 생각한 건 서윤이도 서윤이지만, 나에 대한 불신이 더 컸다. 내가 아내 없이 혼자 아이를 잘 보살필 수 있을지 걱정이 되었기 때문이다. 하지만 서윤이는 엄마 없는 모든 상황에 너무나도 잘 적응해주었다. 아빠 손에 끌려다니던 여행에서, 서윤이 스스로 여행을 즐기는 모습을 보았을 때 이루 말할 수 없이 감동적이었다.

히말라야에서는 날이 갈수록 체력이 좋아졌고, 조지아에는 주노를 만나며 친구들에게 먼저 다가가는 법을 배웠다. 스페인에서는 엘리와 소피를 사귀며 언어에 대한 자신감이 생겼고, 모로코에서는 만남과 헤어짐에 대한 가슴 아픈 경험도 했다. 그리고 무엇보다 서윤이는, 아빠를 누구보다 잘 이해하게 되었다. 이 여행이 나에게 참 많은 선물을 줬다.

이번 여행의 마지막 배낭을 싼다. 오늘부로 어디에서 자야하나 더 이상 걱정하지 않아도 되고 숙소까지는 어떻게 갈지 고민하지 않아도 된다. 환전을 하지 않아도 되고 휴대폰 유심 카드를 사지 않아도 된다. 그동안 잊고 지냈지만 내게도 마음 편하게 지낼 수 있는 공간이 있다. 사랑하는 사람이 가득한 한국. 그곳에 자리한 나의 집. 우리는 설레는 마음으로 여행의 마지막 밤을 보냈다.

192일, 세계여행을 끝내고 한국으로 돌아가는 비행기 안. 기내에 한국어 방송이 나온다. 집으로 돌아가고 있다는 실감이 난다. 짧지 않은 10시간 비행, 우리 셋 누구 하나 쉽게 눈을 붙이지 못한다. 사랑하는 사람을 만날 생각에 가슴이 두근거린다.

한국에 도착하고 감격스러운 '내국인' 표시를 따라 수속을 마치고 짐을 찾는다. 서윤이는 출구 문 틈 사이로 엄마와 할머니를 발견하고 얼른 달려나간다.

"엄마! 할머니!"

"어이구, 우리 강아지 어서 와!"

장모님이 먼저 뛰어나와 서윤이를 맞아주신다. 장모님과 아내는 서윤이와 얼굴을 부비고 볼을 꼬집으며 그간 보고 싶었던 마음을 전한다.

"아이구, 기특해라, 우리 강아지. 세계 한 바퀴 돌고 왔어?"

장모님은 어린 손녀가 한없이 기특한가 보다.

공항의 한식당에서 서윤이는 오랜만에 누군가 떠 먹여 주는 밥을 먹는다. 여행하는 동안은 없었던 일….

공항에서 차를 끌고 진세를 집에 데려다주었다. 진세도 한 달만에 엄마, 아빠 품에 안겼다. 덩치 큰 고딩이지만 아직 부모 품이

그리울 나이다. 그새 많이 자란 것 같다며 누나와 매형은 진세를 칭찬해준다.

집으로 돌아와 오붓하게 가족과 함께하는 시간을 보낸다. 나, 서윤이, 아내, 우리 셋. 아내는 애가 어른이 되어 왔다며, 왜 이렇게 의젓해졌냐고 놀란다. 기특해하기도 하고, 보지 못한 성장의 순간을 아쉬워하기도 한다.

"여보, 고생했어. 서윤이 데리고 무사히 여행 잘하고 와줘서 고마워. 멋지게 키워서 데리고 왔네."

"자기가 더 고생 많았지. 남편이랑 딸 보내놓고 혼자 뒷바라지하느라고…"

서윤이는 내일부터 친구들과 바쁘게 놀 생각에 한국에서의 첫날밤도 설렘으로 보냈다.

2019년 1월	☀ ☁ 💧 ❄

하와이에서도 서핑보드를 타니까 더더더 재미있었습니다. 갈매기도 파닥파닥 날아다니고 나무들도 많아서 더 재미있었습니다.

귀국 후 두 달이 지났다

Korea

"이서윤, 일어나! 학교 가야지, 어서!"

소리를 지르지만 답은 없다. 서윤이가 일어나기 한 시간 전부터 쌀을 씻어 안치고 콩나물국을 끓인다. 어제 저녁에 못다 한 설거지도 하고, 서윤이가 좋아하는 냉동 너비아니를 꺼내 에어프라이어에 넣고 타이머를 맞춘다.

아침상을 정갈하게 차린 후 얼른 밥 먹으라고 불러보지만 아내도, 서윤이도 감감무소식이다. 아내는 화장실에서 씻는 중이고 서윤이는 아직도 이불 속이다. 직접 깨워야 할 차례다.

"이서윤, 이러다가 또 지각해~ 이제 일어나요."

흔들어 깨우자 그제야 눈을 뜬다.

"아, 아빠는 좋겠다. 나도 육아휴직 하고 싶다!"

아내가 씻고 나온 화장실로 서윤이가 들어간다.

아내는 출근 준비로, 아이는 등교 준비로 바쁘다. 식탁 위 식어가는 밥에는 아무도 관심이 없다. 서윤이도, 아내도 거울 볼 시간은 있어도 아침밥 먹을 시간은 없다. 베이글을 반으로 잘라 치즈하나를 넣어주니 그것만 들고는 둘이 차례로 "다녀올게요!" 뽀뽀

하고 집을 나선다. 가족을 위해 준비한 아침밥은 자연스레 나의 아침, 그리고 점심이 된다.

'아, 내가 이러려고 이른 아침부터 밥을 했나!'

한국에 돌아와 한 달 후, 서윤이는 초등학교에 입학했다. 여행에서 돌아온 우리는 재미있는 꿈을 꾸고 깨어난 사람들처럼 한국에 곧바로 적응했다. 그러다가 가끔 우리 둘만의 비밀을 꺼내 여행 이야기를 나누며 즐거워하고는 한다.

여행을 떠나기 전, 많은 사람들로부터 걱정 어린 시선을 받았다.

"아이가 너무 어린 거 아니야?"

"다녀와도 기억 하나도 못할 걸?"

그래, 그럴 수 있다. 여행을 끝내고 돌아온 지금도, 서윤이가 이 시간을 기억하지 못할 수 있다고 생각한다. 하지만 요즘 나는 '서윤이가 세계여행을 떠나지 않았어도 지금과 같았을까?' 싶은 장면을 참 많이 마주한다.

직장 어린이집에 다녔던 서윤이는 아는 사람 하나 없는 집 근처 초등학교에 입학했다. 병설 유치원에서 그대로 올라온 친구들이 많아 서윤이 혼자 적응하기란 만만치 않았을 거다. 아이를 직장 어린이집에 보냈던 회사 동료들은 다들 입을 모아 말했다.

"친구가 없으니까 학교 가기 싫은가 봐. 애랑 한바탕 전쟁을 치러야 출근할 수 있다니까?"

서윤이는 한 번도 그런 적이 없어 문득 걱정이 됐다.

"서윤아, 학교 가면 모르는 친구도 많고, 같은 유치원 졸업한

애들끼리는 서로 친하잖아. 어울리기 힘들지 않아?"

"아빠, 애들 다 한국말 하는데 무슨 걱정이야. 괜찮아, 재미있어!"

와, '이서윤 어록'에 남기고 싶은 명언이다. 서윤이는 내 생각보다 단단하고 씩씩한 아이였다. 서윤이에게 '학교'는, 그저 같은 말하는 또래 친구만 있어도 충분히 재미있을 수 있는 공간이었다. 학교가 낯설 텐데도 아주 잘 적응하고 있었다.

한 번은 학교에서 돌아온 서윤이를 데리고 근처 공원에 갔다. 서윤이는 공원에서 잔디를 뜯고 있는 유치원생들을 보더니 당장에 달려가 잔디를 뜯으면 안 된다고 말했다. 그러자 옆에서 놀고 있던 그 아이의 언니들이 "풀인데 뜯으면 어때!"라고 했고, 서윤이는 유치원생 두 명과 초등학생 네 명 사이에 껴 당당하게 말했다.

"풀도 다 생명이야. 그리고 풀은 공기를 깨끗하게 해주는 거라서 죽이면 안 돼!"

혹시나 덩치 큰 언니들에게 해코지를 당하는 건 아닐까 걱정되었지만, 나는 그저 멀리서 지켜만 봤다. 잠시 기다려주니 자기할 말 똑 부러지게 하고 활짝 웃으며 돌아오는 서윤이. 정말 대견스러웠다.

요즘 서윤이는 학교에서 한글을 배우고 있다. 한글을 다 떼지못하고 초등학교에 입학한지라 자음, 모음을 배우며 서윤이의 새로운 세상이 열리는 걸 아빠로서 즐겁게 지켜보는 중이다. 어느날, 여느 때와 다름없이 학교에 다녀온 서윤이의 가방을 열었다가 마음이 뭉클해지고 말았다.

'ㄷ'을 배워온 날이었다. 해당 자음으로 시작하는 단어를 쓰고 그림을 그리는 활동지였는데, '도로'에는 일직선의 도로와 눈 쌓인 산 그림이 그려져 있었고, '다리'에는 멋들어진 다리 위로 폭죽이 팡팡 터지는 그림이 그려져 있었다.

"서윤아, 도로 뒤에 이 산은 뭐야? 왜 도로 그리는 곳에 산을 그렸어?"

"안도라산이지. 눈 쌓인 거야, 눈! 우리 안도라 갈 때 차 타고 도로를 막 달렸잖아."

그림 속 산은 안도라로 향하는 도로에서 봤던 피레네산맥이었다.

"그럼 서윤아, 이 불꽃놀이 하는 다리는 뭐야?"

"응, 그건 미국 브루클린 브리지야. 우리 거기서 야경 봤잖아!"

서윤이는 브리지에서 본 뉴욕의 야경이 인상적이었는지, 불꽃

놀이로 야경의 반짝임을 표현해두었다.

며칠 뒤 'ㅂ'을 배운 날에는 '보라보라'를 쓰고 보라보라섬을 그려 넣었다. 우리는 여행하는 동안 세계지도를 자주 펼쳐봤고, 그중 보라보라섬은 서윤이가 가고 싶어 하던 곳 중 하나였다. 이를 알 리 없는 담임 선생님은, 왜 서윤이가 '보라보라'를 써 놓고 보라색을 칠하지 않았는지 의아하다고 하셨다.

남들은 봐도 모를 수 있지만 서윤이의 세상이 여행을 하기 전보다 훨씬 더 넓어졌음을 느낀다. 세계여행하며 얻은 지식과 경험은 나에게는 일로, 서윤이에게는 학습으로 앞으로의 삶에 큰 도움이 될 것이다. 그리고 무엇보다 나와 서윤이는, 여행을 통해 서로를 배웠다. 서윤이는 나를 아주 잘 알게 되었고, 나도 서윤이를 아주 잘 알게 되었다. 우리 부녀는 이제 눈빛만으로도 통한다. 아내가 부러워할 정도로 아주 끈끈해졌고, 그것만으로도 우리의 여행은 충분히 값지고 찬란하다.

세계여행을 하며
우리는 함께 성장했다

먼저 저희의 부족한 여행기를 끝까지 함께해주신 독자 분들께 감사의 마음을 전합니다. 책을 내보면 어떻겠냐는 출판사의 이야기를 접했을 때 사실 조금 부담스러웠습니다. 저와 서윤이의 여행은 계획적이지도 않았고, 마음 가는 대로 떠돌아다닌 여행이었으니까요.

하지만 여행을 책으로 정리해두면 서윤이에게도, 어린 자녀와 여행을 할 많은 아빠들에게도 도움이 되지 않을까 싶어 책을 써보기로 결심했습니다.

192일, 4개 대륙, 19개국. 이곳저곳을 돌아보며 마냥 즐겁고 기쁘지만은 않았습니다. 애초에 그런 걸 바라고 출발하지도 않았고요. 만 5세 아이와 세계여행을 시작하며 두려움도 컸습니다. 아빠 혼자 아이를 잘 보살필 수 있을 거라는 확신도 없었습니다. 어느 여행지를 검색해도 도난, 살인, 유괴, 난사… 부정적인 단어가 먼저 보여 덜컥 겁이 나기도 했습니다.

복통으로 아파하는 아이를 들쳐 안고 응급실도 뛰어갔고, 고열로 힘들어하는 아이 곁에서 할 수 있는 게 손잡아주는 것 밖에 없어 눈물로 밤을 지새우기도 했습니다. "아빠, 도와줘!"라는 소리에 세계 각국의 여자 화장실에도 참 많이 뛰어들었습니다. 네, 생각해보면 힘들고 아찔한 순간이 정말 많았죠.

저희의 여행은 조지아 트빌리시의 어느 놀이터에서 '주노'를 만나면서 참 많이 바뀌었습니다. 스스럼없이 다가와 손 내밀어준 주노 덕에 서윤이는 처음으로 외국인 친구를 사귀게 되었고, 여행의 재미를 알게 되었습니다. 그때 저는, 주노를 제 딸의 롤모델로 삼았습니다. 주노처럼 밝은 아이로 키우고 싶었습니다.

그 이후 많은 시간을 놀이터에서 보냈습니다. 처음 여행을 시작할 땐 아이가 보면 좋을 곳 위주로 찾아다녔지만, '아이가 좋아하는 것'과 '내가 생각하는 아이가 좋아하는 것' 사이에 큰 차이가 있다는 걸 알게 되었습니다. 아이에게는 친구가 필요했습니다. 이 여행에서 아이에게 친구가 생긴다면, 이 여행이 즐거워지겠다는 것도 시간이 쌓이며 알게 되었습니다.

그 이후로 유명 관광지는 저와 서윤이에게 별 의미가 없었습니다. 우리 여행은 더욱 단순해졌습니다. 어디를 가던 동네 아이를 따라가거나, "여기 놀이터 어디 있어요?" 묻고는 했습니다. 그리고는 놀이터에 가서 친구를 만들었습니다. 운 좋은 날은 마음이 통하는 친구를 쉽게 사귈 수 있었는데 관광지에서 사진 몇 장 남기는 것보다 더 의미 있는 일이었습니다.

이렇게 저희의 여행은 서윤이에게 점점 더 맞춰졌습니다. 관광보다는 아이가 하고 싶은 것에 더 많은 시간을 보냈습니다. 집에서 놀거나, 수영만 하거나, 공연만 보거나, 스키만 타거나… 무엇이든지 아이가 좋아하는 것을 여행지 그 중심에 뒀습니다.

여행 5개월 차에 접어들던 어느 날, 노르웨이 오슬로의 꽁꽁 언 연못에서 친구들을 모아 신나게 놀고 있는 서윤이를 사진으로 담다가 문득 깨달았습니다.

'지금 서윤이의 모습, 롤모델로 삼고 싶던 주노의 모습이다!'

192일의 여행은 아이를 참 많이 변화시켰습니다. 여행 초기에는 낯선 외모의 외국인이 무섭다며 제 뒤로 피했는데, 점점 자신감을 갖고 먼저 사람들에게 다가갔습니다. 집에 대한 그리움은 잠시 뒤로 미루고, 내일에 대한 희망을 채워갔습니다. 엄마가 씻겨줘야 했던 서윤이는 여행 내내 스스로 샤워를 했습니다. 혼자 가방을 싸고, 해외 식당에서 제 도움 없이 어려운 주문도 척척 해냈습니다. 본인이 힘들어하면 아빠가 더 힘들어한다며 언제나 씩씩하게 행동하고 아빠를 위로했습니다.

아이에게는 새로운 꿈도 생겼습니다. 비엔나에서는 발레리나가 되고 싶어 했고, 스페인에서는 플라멩코 무용수가, 스페인에서는 요리사가, 런던에서는 뮤지컬 배우가 되고 싶어 했습니다. 어린 시절 잠시 스쳐 가는 꿈일 수 있지만, 꿈이 있다는 것만으로 삶은 더 충만해질 수 있다고 생각합니다. 그래서 아이의 그런 순간을 바라보는 건 여행하는 동안 제 가장 큰 즐거움이었습니다.

육아휴직을 하고 아이와 떠난 세계여행은 정말 좋았습니다. 아마 제가 제 생을 되돌아 볼 때 가장 잘한 일이라고 생각되지 않을 까요? 일곱 살 딸과 함께한 7개월의 독박 육아는 분명 쉽지 않았 지만, 그 어느 순간도 소중하지 않은 때가 없었습니다.

자녀가 있는 아빠들에게 꼭 권하고 싶습니다. 세계를 다 돌지 는 못하더라도, 자녀와 함께 낯선 곳에서 한두 달을 함께 해보시 기를요…. 아이의 생각이, 나의 생각이, 그리고 서로의 정이 커지 는 걸 분명 느끼실 수 있을 겁니다.

여행을 하는 동안 도움을 주신 분이 너무도 많습니다. 먼저 해 외에서 만난 친절한 이웃과 여행자들에게 감사의 마음을 전합니 다. 육아휴직이 가능하게 도와준 직장 동료 분들께도 감사의 마 음을 전합니다. 딸과 저의 여행이 책으로 탄생될 수 있도록 다듬 어주신 김나정 편집자님과 북로그컴퍼니 출판사에도 감사드립 니다. 블로그, 유튜브, 인스타그램을 통해 항상 많은 응원을 보내 주신 분들에게도 서윤이와 함께 감사의 마음을 전합니다.

그리고,

혼자 한국에 남아 열심히 지원해준 아내와 가족에게 깊은 감 사의 마음을 전하고 싶습니다. 마지막으로 빼놓을 수 없는 한 사 람, 여행하는 모든 순간에 아빠의 든든한 친구가 되어준 서윤이 에게도 가슴 깊이 감사와 사랑을 전합니다.

육아휴직이 궁금하다

육아휴직이란?

회사에 다니는 사람도 만 8세 이하 또는 초등학교 2학년 이하의 자녀를 양육할 수 있도록 국가가 지원하는 휴직 제도입니다. 휴직이 끝나면 불이익 없이 직장으로 복직할 수 있도록 국가가 보장해줍니다.

자녀 1인당 최대 1년까지 육아휴직이 가능하며, 엄마 1년, 아빠 1년 각각 사용이 가능합니다. 육아휴직 기간은 근속 기간에 포함됩니다.

육아휴직 급여

30일 이상 육아휴직을 신청하는 경우 육아휴직 급여를 수령할 수 있습니다. 단, 육아휴직이 시작되는 날 이전에 고용보험 피보험 단위 기간이 180일 이상이어야 합니다. 피험자인 배우자가 동시에 육아휴직(30일 미만 제외)을 하는 경우, 중복된 기간에 대해서는 한 명의 육아휴직 급여만 받을 수 있습니다.

시작일부터 3개월까지 ▶ 통상임금의 80%
(상한액: 월 150만 원 / 하한액: 월 70만 원)

4개월부터 종료일까지 ▶ 통상임금의 50%
(상한액: 월 120만 원 / 하한액: 월 70만 원)

※ 단, 육아휴직 급여의 25%는 직장 복귀 6개월 후에 합산하여 일시불로 지급됩니다.
※ 동일 자녀에 대해 부모가 순차적으로 육아휴직을 사용하는 경우, 두 번째 사용한 사람의 육아휴직 3개월 급여는 통상임금의 100%(상한액 250만 원)로 지급됩니다.

육아휴직 현황

2018년 기준 약 10만 명(육아휴직 수당 지급 기준)이 육아휴직을 사용했습니다. 이중 엄마의 비율은 약 82%, 아빠의 비율은 약 18%입니다. **아빠 육아휴직자 수는 2017년 대비 무려 46.7%나 증가한 수치입니다.** 기업 규모별 아빠 육아휴직자 수를 보더라도, 100인 이상~300인 미만 기업의 남성 육아휴직자 수는 지난해 대비 79.6% 증가했으며, 10인 미만 기업 역시 59.5%가 증가하여 기업 규모와 상관없이 육아휴직을 사용하는 아빠가 늘어나고 있다는 사실을 보여줍니다.

※ 공무원, 교사 등 고용보험 미가입자는 포함되지 않은 수치입니다.

어렵지 않다, 아이와 떠나는 세계여행 준비

예방 접종은 출발 두 달 전에!

여행하면서 아이가 아픈 일만큼 여행의 사기를 저하시키는 건 없습니다. 예방 접종은 가능한 다 하고 가는 게 좋겠죠? 특히 접종증명서가 있어야 비자 발급이 가능한 국가도 있으니 미리 확인해주셔야 합니다. 예방 접종 후 면역력이 생기기까지 시간이 소요되므로 **여행 출발 두 달 전부터** 순차적으로 접종해 주세요.

저와 서윤이는 첫 여행지 네팔 외에는 어디로 가야 할지 계획하지 않았던 관계로, 세계여행을 하는 사람들이 기본적으로 맞는 아래의 예방 접종 후 여행을 떠났습니다.

예방 접종	예방 접종 여부
황열	☐
A형간염	☐
콜레라	☐
장티푸스	☐
T-dap(파상풍, 디프테리아, 백일해)	☐
(예방약)말라리아	☐

항공권 예약, 미리 안 해도 돼요!

세계여행 항공권을 예약할 때는 크게 두 가지 방법이 있습니다. 한도 내에서 자유롭게 이용할 수 있는 '세계 일주 항공권'을 예약하는 방법과 도시를 이동할 때마다 '편도 항공권'을 끊는 방법입니다.

'세계 일주 항공권'은 항공동맹체별로 판매하고 있으며 방문하려는 대륙, 도시 수에 따라 금액이 달라집니다. 하지만 이 항공권은 출발 일정과 세부 사항이 제한적이기 때문에 아이와 여행하는 분께는 추천하지 않습니다. '아이가 원하면 언제든 한국으로 돌아온다!'가 여행의 포인트가 되어야 하니까요.

저와 서윤이는 도시를 이동할 때마다 그때그때 끊는 '편도 항공권'을 활용했습니다. 이렇게 개별로 구매하는 것이 아이가 아플 때, 아이가 원하는 게 있을 때 유동적으로 대응하기 좋았습니다. 편도로 끊으면 비용이 너무 많이 들지 않을까 걱정했지만, 결론적으로는 그렇지 않았습니다. 보통 당일이나 전날 항공권을 구매했기 때문에 땡처리 티켓을 쉽게 구할 수 있었고, 특가 항공권이 나온 도시로 즉흥 여행을 떠나는 재미도 누릴 수 있었습니다.

가방은 이렇게 챙기세요!

저는 언제 어디서나 서윤이의 손을 잡고 여행해야 했기에 캐리어 대신 배낭을 들었습니다. 저는 70리터 배낭을, 아이는 10리터 배낭을 사용했습니다. 제 배낭 무게는 항상 20킬로그램 이하를 유지했습니다. 그 이상일 경우 대부분의 항공사가 추가 요금을 징수하기 때문이죠. 제 배낭은 여행 내내 19.9킬로그램에 맞추었고, 이를 위해 무언가를 살 때면 딱 그 무게만큼을 버리고는 했습니다. 이 원칙은 서윤이도 꼭 지키고는 했지요.

의류 저와 서윤이는 각각 **쌀쌀할 때 입는 옷 한 벌, 더울 때 입는 옷 한 벌, 잘 때 입는 옷 한 벌, 수영복 한 벌, 양말 세 쌍, 속옷 세 개, 모자 한 개, 선글라스 한 개**를 챙겼습니다. 서윤이는 한복도 챙겼습니다.

필요한 게 있으면 그때그때 여행지에서 구매했고, 나라별로 전통의상을 구입해 입는 재미도 있어서 옷을 너무 많이 챙길 필요는 없습니다.

신발은 **슬리퍼 한 켤레, 운동화 한 켤레**만 단출하게 챙겼습니다.

전자기기 **휴대폰과 충전기, 보조 배터리**는 필수로 챙겨야 합니다. 저는 사진 찍는 걸 좋아해서 렌즈, 삼각대, 외장 하드 등 **각종 카메라 장비**도 챙겼고 여행 중 블로그와 유튜브를 하기 위해 **노트북**도 챙겼습니다. 언제 핸드폰이 꺼질지, 언제 길을 잃을지 모르니 **시계는 GPS가 내장된** 제품을 추천하고 숙소에 콘센트가 충분하지 않은 경우도 있기에 **멀티콘센트, 멀티어댑터**를 챙겨가면 유용합니다. 그 외로 저는 **블루투스 스피커와 블루투스 이어폰**도 챙겨서 여행 중 재미있는 영상을 보거나 음악을 듣기도 했습니다.

그 외 **여권과 개인 의약품**은 필수, **여권 사진**도 예비용으로 다섯 장 정도 가져가면 좋습니다. 운전을 할 수 있는 분은 미리 경찰서에 들러 **국제면허증**을 발급받아 가면 아이와 더 풍요롭고 마음 편히 다닐 수 있습니다. 여행 중 비는 시간이나 자기 전 아이가 읽을 수 있도록 **동화책**을 챙겨 가는 것도 좋습니다. 집에 이북 리더기가 있으면 그걸 챙겨가도 좋고, 여행지에서 다양한 언어의 동화책을 사는 것도 추천합니다. 여행하며 휴대폰 유심을 갈아끼울 일이 많기 때문에 **뾰족한 침 하나**를 챙기면 좋고, **빨랫줄로 쓸 수 있는 긴 끈**을 가져가는 것도 도움이 됩니다. **맥가이버 칼**도 요긴하게 사용했습니다.

여행하며 깨달았다, 준비하면 좋았을걸!

192일 세계여행, 결코 짧지 않았습니다. 만만의 준비를 하고 떠났지만 막상 아이와 단둘이 낯선 곳에 떨어지니 생각보다 필요한 게 많았습니다. 여러분은 미리 준비해서 저보다 더 즐겁고 알찬 여행 하시기를!

세계사   여행은 정말 아는 만큼 보입니다. 여행 전 혹은 현지에서 부지런히 공부하며 다니기를 추천합니다. **아이와의 대화 소재도 더 풍부해집니다.**

권투와 같은 스포츠   위험의 가능성을 감소시킬 수 있습니다. 사실 그보다 중요한 건 제 **마음속에 아이를 지킬 수 있다는 자신감이 생겨난다는 겁니다.** 아이에게 내 두려움을 들키지 않는 것, 여행 중 정말 중요합니다!

구연동화   세계여행에 아이 책을 많이 가져갈 수는 없겠죠? **한두 권의 책으로 아이와 즐겁게 지내기 위해서는 구연동화 연습을 많이 해가는 게 좋습니다.** 저와 서윤이는 <라푼젤>과 <백설공주>를 너무 많이 읽어서 책을 펴지 않아도 토씨 하나 틀리지 않고 말할 수 있을 정도랍니다.

머리 묶기/땋기   아이가 딸인 경우에만 해당되겠죠? 딸의 머리를 매일 묶어야 한다는 사실이 여행 중 저를 참 많이도 괴롭혔습니다. 다양하게 머리 묶는 법을 미리 익혀 가세요. **언제 어디서나 주머니에 고무줄 하나씩 챙겨 다니는 것도 잊지 마시고요!**

한식 요리   빵과 햄버거만 찾던 아이가 해외에 가니 쌀밥만 찾더라고요. 한식당을 가려고 해도 찾을 수 없거나, 너무 비싼 경우가 태반이었습니다. 아이가 좋아하는 한국 음식을 골라, **해외 재료로 어떻게 만들 수 있을지 미리 연구하고, 실습하세요. 어느 나라에서나 쉽게 구할 수 있는 닭이나 감자 같은 식재료로 만들 수 있는 요리를 연습해가면 더 유용하겠죠?**

세계여행이 더 풍성해지는 팁

해외에서 한 달 살기

한 달 살기와 여행은 매우 다릅니다. 한 달 살기는 도와주는 사람 없는, 그야말로 독박 육아입니다. 여행 스킬보다는 육아, 살림 노하우가 더 많이 필요합니다.

- 한국에서 **독박 육아**를 여러 번 경험해본 후 본격적인 한 달 살기를 시작하는 게 좋습니다.
- 해외에서는 밥을 해줄 사람도, 아이가 좋아하는 음식을 파는 식당도 없습니다. 아이 입맛에 맞춘 **음식 요리법**을 배우고 난 후 여행을 떠나세요.
- 이 기간 동안 아이의 교육은 전적으로 당신 책임입니다. 아이의 감수성을 자극할 수 있는 **재미있는 놀이와 책 읽기**를 준비하면 좋습니다.
- 아이와 즐거운 여행을 하고 싶다면, **놀이터**를 포함해 또래 친구들이 많이 모여 있는 곳을 찾아다녀 보세요.
- 구글 지도를 활용해 **인근 학원**을 검색해보세요. 이 중 몇 곳은 직접 방문하여 아이들이 너무 많지 않은 곳, 놀이 위주의 학원을 보내면 좋습니다.
- 집 근처의 이웃, 혹은 집주인에게 **과외**를 부탁해보세요. 전문 선생님이 아닌, 현지 부모님이 더 좋습니다. 동화책이나 장난감도 빌려 쓸 수 있고 아이에게 친구도 만들어 줄 수 있어 자연스러운 학습이 가능하기 때문이죠.

아이 사진 촬영하기

저는 여행 내내 사진을 정말 열심히 찍었습니다. 아이가 이 여행을 기억 못 할지도 모른다는 생각에 사진을 잘 남겨 줘야겠다고 생각했기 때문이죠.

아이가 쉽게 지치기 때문에 사진 촬영에 그다지 긴 시간을 쓸 수는 없습니다. 빨리, 그리고 자연스럽게 촬영하기 위해 **아이가 좋아하는 음악을 틀어주며 춤 추게 하거나, "엄마 만나면 어떤 표정 지을 거야?" 등 웃음 나는 대화로 즐거운 상황**을 유도했습니다.

촬영 장비   인물 중심의 사진은 주로 망원 줌렌즈(70-200mm)를 사용했고, 풍경 사진이나 풍경과 어우러진 인물 사진을 찍을 때는 표준 줌렌즈(24-70mm)를 사용했습니다. 스트로보는 어두울 때 찍기보다 볕이 강한 낮에 그림자가 생기는 걸 방지하는 용도로 사용했습니다. 리플렉터는 스트로보에서 나오는 강한 직사광이 아이의 얼굴을 허옇게 만들 때 이를 방지하기 위해 사용했습니다.

저장 및 편집   자료는 외장 하드와 애플 클라우드 양쪽에 저장했고, 라이트룸(Adobe Lightroom)과 프리미어(Adobe Premiere Pro)를 통해 편집했습니다. 그때그때 편집한 사진과 동영상은 한국에 있는 가족이 볼 수 있도록 블로그, 유튜브에 여행 틈틈이 업로드하고는 했습니다.

숙소 정하기

저희는 주로 호텔이나 에어비앤비를 이용했습니다. **3일 이내의 짧은 기간은 호텔을 추천하고, 그 이상 머물 때는 에어비앤비를 추천합니다.**
에어비앤비는 청소비를 별도로 받고, 집주인과 따로 만나 체크인도 해야 하는 등 번거로울 때도 있어서 하루 이틀 머물고 이동할 때는 호텔이 더 편리합니다.
에어비앤비에 머물 경우 집 전체를 대여할 수도 있고, 방 하나만 대여할 수도 있습니다. **10일 이상 거주한다면 집 전체를 빌려 머무는 게 좋고, 그보다 짧게 머문다면 방만 빌려 집주인과 교류하며 현지 문화를 익히는 게 좋습니다.** 슈퍼호스트 집에 머무는 게 가장 안전하고 편안하며, 아이가 있는 집을 예약하면 함께 어울리며 장난감도 공유할 수 있어 좋습니다.

해외에서 운전하기(스페인, 미국)

렌트카 빌리기　유럽과 미국은 자동차 여행을 하기 정말 좋은 나라입니다.
저는 주로 렌탈카닷컴(Rentalcars.com) 앱을 이용해 차를 렌트했습니다.
매우 저렴하게 올라오는 차가 간혹 있는데, 자세히 보면 보험료가 아주 비싼 경우이니 주의해야 합니다. 또 조심해야 할 게 한 가지 있습니다. 차를 렌트하러 가면 무료 업그레이드를 시켜준다고 하며 비싼 보험으로 재가입시키는 경우가 있습니다. 그러니 눈에 보이는 금액만 보고 쉽게 결정하기보다 끝까지 경계를 늦추지 말고 꼼꼼히 따져보세요.

주유하기　주유는 대부분 셀프로 해야 하는 경우가 많습니다. 주유소와 편의점을 함께 운영하는 곳은 편의점 직원에게 계산한 후 주유하는 형태입니다. 주유기에 붙어 있는 카드 리더기를 이용해 신용카드로 계산해야 하는 경우도 있는데, 이때는 지역 코드를 입력해야 하는 등 복잡하므로 직원에게 주유기 넘버와 금액을 알려주며 직접 비용을 지불하는 걸 추천합니다.

톨게이트 비용 지불하기　스페인의 톨게이트 비용 지급은 '현금으로 지불하는 게이트'와 '하이패스 게이트'가 있습니다. 현금으로 지불하는 게이트를 이용할 경우, 동전이나 작은 단위의 지폐를 가지고 다니면 좋습니다. 미리 준비하지 않으면 저처럼 거스름돈으로 동전 50개를 받는 경험을 하게 될 겁니다.

주차하기　스페인 노상 주차장은 대부분 주차 가능 시간이 2시간입니다. 오래 머물 경우 2시간마다 다시 와서 동전을 넣어야 하므로, 장시간 주차를 하려면 노외주차장을 이용하는 게 좋습니다.

이 도시, 아이와 함께 가면 좋다

"어디가 제일 좋았어?"

여행을 다녀와서 가장 많이 받는 질문입니다. 하지만 제 생각은 이렇습니다.
'여행만큼 주관적 판단이 들어가는 건 없다!'
아무리 좋은 곳이라도 누구를 만났는지, 날씨가 어떤지에 따라 평가는 극과
극으로 나뉠 수 있습니다. 따라서 제가 추천해드리는 이 여행지도 지극히 개
인적인 의견이라 생각해주시면 좋겠습니다.

"저는 이 부분을 중요하게 생각했습니다!"

- 안전에 대한 위협은 없는가?
- 음식 또는 위생 환경은 괜찮은가?
- 아이와 즐길 거리(공원, 박물관, 놀이터 등)가 많은가?
- 도시와 자연경관은 아름다운가?
- 주변 사람들은 아이에게 친절한가?
- 한국 음식을 구할 수 있는가?
- 언어가 통하는가?
- 대중교통으로 생활이 가능한가?
- 금전적으로 버틸 수 있는 곳인가?

런던 전 세계를 좌지우지하던 나라라 역사적으로나 문화적으로 아이가 보
고 배울 게 아주 많은 곳입니다. 그리고 무엇보다 아이를 돌봐주는 눈이 많습
니다. 지하철 개찰구를 통과하려는데 아이가 통과한 후 제 카드 요금이 부족해
아이와 잠시 떨어진 적이 있습니다. 불과 10미터 떨어진 충전기에 다녀오는 동
안, 서윤이 곁에는 영국인 아주머니와 역 직원 두 명이 함께 있었습니다. 여행
하다 보면 아무리 주의를 기울인다 하더라도, 아이를 케어하지 못하는 순간이
생깁니다. 그때 이러한 사람들이 곁에 있는 나라라면 아주 고마운 일이지요.

오슬로 오슬로는 외곽 도시마저도 너무나 아름다운 나라입니다. 비싼 물가가 흠이지만 대체로 그 금액 이상의 퀄리티를 보여줍니다. 아이는 이곳에 있는 내내 스케이트를 탔는데 제가 아이와 잠시 떨어져 있을 때면 주변 사람들이 아이의 손을 꼭 잡아주었습니다. 아이의 더듬거리는 영어에도 모두가 집중해주었습니다. 전 세계 그 어디에서도 이보다 친절한 곳을 찾기란 쉽지 않을 것 같습니다.

비엔나 모차르트의 동네 비엔나는 거리 악사마저도 그 수준이 어마어마합니다. 도시는 깨끗하고 아이가 뛰어놀 수 있는 공원도 넘쳐납니다. 오페라하우스 앞에 설치된 전광판으로는 누구나 실시간 공연을 즐길 수 있고, 미술관, 박물관은 만 20세 이하면 무료로 입장 가능한 곳이 많습니다. 예술 철학이 참 멋진 도시입니다.

말라가 말이 필요 없을 만큼 아름다운 지중해입니다. 영국 등 유럽 사람이 많이 살고 있어서 언어적으로 매우 편리합니다. 찰랑거리는 지중해는 매일 가서 놀아도 지겹지 않고, 피카소가 사랑한 나라인 만큼 미술관 등 볼거리도 아주 풍부했습니다. 절벽 마을 '론다'와 플라멩코 공연을 즐길 수 있는 '세비야'도 근처에 있어 볼거리가 많습니다.

바투미 가장 저렴하게, 하지만 정말 멋지게 유럽을 즐길 수 있는 도시입니다. 음식은 맛있고 흑해는 볼 때마다 아름답습니다. 무엇보다 뛰어노는 아이들이 많아 좋았습니다. 저녁에 노는 아이들도 많아서 치안이 좋다는 걸 느낄 수 있었습니다. 택시에 두고 내린 휴대폰도 찾을 수 있는 곳, 휴대폰을 찾아준 숙소 아주머니는 "내 성의에 가격을 매기지 마라!"라고 이야기하는 곳! 정말 안전하고 따스한 도시입니다.